KB034061

내려오는 길

내려오는 길

팔순 기념 문두흥 제2수필집

정은출판

● 책머리에

가벼운 마음으로

첫 수필집 '돌아보며 내다보며'를 상재한 지 꽤 오래됩니다.

늦깎이에 분수도 모르고 어설픈 첫 수필집을 냈었습니다. 모르면 천방지축 용감하다는 말이 맞는 것 같습니다. 쏘아놓은 화살이라 후회한들 늦었습니다.

나이 들수록 기억력도 쇠하고, 판단도 흐려집니다.

"구슬이 서 말이라도 꿰어야 보배."라는 말이 있듯이, 쭉정이는 버리고 알곡이 아닐까 생각하며 주섬주섬 모았습니다.

돌이켜보면 노력도 없이 얻는 나이 어느덧 산수에 이르렀습니다.

써 놓은 지 오랜 글은 노처녀 같아 민망스럽지만 내 손에서 떠나보내렵니다. 그동안 문우들과 배우면서 동인지에 발표한 글과 근래에 쓴 것보다 오래된 글들도 있습니다.

내놓기 부끄러운 졸작이 많지만 언젠가는 독자의 질정을 받아야 할 의무이기도 합니다. 자연에서 보거나 듣고 느낀 체험에서 얻은 지나온 삶의 한 편린의 기록입니다.

수필은 국어 편에 있어야 한다는 생각입니다. 가급적이면 간결하고 쉽게 쓰려고 했습니다. 누구나 부담 없이 읽기 쉽게 일상적인 쉬운 말을 찾아보았습니다. 될 수 있는 대로 외국어는 피하고 순수한 우리말을 쓰려고 힘썼습니다.

제1, 2부에는 일반 수필을 제3부는 삶의 현장을 제4부에는 기행 수필을 제5, 6부에는 추억의 회상으로 엮었습니다.

이 수필이 읽는 독자들에게 조그마한 깨달음이나마 줄 수 있다면 더 바랄 것이 없겠습니다.

읽는 이에 따라 다를 수 있겠지만, 행여 사람이라 잘못된 표현이 있다면 여러분의 아낌없는 충고와 사랑의 질정을 바랍니다.

이제 산에서 가벼운 마음으로 내려오는 길입니다.

사시사철 불평 없이 자식들 키우느라 내조해 주신 평생 동반자 내 아내, 고맙고 사랑합니다.

아들 딸 며느리 사위 그리고 다섯 명의 손주들 건강하게 자라주기를….

처음부터 끝까지 수고해 주신 동보 선생님께 감사드립니다.

2018년 5월 부처님 오신 날

문두홍

차례

2부_ 굳은살

차례

3부_ 노년의 삶

4부_ 산행

차례

5부_ 민들레

6부_ 손의 위력

1부

제자리의 소중함

인생과 숫자
희수
삶의 길목
새벽녘 새소리
건망증
나잇값
구백 냥
제자리의 소중함
얼굴의 사마귀
꽃샘

인생과 숫자

인생은 숫자로 출발해 그 테두리에서 맴돌다 손 놓는다. 태어나는 순간 생년월일이라는 숫자가 따라붙는다. 주민등록번호에서 학생증, 집 전화, 휴대폰, 군번, 신용카드, 운전면허증, 사업자등록, 보험, 은행거래 시 비밀번호까지 수없이 번호를 달고 살아야 한다.

평소 가졌던 숫자의 개념이 머릿속을 맴돌 땐 어리둥절하다. 우리말의 좋은 형용사는 사라지고, 숫자를 메우는 문화 속에 끌려가야 하는 세상이 아닐까.

인간은 지나치게 숫자에 집착하며 사는지도 모른다. 숫자가 항상 비교를 불러일으키는 구실을 한다. 그래서 즐거움도 있지만, 때론 괴로운 경우도 일어난다. 바로 질투를 유발하는 것. 항상 숫자에 일희일비한다. 여생을 생각하면 여전히 숫자의 틀에서 벗어나기 쉽지 않을 것 같다. 숫자는 명확하다. 다만 살아갈 날과 일어날 일은 확실하지 않다. 그게 정확해진다면 재미없는 삶이 될 것 아닌가.

인간이 고안해 낸 문화 중에 가장 놀라운 것이 숫자다. 동물이 사람의 지능을 넘보지 못하는 것은 그들에게 숫자라는 개념이 없기 때문일 것이다.

숫자는 물건의 수량을 헤아리는 데 필요하고 시간의 흐름, 무게나 속도, 온도, 습도, 길이, 두께, 높낮이 같은 사물의 현상을 나타내는 데도 사용한다. 사람의 키와 몸무게나 혈압, 맥박, 혈당치 같은 건강 상태나 지능과 학업 능력, 재산의 많고 적음도 숫자로 표시한다.

태어나 걸을 무렵 '하나, 둘' 세는 법을 익힌다. 유치원에서 100까지, 초등학교에서 구구단을 외우기 시작했을 때 신기하고 얼마나 자랑스러웠던가. 하지만 그때부터 숫자에 '코가 꿰인다.'는 것이다.

숫자는 0을 중심으로 더하기, 빼기로 오르내릴 수 있으나 어김없이 더해가는 것이 인간의 나이다. 거꾸로 돌려 열이나 스물이 될 수 없지 않은가. 숫자는 무한대지만 인간의 수명은 햇수로 100년, 날수로는 3만 6,500일을 채우기 어렵다.

세상 떠나는 날, 마침내 누구나 모든 숫자를 내려놓아야 한다. 사망 일시와 묘지 번호는 산 자의 몫일 테고. (2013)

희수

희수, 장수를 축하하는 말로 오래 살아 기쁘다는 뜻이 담겨 있다.
그 나이에 세상을 등졌다. 주위에선 안타까워한다. 몇 년 좀 더 살았으면 하는 아쉬움도 있지만, 누구도 막을 수 없는 길. 가족의 병간호 보람도 없이 조용히 길을 떠났다. 올 때도 혼자 왔으니 갈 때도 나 홀로다. 침묵의 시간이 흐른다. 생과 사의 갈림길이 동전을 뒤집듯 한 호흡에 마침표라니, 인생의 무상함을 느낀다.

내게 육촌 형님 되는 분이며 만나면 늘 즐겁게 대한다. 네 살 위여서 흉허물 없이 농담도 나누며 부담 없이 지내는 편이다. 이따금 가정에서 일어나는 사소한 일에도 역지사지의 심정으로 늘 내 일처럼 얘기를 주고받는다. 사촌 형님이 한 분 계시지만 서울에 살고 나이도 열일곱 살 위여서 좀처럼 얘기 나누기가 부담스러워 어렵게 대하는 편이다.

형님은 어려서부터 고생을 밥 먹듯 했다. 어머니는 아주 어렸을 적 돌아가셨고 기억이 어렴풋하다고 한다. 형님의 아버지는 우리 집안 작은할아버지의 양자로 입양한 지 오래다. 아버지는 해방이 지난 뒤 콜레라로 갑자기 세상을 뜨셨다. 할머니와 같이 자라면서 겪었던 어려운 생활은 이루 말할 수 없었다. 겨울철이면 꿩을 잡으려고 올가미를 만들어 집 근처 오름으로 달려갈 때 따라다니던 얘기를 나눌 때엔 동심의 세계로 돌아가 한바탕 웃기도 한다.

4·3사건이 일어난 뒤 할머니는 손자를 돌볼 능력이 없어 그는 외가댁으로 이사하게 됐다. 그 뒤, 집안일을 도우며 지내고 있다는 소문만 들려올 뿐 만날 기회는 없었다. 어느 해 여름 우리 집에 제사가 있을 때였다. 그는 하모니카를 갖고 와서 무슨 곡인지 모르나 신이 나게 불어댔다. 동네엔 하모니카를 가진 아이는 한 사람도 없었다. 주위에 코흘리개들이 구경을 했고 한 번만 빌려 달라며 꽁무니를 졸졸 따라다녔다. 나에겐 잠시 빌려줬지만 다른 아이에겐 몇 번 불어 보기도 전에 얼른 달라고 재촉하던 기억이 남아 있다.

농촌에서 식량 작물을 재배하면서 특수작물을 부업으로 양배추, 양파를 심어 소득이 늘었고 생활이 점점 나아지기 시작했다. 한창 젊은 시절 4, 50세 무렵엔 채소 장사에 손을 대기 시작해 재미를 톡톡히 봤다. 전남 지역으로 나가 양파 밭을 밭떼기로 거래한 뒤 수확해 창고에 보관했다가 큰손에게 넘기는 일도 서슴지 않았다. 행운이 따랐는지 많은 돈을 주무르는 기회도 잦아졌다. 집 근처에 넓은 농지 몇 필지 사들이고 형수님은 부업을 점점 늘렸다.

사업하려면 술을 마셔야 한다는 것이다. 술을 마셔야 거래하기 쉽고 마시지 않으면 상인 노릇이 어렵다고 한다. 술에 장사는 없는 법. 어느 날부터 눈이 침침하고 잘 보이지 않는다고 했다. 안과에서 검진 결과 당뇨병 초기라는 진단이 내려졌다. 술과 거리를 둬야 하는데 주위 친구의 권유에 따라 절제를 못 해 계속 마셨다. 당뇨가 다른 병으로 전이되면서 복용하는 약은 많아지고 거동이 불편하다며 하소연도 했다.

나는 형님께 정년퇴직 무렵 연수원에서 교육받았던 얘기를 농담 삼아 했었다. 의사가 건강관리 강의 시간에 노후의 관리 대책을 설명한 뒤, 질문 시간이 있었다. 사람은 몇 세까지 살아야 좋을 것으로 보는지 물었다. 그는 뒷짐 지고 한참 있다가 "77세가 알맞습니다. 왜냐면 80세까지 수명으로 봤을 때 거동이 불편하거나 치매에 이르면 본인은 물론 병간호하는 사람까지 괴롭고 힘들게 되니까요."라 했다. 80세 넘게 사는 것보다 주위에서 2, 3년 더 살았으면 좋을 텐데 하는 아쉬움과 미련이 남아 있을 때 떠나는 것이 좋을 것이라는 얘기다. 너무 나이 들어 떠나면 별로 주위 사람에게 동정 못 받는다는 것이다.

2년 전부터 명절날이나 벌초 다닐 때 형님은 나에게 "나 오래 살지 못한다."라는 말을 농담 삼아 입에 달고 다녔다. "요즘 80세는 누구나 살고 있는데 허튼 얘기 마시고 살 수 있을 때까지 열심히 살아야 하지 않습니까." 용기와 삶의 끈을 놓지 않도록 만날 때마다 말씀드렸다.

올해 정월 명절부터 바깥출입이 힘들어 다닐 수 없었다. 하루가 다르게 병세는 뚜렷이 악화되기 시작했다. 화장실 출입이 어렵고 대소변을 받기에 이르렀다. 병원에 입원했지만, 곁에는 항상 간호인이 대기해야 할 지경이다. 음식물도 삼킬 수 없어 주사로 연명하는 신세다. 추석날 문병차 들렀는데 의식 불명으로 혼수상태였다.

이마에 손 얹으니 식은땀이 묻어났고 발등은 부어 건드리면 금세 터질 것만 같았다.

삶과 죽음, 생명은 시작이고 죽음은 졸업이라 한다. 사람은 생각하는 동물로서 창의와 상상력을 지니고 있다. 생과 사는 불가분의 관계다. 일회성으로 연습이란 있을 수 없다. 자연에서 왔다가 그 길로 돌아가는 것이라 했다.

돌이켜보면 형님에게 큰 죄를 지은 듯 마음에 부담돼 할 말이 없다. 77세 무렵에 세상을 뜨면 좋다는 말이 어쩌면 갈 길을 재촉하지 않았는지 착잡한 심정이다.

이제 넓은 들판에 잠들었으니 들리지 않던 풀벌레와 귀뚜라미의 환송곡이 벗이 될 것이다.

나지 말라, 죽는 것이 고통이다. 죽지 말라, 나는 것이 고통이다. 원효 대사의 말이 떠오른다. (2011)

삶의 길목

사계절의 초입 봄의 길목.

어느새 입춘, 우수가 지났다. 경칩이 코앞이다. 봄은 절반을 넘겼지만 보람 있는 일이 뭐냐고 묻는다면 할 말 없다.

사계절을 삶에 비유해 본다. 팔십을 한평생이라면 태어나 스물까지는 봄, 마흔까지 여름, 예순이면 가을 그 뒤로는 겨울의 길목이 아닐까. 인생도 때맞춰 하는 일이 다르듯 계절을 모르고 지내는 사람을 철부지라고 일컫는다. 나이에 알맞은 인생의 계절을 바르게 가고 있는지 혹여 철부지는 아닐까 자성해 본다.

하긴 요즘 백세 시대라고 하나 젊은 시절처럼 거동이 쉽지 않음은 당연하다. 나이 들어 치매로 자리보전하거나 자식과 친지도 몰라보고 제정신이 아닐 때 올바른 삶이라고 할 수 있을까. 이웃과 가족이 힘들다. 남들처럼 평범하게 나이에 따라 늙으며 분수를 지킬 줄 아는 노년이 돼야 진정한 노인이라는 생각이다. 늙으면 몸도 무거운데 하나씩 내려놓을수록 가볍다. 돈밖에 모르고 지낼 때 나잇값 못한다고 비웃음 받거나 추하게 보인다. 상식과 기본을 지킬 줄 알며 순리를 따르는 삶이 여유로워 보인다.

나는 정월에 태어나 일곱 살에 초등학교에 입학했었다. 1957년

열아홉에 고등학교를 졸업해 나보다 어린 사람은 한 명도 없었다. 스물에 군에 지원 입대하려 했으나 어머니는 화를 내며 반대하셨다. 독자인데 징집으로 간다면 몰라도 왜 지원하느냐는 것이다. 당시는 병역을 마쳐야만 공무원이나 기업체 직원 채용시험에 응시할 자격을 줬다. 스물두 살 육군으로 소집영장을 받아 입대해서 서른넉 달 복무했다. 스물다섯 되는 해 가을 만기제대 후 고향에 돌아왔으나 농사짓는 일 말고는 할 일이 없었다.

스물다섯의 길목을 벗어나려 고민했고 발버둥 쳤다. 그대로 주저앉을 수 없어 마을 이장 밑에서 서기 노릇 했다. 스물아홉 되는 해 여름 농협 직원 공채가 신문에 실렸었다. 반드시 군 복무를 마쳤거나 병역 면제자라야 하며 만 30세를 초과한 자는 응시할 수 없다는 것이다. 고등학교를 졸업한 지 10년. 머리는 녹슬었다. 기억을 되살려 공부해 응시했으나 합격점수 미달일 것 같아 기대하지 않고 있었다. 시험이 끝나 한 달여 만에 1차 합격통지서가 등기우편으로 도착했다. 2차 면접시험에 응시하지 않으면 포기로 처리하겠다는 것이다. 꿈만 같았다. 1967년 9월 초 발령을 받았다. 임지는 남제주군농협성산포지소다. 인연 없는 사람이 근무하는 곳. 세 가지 단점이 있는 지역이라는 얘기다. 바람 강하고 교통 불편하고 물 사정이 좋지 않다고 한다. 농협 30년 생활 속에 그 길목이 순탄치만은 않았으나 목적지 정년까지 무사히 도착했다.

인생의 길목에서 오래도록 동행하는 사람은 오직 가족이다. 가장 소중한 존재는 내 가족 아닌가. 멀리 떠나기 전 늘 사랑을 나눠야 하리라. 곁에 있을 땐 무심코 편하다는 마음에 쉽게 상처를 주면서도 힘들 때 기둥이 돼 주는 사람이다. 있을 때 사랑하라는 말이 가슴을 울린다. 삶의 길목에서 때로 닫힌 문 앞에 서 있는 것 같은 암담함을 느낄 때가 있다. 손에 쥔 것 아무것도 없이 당장 일어설 기력조차 없을 때, 듣거나 볼 수 없었던 헬렌 켈러의 말이 떠오른다. "닫힌 문을 너무 오랫동안 보고 있으면 열려 있는 등 뒤의 문은 보지 못한다." 닫힌 문에만 모든 것을 집중하는 경우가 있다. 어딘가 열린 문이 있는 걸 모르고 지나는 게 우리의 삶이 아닐까.

별것 아닌 걸 남과 비교하면 걱정거리는 더 늘어간다. 자신이 올가미를 만드는 것이나 다름없다. 도움 안 되는 걱정은 미련 없이 털어버린다면 즐겁고 건강한 삶이 되지 않을까. 어렵거나 힘든 일, 즐겁거나 슬픈 일, 괴로운 일도 시간이 해결해 준다. 어떤 일도 시간을 당하지 못한다. 지나고 나면 그 한때였던 것을….

자식에게 많은 유산을 물려준 사람이나 살 만큼 조금 챙겨 주고 좋은 일 하는 사람, 돈을 모을 줄만 알았지 쓸 줄을 모르거나 풍족하지 않으면서도 쓸 줄 아는 사람, 늙어서도 욕심의 끈을 놓지 못하는 사람이나 모든 것을 놓아 버리고 편히 지내는 사람을 볼 수 있다. 유명을 달리해 호화 묘소에 누워 있는 사람이나, 아파트나 다름없는 납골당에 잠든 그들이 무엇이 크게 다르며, 누가 더 행복한 것인지 아무도 모를 것이다.

장년기는 인생에서 가장 소중하고 중요한 시기다. 지금까지 살아온 삶에 대한 모든 책임을 져야 하며 자신이 살아온 인생을 반성하고 머지않아 다가올 노년기를 준비하는 시기다. 누구나 인생을 잘 살아야 한다고 말한다. 하지만 사람답게 산다는 것이 말처럼 그리 쉬운 게 아니다. 인생을 잘 살았다는 사람도 한두 가지 잘못은 있을 것이며, 온유하고 따뜻한 심성을 지닌 이라도 한두 사람의 마음을 아프게 했을 경우도 있다.

지나온 삶을 돌이켜본다. 쉬다가 걷거나 뛰는 것이 삶이 아닐까 한다. 달리기만 할 것이 아니라 때로는 멈춰서 호흡을 가다듬는 여유도 필요하다. 그건 중단이나 포기가 아니라 앞으로 가치 있게 나아갈 길을 준비하는 자기 성찰이다.

오솔길을 걷는다. 마른 가지에 움트는 봄. 여름이면 살진 열매를 맺기 위해 내리쬐는 불볕도 마다치 않고 헌신적으로 받아내던 잎의 희생. 그 과정이 있었기에 가을에 결실을 거두는 것 아닌가. '나는 어떤 수고로움으로 결실을 맺고 있는지.'

자신의 모든 것을 태워 열매를 맺는 단풍잎처럼 땀과 눈물을 쏟았다고 떳떳이 말할 수 있을까.

초목보다 성실치 못한 삶의 길목에서 부끄러울 뿐이다. (2014)

새벽녘 새소리

귀를 의심했다. 새벽 초등학교 정문에 들어서자 세 시 반, 느닷없이 새소리가 들린다. 주변 가로등이 운동장 쪽을 비춰 대낮처럼 밝다. 향나무 숲 속에서 나는 '휘익 휘이~' 제주휘파람새 소리다. 청아한 소리 다시 듣고 싶어 귀 기울였으나 어디론지 사라졌다. 그 소리에는 남모르는 깊은 사연 간직하고 있는지 모른다. 새벽에 휘파람새 소리 듣기는 난생처음이다.

해방될 무렵 봄이었다. 이른 아침 학교에 가려고 할머니와 마주앉아 부엌에서 아침을 먹는데 마당 앞 대나무 숲 속에서 휘파람새 소리가 들렸다. 할머니는 중얼거리며 밭갈이할 때가 됐구나 하셨다. 그때는 여름농사가 끝나면 가을에 대부분 겨울 작물로 보리를 파종했었다. 그러지 않은 밭은 곡식을 거둬들인 뒤 그대로 뒀다가 이듬해 봄 파종하기 전에 한 번 갈아엎었었다.

휘파람새는 농부에게 먼저 봄소식을 알린다. 새해가 됐으니 농사지을 준비를 서두르라는 신호다. 일정한 리듬으로 이어지는 맑은 소리, 언제 들어도 싫증나지 않는다.

한낮의 산속은 음악 감상실이다. 봄날 농장 근처 숲 속에서 뻐꾸기, 종달새, 꿩, 휘파람새들의 소리 듣노라면 바람이 나뭇잎을 흔든다.

새소리에서 가장 애절하게 사람의 가슴을 울리는 것은 아마도 소쩍새일 것이다. 망제혼, 귀촉도, 두견새라는 이름으로 부르며 밤이면 울음을 그치지 않고 계속해서 울어댄다. 그렇게 우는 데는 애틋한 사연이 있다고 한다. 어머니를 잃은 열 남매가 사는데 새로 들어온 의붓어머니는 큰누이가 부잣집 도령과 혼약하자, 이를 시기하여 그녀를 장롱에 가두었다가 끝내는 불에 태워 죽였다. 동생들이 슬퍼하며 타고 남은 재를 헤치자, 거기서 한 마리 새가 날아올랐는데, 그 새가 소쩍새라는 것이다. 나뭇가지가 무성한 곳에서 자고 밤에 활동한다. '소쩍 소쩍' 우는데, 소리가 처절하다. 보기 드문 여름철새로 혼자 지내며 산의 중턱이나 우거진 숲 속에 숨어서 생활하는 것으로 알려졌다.

숲에 사는 새들의 소리는 그 수를 이루 헤아릴 수 없다. 딱따구리가 나무를 쫄 때 빠르게 회전하는 소리는 산속의 정적을 울린다. 뻐꾸기 소리에 이어 소쩍새가 울기 시작하면 산자락은 메아리친다.

따뜻한 남해안 섬에 주로 사는 남부 휘파람새가 최근 강원도 산간지방에도 서식하고 있는 것으로 확인됐다. 국립공원관리공단 철새연구센터는 제주를 비롯한 남해안 지역 섬에 서식하는 휘파람새가 강원 평창군 오대산 일대에서 발견됐다고 밝힌 바 있다. 텃새인 휘파람새는 이동 반경이 넓지 않고 주로 따뜻한 지역의 섬에 사는 까닭에 강원 내륙 오대산에서 발견된 것은 매우 이례적인 일이라 한다. 철새 연구원은 기온 변화에 민감하므로 휘파람새가 서식지를 남해안에서 강원도 산간 지역으로 옮긴 것은 지구온난화 영향으로 추측된다고 말했다. 자연은 늘 새롭게 변모하면서 많은 선물을 인간에게 안겨주고, 인간은 자연의 혜택에 힘입어 에너지를 충전하며 살아간다.

오는 봄 길을 막아설 수 없다. 징검다리를 오가듯 흐르는 계절이 곁을 스친다. 그 틈을 비집고 이때라고 기회를 놓칠까 봐, 시나브로 고즈넉한 고샅길을 걷다 보면 길섶에는 들풀들이 파릇파릇 앙증맞게 새싹을 터트린다. 일찍 개화한 매화와 수선화 목련꽃들이 애잔하게 가슴에 다가와 새록새록 기운이 샘솟는다.

이월에 봄을 알리는 전령사는 새다. 휘파람새는 소리의 명창이나 겨울 동안엔 목이 잠겨 쉿 하는 바람 소리만 내다가 어떻게 알았는지 중순이면 쉰 목이 풀려 꾀꼬리보다 더 맑고 고운 소리를 낸다. 봄을 기다리지 않은 겨울도 있으랴. 새들도 추운 겨울 다리 오그리고 지내다 봄기운을 느끼자마자 날개 펴고 부산스럽다. 삼월이면 까치는 나뭇가지 사이에 둥지를 틀거나 묵은 집을 수리하며, 서둘러 알 품을 준비를 하고 꿩은 우거진 풀숲에 보금자리를 만드느라 들판이 수런대는 계절이다. 뻐꾸기는 청승맞게 길어진 소리를 끌면 두견새가 깊은 한숨을 토해내는 새들의 무대다.

작은 새들이 가지 사이로 드나드는 길은 끝없이 작은 길이다. 매화가 질 무렵엔 목련 봉오리가 부풀고 개나리가 피고 진달래가 뒤를 잇는다. 봄의 계절은 그 춤이 절정에 이른다. 이렇게 새소리가 새소리로 들리는 삶이 생명의 춤이다.

삶은 치열하다. 내일은 아무도 모른다. 언젠가는 사라져야 한다.

태양을 바라보는 동안 등 뒤에는 그늘이 진다. 때로는 남이 태양을 가리고 서 있을 수도 있다. 그래서 사라져야 할 때를 아는 것은 중요하다. 사라진다는 것은 내가 만든 그늘을 없애 주는 일이다. 꽃은 시들어 사라지는 까닭에 아름답다. 죽지 않은 꽃은 생명의 씨앗을 잉태하지 못하고 조화에 불과하다.

사라지는 것은 생명의 미학이다. 하루의 할 일을 다하고 물러날 때를 아는 태양은 저녁노을의 찬가 속에 사라지고, 그 자리에 별과 달이 초롱초롱 빛날 것이다. 우리는 새소리를 우는 소리로 듣고, 서양 사람들은 새가 노래한다고 표현한다. 똑같은 새인데 한국의 새는 모두 울고, 미국의 새는 노래할 리 없다. 소리를 받아들이는 사람의 감성이 다른 까닭에 그렇게 달리 들리는 것 아닐까.

새들의 소리가 서로 다르듯 세상에는 수많은 모습의 사람들이 있다. 첫인상은 매우 좋아서 호감을 주지만, 시간이 지날수록 전혀 다른 뒷모습에 실망을 안겨 주는 이가 있는가 하면 그와 정반대인 사람도 있다. 시간이 지날수록 믿음이 가고 그리워지는 사람이 몇이나 될까.

끊어졌다 이어지는 휘파람새 소리에 잊혔던 할머니 모습이 되살아난다. (2015)

건망증

요즘 건망증이 심한 게 아닌가 하는 생각이 든다.

태풍이 지난 뒷날 과수원으로 달려갔다. 언제나 큰 바람이 지나면 귤나무와 삼나무 가지가 꺾이는 일은 당연하리라 예상하고 있었다. 창고에서 작업복을 갈아입은 뒤 과수원으로 들어섰다. 팔뚝 굵기의 큰 삼나무 가지가 무참히 째졌다.

바람이 얼마나 세차게 불었기에 이 지경이 됐을까. 정신없이 부는 바람에 당할 재간이 없었으리라. 귤나무 위에 걸쳐진 가지를 톱으로 운반하기 편하도록 짤막하게 토막을 내면서 한쪽으로 정리했다. 온몸이 땀으로 흠뻑 젖어 속옷은 몸에 달라붙는다. 비가 온 뒤라 그런지 더위는 더욱 기승을 부린다.

패랭이를 쓰고 감귤밭을 골고루 한 바퀴 돌아봤으나 큰 피해는 없어 보인다. 저물어 간다. 대강 일을 마치고 창고 안으로 들어섰다. 아내는 땀에 젖은 옷을 빨아야 한다며 달란다. 윗도리에 있던 자동차 열쇠를 꺼낸 뒤 옷을 넘겨줬다. 땀으로 얼룩진 손발을 씻는 어간에 아내는 빨래를 끝내고 창고에 들어와 잘 마르도록 여기저기 걸어 널고 있다.

창고 문을 잠그고 자동차 있는 곳에 이르렀다. 자동차 문을 열려는데 열쇠가 없다. 바지주머니를 뒤졌으나 마찬가지다. 혹시나 창고 속에 넣어두고 잊고 온 것은 아닌지 의심스러워 되돌아가 항상 놓는 곳에 찾아봤으나 보이지 않는다. 선풍기 있는 곳, 옷을 갈아입었던 언저리를 자세히 살폈으나 없다. 이상한 일이다. 아내도 같이 찾았으나 오리무중이다. 길가와 창고의 거리는 근 이십여 미터쯤 된다. 풀이 무성한 곳에 떨어졌는지 샅샅이 이 잡듯 왔다갔다 눈을 부릅뜨고 뒤졌으나 허탕이다. 근 한 시간쯤 헤맸으나 어디에 숨었는지 귀신이 곡할 노릇 아닌가. 하릴없이 버스정류소까지 아내와 걷게 됐다. 내 잘못으로 시간 낭비는 말할 것 없고 먼 길을 걸어야 하는 마음은 착잡하기만 하다. 아내에게 미안한 마음이 들어 뭐라고 할 말이 없어 묵묵히 걷는다. 아내는 세상 살다 보면 다 그렇게 잊으면서 살아가는 게 우리의 삶이 아니냐고 넌지시 말한다. 위로의 말인 줄 알면서도 화내지 않으며 한마디의 포근한 얘기에 마음이 가볍다. 늘 쓰는 물건을 어디에 두었는지 몰라 기억이 확실치 않으니 아직 나이 탓이라 하기엔 아무래도 이른 것 같다. 걸으면서 건망증이 뭔지 생각해 본다.

기억력이 좋다는 말을 듣는 사람을 보면 부러움을 살 만한 일이다. 한 번 듣거나 본 것을 쉬 잊지 않는 것만큼 좋은 일은 없을 것이다. 학교에서 공부할 때 역사 연대표를 쉽게 외워 버리는 사람, 여러 번 반복해도 잘 외워지지 않는 사람의 차이라고 할까. 하는 일이 다 뜻대로만 될 수 없는 것이 우리의 삶이 아닌가 싶다. 사람의 기억은 아무리 길어도 삼 개월을 유지하기 어렵다고 한다. 어떤 특별한 사건도 며칠만 지나고 나면 다 함께 멀어져 간다. 망각을 잘 이용하면 늘 행복하고 밝게 살아갈 수 있단다. 반대로 어렵고 숨기고 싶은 사건도 며칠이 지나면 뇌리에서 서서히 잊히는 것이 사람의 본능이라니 어쩔 수 없는 노릇이다.

지난번 집 안에서 휴대전화 둔 곳을 잊어 한참을 찾느라 헤맨 일이 있었다. 있을 만한 곳을 찾았으나 보이지 않았다. 아내가 뭘 그리 찾느냐고 묻는다. 휴대전화가 없어졌다고 하자 집 전화로 걸어 보면 위치를 알 수 있지 않으냐고 한다. 신호를 보냈다. 소리가 들린다. 생각지도 않은 책갈피 속에 끼여 있었다. 책을 읽다 그 사이에 넣고 덮어 버린 것이다. 역시 순발력은 여성이 빠르다. 밭에서 일할 때도 어렵게 일하고 있으면 아내는 뭘 그렇게 힘들게 하느냐며 편한 방법을 알려줘 쉽게 해결할 때가 있어 시간이 절약된다.

남의 이야기는 웃음으로 받아들이겠지만, 내 사고 앞에서는 심각해지지 않을 수 없다. 요즘 들어 부쩍 심해지는 증상이 아닌지 느낀다. 약속해 놓고 깜박 잊는 게 다반사이고, 달력이나 메모지에 적어두지 않으면 기억으론 한계가 있는 것 같다. 지금이야 건망증이라고 애교로 봐줄 수도 있지만, 세월이 깊어짐에 따라 오늘의 웃음이 어떤 아픔으로 변할지 걱정된다. 모두가 세월이 젊음을 앗아간 탓이 아닐까. 칠십여 년의 세월이 지나면서 기억해야 할 것들은 자꾸 놓치고, 기억하지 않아도 좋을 것들은 가슴에 쌓인다. 그래서 노인이 되면 서운한 감정들이 더 많이 가슴을 차지하는 것인지도 모를 일이다.

일시적 건망증 예방운동 방법으로 규칙적인 운동, 머리를 쓰는 다양한 취미생활, 충분한 수면과 신선한 과일 채소 섭취, 필요할 때마다 메모하는 습관이 좋다고 한다. 말은 간단하지만 제대로 실천하려면 관심과 행동이 따라야 이뤄지리라.

세월은 더욱 우리의 기억들을 훔쳐갈 것인데 어떤 대책을 세워야 할지 그저 난감할 뿐이다. 어느 날 문득 전화번호가 아니라 내 이름 석 자조차도 잊는 건 아닌지. (2011)

나잇값

저물녘 볼일 있어 시내버스에 올랐다. 수업을 끝내고 집으로 돌아가는 학생들로 가득했다. 한 학생이 한참 나를 쳐다보더니 "어르신 여기 앉으세요." 하지 않는가. 깜짝 놀랐다. 극구 사양하고 행선지까지 자리에 앉지 않았다. 공연히 노인 행세하고 싶지 않는 마음에서였다.

동물들은 제 나이도 모르고 일생을 살지만, 사람들은 유별나게 나잇값 하려 한다. 제 나이를 숨기려는 사람이 있는가 하면 어떤 이는 나이만 많으면 어른인 줄 알고 우쭐댄다.

나이에 걸맞지 않게 주책 부리거나 어른스럽지 못한 일을 하는 사람을 나잇값도 못한다고 나무란다. 노년은 본연의 자기로 회귀하는 시기, 나이 들면 자신의 잣대로 세상을 보고 재려 한다. 좀처럼 자기의 생각을 바꾸려 하지 않거나 고집 피우는 것도 나이 든 징후다. 현실에 대한 불만과 분노를 여과 없이 드러낼 때 나잇값 못하는 꼴로 보이기 쉽다. 어른 노릇 하려면 세상이 바뀐 것을 받아들일 뿐 아니라 한발 더 나가 보려고 노력해야 할 것 아닌가. 무슨 일이든 시비만 걸 것 아니라 대안을 제시해야 한다. 온화한 표정과 눈빛으로 세상을 따뜻하고 너그러이 바라보면 어떨까.

노인의 길에 접어들면 나이가 상당히 큰 재산인 듯 내세우려 한다. 어린이를 무시하는 경우를 이따금 보게 된다. 나이가 많다고 다 어른은 아닐 것 이다. 여태껏 살면서 봐 왔다. 이런 사람을 대하면 짜증난다. 대화가 길어지면 얼마나 내세울 게 없었으면 흔한 나이를 앞세우는지 측은해 보인다. '머리가 굳어서.' 입에 달고 다니는 게 나이 든 사람의 불명예스러운 딱지 가운데 하나다. 굳었다면 허리나 관절이지 머리만이라고 단정할 수 없지 않는가. 가끔 노인들이 고집을 부리면 그런 식으로 폄훼하지만, 이것도 원래 완고한 성격 탓이지 나이가 죄는 아닐 것이다.

어떤 의사는 "나이가 들수록 뇌가 유연해진다." 했다. 희망적인 말이다. 그럼에도 불구하고 대부분 나이가 들수록 머리가 굳어진다는 말을 한다. 그런 까닭에 생각조차 완고해져, 더욱 고집스러워지고 작은 일에 흔들리거나 삐치는 경우를 볼 수 있다. 머리가 굳어지지 않도록 뇌를 잘 다스려야 나잇값을 제대로 할 수 있다는 것. 하지만 나이에 무슨 죄가 있다고 꽁무니에 값이란 꼬리표까지 매달아 나잇값을 이러쿵저러쿵한다. 좋은 의미로 사용해도 칭찬은 아닌 것 같다. "나잇값 하네."라는 말은 적극적 표현이기보다 제법이거나 뜻밖이라는 듯이 조건적, 소극적 겉치레 칭찬일 때가 흔하다.

요즘 지도층의 끝 모르는 물욕과 지배욕, 명예욕을 보며 개탄스러울 때가 한두 번이 아니다. 티브이로 청문회를 볼 때마다 위장전입, 부동산투기, 탈세, 병역기피, 교수 출신은 어김없이 논문 표절이 따라붙는다. 돈이나 명예 또는 권좌를 누릴 만큼 누리고도 끝없는 동물적 욕망을 자제하지 못한다. 6, 70대는 인생을 결산해야 할 때가 아닌가. 나이 들어 욕망이 지나치면 '노욕, 노추, 노망'으로 이어진다.

노자는 "만족함을 아는 만족은 늘 만족하다."는 말을 남겼다. 나잇값 하려면 주어진 것에 만족하고 감사한 마음을 가져야 즐겁다. 잡곡밥에 배춧국 한 그릇이 고급 식당의 성찬보다 몸과 마음에 좋다는 걸 깨닫고 감사히 여겨야 한다. 욕심을 버리면 마음이 편해진다. 돈, 권력, 명예, 욕심은 양날의 칼이다. 자제할 줄 알아야 할 것 아닌가. 잘 쓰면 사람을 살리고, 잘못 쓰면 사람을 죽이거나 자살용이 되게 마련이다.

우리나라 전체 인구에서 열 사람 중 한 명이 65세 이상 노인이라는 통계가 나왔다. 고령 인구가 증가하는 원인은 사망률 감소와 자신의 건강관리에 철저하다는 얘기다. 나잇값 좀 하시라는 말을 들을 때가 있다. 연륜보다 행실이 좀 가볍거나 덤벙대는 사람을 나무라는 뜻으로 들린다.

몸이 건강하다고 나이 대접 받고 사는 것은 아닐 것이다. 몸은 건강한데 가족이나 주위에서 오히려 더 가까이하기를 꺼리는 경우를 볼 수 있다. 건강한 몸에 비해 마음 건강이 신통치 않음이다. 공치사하기, 불편한 심기로 불같이 화내기, 한 소리 또 하고 내 생각만 옳고 남의 생각은 무시하는 고집불통. 고집은 늙은이 병 중 가장 추하다. 귀까지 어두우니 남 얘긴 아랑곳없이 자기 목소리만 점점 높아질밖에.

감투 벗은 지 오랜 뒤에도 위세 부린다. 내가 잘나갈 때 그놈이 날 찾아와서는…. 은연중 자기를 알아주지 않음을 드러낸다. 나이 들수록 마음에 생기는 갖가지 불편함을 덜어내려는 노력이 필요하다. 누구를 원망하는 일, 무시당해 화나는 일이나 내 말이 안 통하는 울화도 자신의 마음 건강을 해친다.

노인이 되면 어떻게 살아야 할 것인가를 알면서도 그 실천은 좀체 쉽지 않다. 이미 굳어진 행동을 바로잡기에는 너무 늦은 것이다. 쌓아 놓은 것도 없으니 허물어질 것도 없다는 체념의 비애.

나이는 세월이 흐르면 들게 되고 흐른 세월만큼 경험한다. 나이 대접은 누가 만들어 주는 것이 아니다. 스스로 나잇값 하는 즐거움을 찾아야 한다. '베푸는 사람'이 어른이다. 돈이나 물질, 시간, 손길, 마음으로 베풀 수 있다. 나이 들수록 입은 닫고 마음과 지갑은 열어야 환영받는다. 그래야 어른 노릇, 나잇값 제대로 한다고 우러러보게 된다.

돈 벌어 호사하며 살더라도 빈손으로 간다. 남은 삶이 얼마일지 모르나 배려하며 미움도 버리고 긍정적인 생각으로 너그럽게 지내야 할 텐데…. 세상은 나를 위해 바뀌는 건 아무것도 없어 보인다.

머나먼 가파른 고갯길을 자전거로 힘들게 넘어섰다. '나이를 헛먹었군.' 산등성이 너머로 따스한 저녁 햇살이 나잇값 하라고 등 떠민다. (2014)

구백 냥

눈의 고마움은 각별하다.

소싯적 우리 마을에 안경 낀 사람이 몇 분 있었다. 부러웠다. 나도 어른이 되면 꼭 안경을 쓰고 싶었다. 젊은 청년이 건장한 체구에 안경을 썼으니 멋있는 신사로 보였다. 자라면서 알고 보니 눈이 좋지 않아 쓰고 있는 걸 뒤늦게 알았다.

몸의 모든 기관 중 눈은 사물을 보고 인식한다. 세상의 모든 것을 담을 수 있으니 얼마나 좋은가. 평형감각을 유지하고 거리 측정이나 일상생활에 안정감을 준다. 이렇게 중요한 기능을 가진 눈은 부지런하고 민첩하다. 눈 속에 먼지나 오염 물질이 들어올까 걱정돼 하루에도 수없이 일정한 속도로 부지런히 깜빡거린다. 이렇듯 눈은 없어서는 안 될 기관의 하나다. 하지만 스스로 알아서 자기 관리를 잘하는 눈도 위험에 노출될 경우에는 심각한 문제를 일으킬 수도 있다.

젊었을 땐 어딜 가도 능력 있는 눈을 가진 사람이라는 평가를 받았지만 눈이 잘 안 보이면 자신감마저 떨어진다. 그래서 젊은 시절, 눈이 잘 보일 때 책을 많이 읽으라 했다.

사람이 나이가 들면서 일어나는 신체의 현상은 마치 차의 노후화와 비슷하다. 모든 기관에서 나타나지만, 기관별로 약해지는 시기와 강도가 다르고 개인차도 크다. 안구 건조, 백내장, 녹내장 같은 많은 문제가 생기기도 하지만, 수정체 근육의 약화가 공통으로 나타나는 변화다. 그 결과로 초점 기능이 현저히 떨어진다고 한다.

중년이 들면서 노화가 진행되는 것은 눈 역시 마찬가지다. 눈은 노화가 가장 빨리 오는 신체 기관으로 최근 들어 IT 기기 사용으로 혹사하게 되면서 악화하는 추세다. 중년부터 눈이 침침해지거나 노안이 오면 시력의 중요성을 새삼 깨닫는다. 초기에는 볼 수 있는 범위가 좁아지다가, 점차 어느 일정 거리에 있는 물체만 초점이 맞는다. 초점 기능이 망가진 카메라와 흡사하다. 초점거리를 자유자재로 조절 못하니, 보고자 하는 물체를 특정 거리로 가져와야 한다. 작은 물체나 글씨가 잘 인식되지 않는다. 어떻게 보려고 애쓰지만, 눈이 아프고 두통까지 따른다.

인체의 오관을 거쳐 사물의 정보를 얻는다. 그 중 80%를 시각을 통해서 얻게 된다고 할 만큼 중요하다. 시각의 특징은 아주 빠르고 강하며 정확하게 외부 사물의 정보를 전달한다. 그 정보를 근거로 인체의 뇌는 상황에 어찌 대처할 것인가를 결정해 몸에 전달하고 수행하게 된다는 것이다. 그 시간은 0.5초도 안 되는 매우 짧은 순간이지만 동시에 일어나는 것처럼 느낀다.

노안의 증상은 처음에는 차차 신문 읽는 거리가 점점 멀어지며 눈의 피로감과 함께 어지럼증 현상이 나타난다. 근거리 시력 장애와 시야가 흐리고 불쾌감을 느끼며 신체가 피로하거나 주위가 조금 어두우면, 신문이나 책 보기가 점점 힘들고 돋보기에 차차 의존하게 된다.

고희를 넘기면서 눈이 침침해짐을 느꼈다. 그전엔 밤에도 신문을 읽을 수 있었으나 언제부터인가 작은 글씨는 뚜렷하게 보이지 않아 이따금 돋보기를 쓰기도 한다. 밝은 전깃불 밑에서는 글 읽는 데 불편을 덜 느껴 안경을 쓰지 않고 있다.

안과병원을 찾았다. 눈 검사를 했더니 백내장 시초라 한다. 한 달에 한 번 진료를 받으라는 의사의 소견이다. 안약을 하루에 세 번 넣고 있으나 별로 나아짐을 느낄 수 없으니 그러려니 하고 살아야 마음 편할 것 같다.

열 손가락 깨물어 아프지 않은 손가락이 어디 있으랴. 옛날부터 눈은 인간의 감각기관 중 으뜸으로 여겨 왔다. 눈은 뇌와 외계를 연결해주는 마음의 창이라 했다. 눈이란 마음과 정신을 밖으로 비춰주며 영혼과 세상을 이어 주는 매개체라 할 만큼 삶에서 중요한 비중을 차지한다. 이처럼 중요한 눈을 보호하고 보완하기 위해 인간은 안경이라는 의료 용구를 발명했다. 그러나 공기와 물이 풍족할 때 그 소중함을 잘 느끼지 못하듯 건강한 눈을 가진 사람은 눈의 고마움과 혜택을 지나치기 쉽다.

헬렌 켈러는 단 사흘만이라도 앞을 보는 것이 소원이었다. 그가 사흘만이라도 앞을 볼 수 있다면 첫째 날은 사랑하는 사람의 모습을 영원히 잊히지 않도록 가슴속에 새기고, 오후의 서늘한 숲과 아름답게 지는 저녁놀을 바라보며 감사 기도를 드리고 싶다고 했다.

둘째 날은 동이 트자마자 일어나 밤이 아침으로 바뀌는 것을 바라보고 장엄한 햇빛이 잠든 대지를 깨우는 광경을 경건하게 느끼면서 세상을 바라보고 싶다고 했다. 마지막 셋째 날은 열심히 일하며 살아가는 사람들을 만나 그들의 노력하는 모습을 바라보며 행복을 느끼고 싶다는 것이다.

헬렌 켈러의 소원은 우리에게 매일 반복되는 일상에 불과한 것이었다. 그가 일평생 중 단 사흘만이라도 살아 보기를 원했던 소원의 삶을 우리는 평생 누리며 살아간다. 얼마나 큰 축복인지 깨닫고 감사할 일이다.

눈이 침침해지지 않으려면 운동을 열심히 하고, 긍정적인 생각으로 스트레스를 물리치며 심신의 긴장을 풀고, 산행을 하거나 관심 있는 책을 읽으며 명상적인 음악을 듣거나 숙면을 취하라고 한다. 남에게 화내지 않고, 고민하지 않거나 집착함이 없이 탐욕을 물리치라고 한다.

대한안과학회가 1989년에 국민의 눈 건강을 위해 제정한 '눈의 날'은 매년 11월 11일로 웃는 눈의 모양을 상징한다. 모든 국민이 건강한 눈으로 생활을 누릴 수 있도록 올바른 상식을 갖는 것이 필요하다. 잘못된 사회 관념과 제도를 바로잡고 관심을 환기하는 날로 정했다.

몸이 천 냥이라면 눈은 구백 냥이라니 얼마나 소중한가. 공감이 간다. 나만 그럴까. (2016)

제자리의 소중함

제자리를 지킬 때 아름답다. 누구에게나 주어진 자리가 있다. 제대로 지킬 때 주변은 한층 밝아지고 조화를 이뤄 살맛 나는 세상이 된다. 제멋대로 산다면 혼란이 오고 질서가 무너져 괴롭고 힘들 것이다. 자신 있게 떳떳이 제자리를 지키는 사람들에게 찬사를 보내고 싶다.

돌보는 이 없어도 절로 자라 제 몫을 다하는 이름 없는 들꽃이 때로는 빛나고 부러울 때가 있다. 있어야 할 곳에 있는 아름다움은 모방할 수 없다. 국화는 다른 꽃들이 자취를 감췄을 때 서릿발 속에서도 멋을 한껏 드러내고, 난은 깊은 산속에 묻혀 있어야 그 향기가 그윽하다. 도공의 솜씨가 뜨거운 가마와 맞닿아 수려한 자기의 멋을 드러내듯, 서로 어울리는 혼이 함께 이뤄질 때 온전한 가치를 발휘할 수 있다.

아름다움이란 빛나고 화려함에 있지 않고, 있어야 할 곳에 있을 때 제 가치를 발휘한다. 자신의 역할을 다하는 사람이 아름답다. 제자리를 지키는 일은 제 가치를 누리는 것이며, 시대 변화에 따라 끊임없이 지향하는 삶인 동시에 우리의 의무다. 자신의 본질을 잃지 않고 살아간다면 진정한 삶일 것이다.

제자리를 지키지 못할 때 가정과 사회의 질서가 무너진다. 가끔 주어진 자리를 이탈하고 싶은 충동을 느낄 때가 있다. 하지만 그럴 때마다 더욱더 자신의 자리에 대한 중요성을 생각해 본다. 진정한 자기 모습을 점검하고 분수를 지켜나갈 때, 아름답지 않을까 한다.

길을 가다 갈림길에서 표지판이 없어 헤맨 적이 있다. 이리저리 오가며 다행히 맞는 길이면 목적지에 쉽게 닿을 수 있지만, 그러지 못하면 종일 돌아 해 질 무렵에 도착하게 된다. 길은 어디나 통하게 돼 있으나, 오늘도 길을 잃고 갈림길에서 한동안 서성인다. 지금 가는 길이 순탄한 길이기를 바라며 발자국을 남긴다.

환자는 의사에게 진료 도중에 질문한다. "완치될까요? 완치하는데 얼마나 걸리죠?" 하고 말한다. 원래의 모습으로 돌아가 제자리 찾기의 소원일 것이다. 원래대로 돌려놓을 수 있다면 그는 명의다. 그게 그리 쉽지만은 않다.

지난해 12월 중순이다. 감귤 수확에 매달려 시간 가는 줄 모르고 일했기에 평소보다 늦게 농장에서 출발했다. 이웃집에서 감귤 운반용 컨테이너로 열 개를 갖다 달라는 부탁을 받고 트럭에 실어 그곳에 이르렀다. 가로등이 없는 골목길이라 어두운 곳에서 대문 입구에 허둥지둥 내려놓고 자동차에 실은 물건을 대강 정리한 뒤 뒷문을 밟고 뛰어내렸다.

아차! 이게 웬일인가. 뒷문이 열리면서 몸이 앞으로 꼬꾸라졌다. 정신이 없고 몽롱하다. 왼쪽 어깨에 통증이 오고 팔 움직임이 힘들다. 아내는 어찌된 일이냐고 안절부절못한다. 운전석에 앉아 핸들을 잡고 오른손으로 천천히 운전해 집까지 간신히 도착할 수 있었다. 때마침 일요일이라 병원은 휴무였다. 수소문 끝에 정형외과를 찾았다. 저녁 늦게까지 진료하고 있어 다행이었다. 진찰 결과는 왼쪽 어깨뼈가 부러졌고 한 며칠 진료해 봐야 알 수 있지만 제대로 붙는 수도 있다고 했다. 일주일쯤 진료했으나 수술해야 할 것 같아 다른 병원으로 가 보란다. 시설이 빈약해 수술은 곤란하다는 의사의 얘기다.

종합병원을 찾았다. 담당 의사는 꼭 수술해야 할 형편은 아니라고 한다. 그대로 몇 달간 지정된 날에 치료를 받으란다. 복용하는 약은 없고 X레이를 찍어 보고는 며칠 뒤 오라고 할 뿐이었다. 근 삼 개월을 다녔다. 결국, 뼈는 제자리를 지키지 못하고 어긋나게 붙었다는 것이다. 요즘도 팔을 움직일 때마다 시큰거리고 불편해 정신이 그쪽으로만 쏠린다. 겪어 봐야 제자리가 얼마나 소중한지 알 수 있었다.

밥알은 밥그릇 속에 있을 때 보기 좋다. 하지만 얼굴이나 옷자락에 붙으면 추해 보인다. 고춧가루가 김치에 있을 땐 가장 아름답지만, 이빨 속에 끼면 추하다. 제자리에서 묵묵히 살아가는 사람을 보노라면 절로 고개를 숙이게 한다.

예쁜 그림 액자를 벽에 걸 때 어느 위치에 걸까, 고민할 때가 있다. 이미 걸어뒀던 것도 마음에 맞지 않으면 다시 떼서 다른 곳에 걸기도 한다. 식탁 위에 뒀던 꽃병도 책상 위에 두면 더 아름답게 보일 때도 있다. 이처럼 세상의 모든 존재는 저마다 제자리에 있을 때 아름답다.

꽃병의 꽃이 향기를 뿜어 내지만, 뿌리 없는 나무가 어찌 탐스러운 열매를 맺을 수 있으랴. 뿌리가 있는 사람만이 열매를 맺을 수 있다.

아무리 화려한 자리에 있어도 초대 받지 않은 사람은 가시방석에 앉아 있는 것과 마찬가지다. 제자리가 아니면 제 소리를 낼 수 없고 제 가치를 발휘할 수 없다. 때로는 이 자리가 내가 나서야 할 자리인지, 지금 이 대목이 내가 말해야 옳은지 제대로 판단하는 일이 만만치 않다. 제자리를 제대로 알지 못할 때 그런 사람을 천방지축이라고 하거나 '막무가내'라고 부르며 상대하지 못할 사람 취급을 한다.

자본시장이 세상을 뒤흔들어도 제자리를 떠나지 않고 고향을 지키는 농부의 삶이 얼마나 귀하고 아름다운가. 구릿빛 얼굴에 세월의 앙금이 고스란히 남아 있어 진한 향수와 애정을 불러일으킨다. 있어야 할 곳에 있는 것들은 존재 그 이상의 의미를 지니고 있다.

가는 길이 평탄치 않을지라도 분수에 알맞은 자리를 지키는 게 순리다. 자신의 무대를 잃어버렸을 때 사람들은 비로소 제자리의 소중함을 알게 되지 않을까. (2012)

얼굴의 사마귀

뜬금없이 얼굴에 사마귀가 침범했다. 사마귀란 피부 위에 낟알만 하게 도도록하고 납작하게 돋은 군살이다.

얼굴은 그 사람을 대변한다. 개인의 상표나 마찬가지다. 조금만 변해도 못 알아보기 십상이다. 첫인상이므로 대인관계에서 가장 중요하다. 얼굴을 보고 그 사람의 품위를 예단하기도 한다. 나이가 들면서 얼굴 모습이 달라진다. 그래서 링컨 대통령은 마흔이 넘으면 자기 얼굴에 책임을 져야 한다고 말하지 않았는가.

이른 아침 찬물로 세수하는데 얼굴에 이상한 감촉을 느꼈다. 왼쪽 손바닥 중앙에 뭔가 까칠하고 잡힐 듯하면서도 잡히지 않았다. 기분이 언짢았으나 혹시 음식물 찌꺼기가 붙은 것이겠지 하여 대수롭지 않게 여겼다. 방 안에 들어섰다. 수건으로 얼굴을 닦으며 천천히 거울 앞으로 다가갔다. 깜짝 놀랐다. 왼쪽 눈썹 위에 내 승낙도 없이 사마귀가 터를 잡은 게 아닌가. 손톱으로 누르거나 문질러도 별로 아픈 느낌은 없다. 언젠가는 찾아오려니 마음의 준비를 하고 있었지만, 불쑥 나타나 얼떨떨하다.

자세히 살폈다. 눈여겨 살피지 않으면 사마귀가 얼른 눈에 띄지 않았다. 아내에게 내 얼굴을 살펴보라고 하자 심드렁한 표정으로 아무렇지 않았다고 한마디 할 뿐이었다. 사마귀가 생긴 것 같다고 하자 나이가 들었음을 알리는 무언의 신호인데 뭘 그렇게 신경 쓰느냐고 핀잔이다. 노인성 사마귀는 지루성 각화증으로, 중년기 이후 얼굴이나 몸에 생기고 전염성은 아니며 피부 노화현상에 의한 것이라 한다. 눈에 띄는 곳에 있거나 심하게 부풀어 오른 것은 외과적으로 절제하는 경우도 있지만, 내버려둬도 지장을 주지 않는다는 의사의 얘기다.

해방될 무렵이었다. 그때 예닐곱 살 또래 애들의 손등에 사마귀가 유행병처럼 번졌다. 사마귀가 없는 애들을 오히려 이상한 눈으로 봤다. 나는 왼손 엄지손가락 밑에 녹두알만 한 사마귀가 하나 있었다. 농촌이라 근처에 병원도 없을뿐더러 별로 신경 쓰지 않았다. 어떤 친구가 사마귀를 손톱으로 잡아당기고 거미줄로 밑동을 동여매 오랫동안 있으면 자연히 떨어진다는 얘기를 했다. 그렇게 해서 사마귀를 떨어냈다고 보이며 자랑하는 게 아닌가. 신기했다. 반신반의하면서도 돈 들이지 않고 쉽게 할 수 있을 것 같았다. 어느 날 거미줄로 손등의 사마귀 밑동을 감으려 했으나 손가락에 달라붙고 떨어지지 않았다. 하릴없이 거미를 붙잡아 몸통을 종이에 감싸고 꽁무니를 살짝 누르면서 살살 거미줄을 당겨 사마귀 주위에 빙글빙글 걸면서 감았다. 며칠 지나자 그 부위의 거미줄이 힘없이 떨어졌다. 다시 거미줄로 동여맸다. 그렇게 하기를 여러 번, 나도 모르게 떨어졌다. 그 흔적이 남아 있어 볼 때마다 어린 시절 친구들과 놀던 추억이 어렴풋이 떠오르곤 한다.

한창 나이였을 때다. 환갑을 넘긴 노인의 얼굴엔 대부분 검버섯이며 사마귀가 듬성듬성 있었다. 무더운 여름날 노인이 정자나무 밑에 태연히 앉아 먼 산을 바라보며 긴 담뱃대를 물고 연기를 내뿜는 모습이 점잖아 보였다. 당시는 밭에서 일할 때 밀짚모자도 제대로 쓰지 않는 경우가 많아 지나친 자외선 탓에 검버섯이 생기지 않았는지. 자외선도 적당히 피부에 닿으면 살균작용을 한다니 나쁜 것만도 아닌 모양이다. 그래서 어머니들은 한가한 여름날 한낮에 돗자리나 이부자리와 옷들을 일광 소독했던 것 같다.

아내는 피부색이 남보다 흰 편이다. 그래선지 환갑 무렵부터 검버섯이 보였다. 시간이 지나면 노화가 오는 것은 자연적 현상이다. 하지만 별로 신경을 덜 쓰는 것 같았다. 지난날 할머니들은 보통 피부색보다 너무 하얀 피부는 중년부터 검버섯이 일찍 나타난다고 말했다. 그래서 아내도 남보다 빨리 검버섯이 나타났는지도 모른다. 평소 얼굴 화장에 관심 두지 않아 무덤덤한 편이다. 종아리에 검버섯이 벌써 나타났다고 하자 때가 됐으니 생기는데 할 뿐이다. 수술하겠다고 짜증내면 어쩔 수 없이 해야 할 것 아닌가. 하지만 지금 피부 관리에 관심 가질 나이는 지난 지 오래다. 젊었을 때도 남들처럼 짙은 화장은 하지 않았었다. 평범한 모습의 가정주부로 애들 키우느라 생활하기에 바빴다. 아내의 그 느긋함이 늘 나를 편안하게 해 준다.

사람들은 누구나 예쁘게 보이려고 이발도 하고 얼굴에 화장도 한다. 더구나 주름을 없애려고 성형수술에 많은 돈을 쓴다. 의사들은 주름살을 줄이려면 햇빛을 덜 받아야 하며 자외선 노출을 줄여야 피부암도 감소한다는 얘기다. 그래서 여자들은 해수욕이나 야외 활동을 조심스럽게 하는 것 같다. 햇빛만 문제가 되는 것은 아니다. 마음을 편히 해야 하고 스트레스를 덜 받도록 세심한 주의가 필요하다. 좋은 마음이 너그러운 얼굴을 만들어 준다.

내 얼굴 모습도 점점 달라질 것이다. 사마귀와 검버섯이 들어서고 주름살이 제멋대로 무늬를 그릴 건 뻔하다. 떨칠 수 없는 인연이라면 즐겁게 받아들이는 게 순리다. 생긴 대로 평범하게 그러려니 하고 사는 게 바른 삶이 아닐까. 여권이나 운전면허증 사진은 원판을 수정하지 않고 그대로 현상해야 한다. 그래야 사고 발생 시 정확히 본인을 확인할 수 있고 범죄수사에 도움 된단다.

이제 황혼기에 들어섰다. 세월이 흐르면 나이를 먹게 되고 신체적으로 늙는다. 어쩔 수 없이 사마귀와의 동행은 받아들일 나이가 아닌가. (2015)

꽃샘

봄바람에 몸도 춥고 맘도 썰렁하다. 오는 봄을 시샘하듯 어김없이 찾아드는 불청객은 꽃샘이다. 아침저녁엔 아직은 점퍼로 몸을 싸는 게 좋다. 가지치기할 때 한낮이면 따스한 햇볕에 저절로 점퍼를 밀어낸다.

이른 봄철 포근해지던 날씨가 갑자기 기온이 내려 꽃봉오리를 움츠러들게 하는 추위. 꽃이 피는 것을 시샘하는 추위라 해서 꽃샘이라 부르니 봄철에 있는 특이한 현상이다.

귤나무 가지치기할 시기다. 꽃샘으로 늦서리 피해가 없어야 할 텐데 걱정이 앞선다. 한창 전정할 무렵이거나 끝나고 난 뒤 늦서리는 결실에 많은 영향을 준다. 한 해의 농사는 열매가 어느 정도 달리느냐에 따라 생산량이 결정되고 소득으로 이어진다. 잦은 비와 추운 날씨 탓에 요즘에 꽃눈을 거의 볼 수 없다. 실정은 인근 농가들도 마찬가지다. 생산비도 못 건질까 걱정이 된다며 초조하다.

날씨가 풀리는 삼월 말이면 양지바른 곳은 조금씩 꽃눈이 보이기 시작하겠지만, 안심할 수 없는 형편이다. 감귤 새순이 빨라졌다 해도 4월 하순에서 5월 사이에 온도가 낮으면 개화가 늦어진다. 발아기가 이르고 개화가 빨랐다 해도 후반기 때 기상이 순조롭지 못하면 오히려 감귤 품질은 나빠진다. 감귤 발아기는 우리말로 감귤 새순이 싹트는 때다. 감귤 발아기를 보는 시점은 동일 과수원에서 새순 길이가 3밀리 이상, 전체 면적의 절반 이상 되는 시점을 말한다.

지난해는 감귤이 과잉 생산된다는 우려 속에 행정기관에서 휴식년제에 동참토록 티브이와 신문을 통해 적극 홍보에 나섰다. 그 결과 많은 농가가 참여했고 꽃필 때부터 열매 따내기에 매달려 부지런히 쉬는 날 없이 일했다. 올해는 잘 달리기를 기대해 본다. 그렇지만 농사는 농부가 아무리 부지런해도 자연이 지어 준다. 기다릴 수밖에 없는 일.

겨울이 아무리 혹독해도 봄이 그 자리를 꿰차니 신기하다. 봄의 들머리에서 풀었다가 조였다 하는 자연의 솜씨를 볼 수 있다. 화창하고 따듯해지면 이제 봄이 다 됐나 보다 방심하게 된다. 기습하듯 추위가 닥칠 때 과수농가의 피해는 이루 말할 수 없다. 그러기를 여러 번. 복잡다단한 기후의 변화 속에서 생명이 움튼다.

산모가 극심한 진통 뒤에 귀한 생명을 출산하듯 자연도 새롭게 태어나기 위한 아픔을 꽃샘을 통해 겪는다. 고통이 지나면 아린과 함께 연둣빛 여린 두툼한 꽃눈을 열며 꽃을 피워 낸다.

움츠렸던 몸과 마음을 녹여 주는 봄이다. 겨우내 얼었던 땅이 숨을 쉬며 생기를 세상 밖으로 내뿜으려 한다. 머리를 어루만지는 따뜻한 햇볕에 봉곳이 솟아난 새싹의 향기는 상큼하다. 한데 봄의 시작점에서 기습적으로 찾아오는 추위는 한겨울의 혹한보다 더 춥게 느껴온다. 꽃샘은 그저 계절이 바뀌는 동안 찾아오는 잠깐의 변덕스러운 날씨다. 계절이 이미 봄으로 바뀌었다는 것을 알려 주는 메시지일 뿐이다.

자연과 더불어 살아간다. 자연의 일부분인 우리의 삶에도 예기치 않은 꽃샘이 있다. 겨울이 다 지나고 봄이 온 것 같아 뭔가 시도해 보려 한다. 불현듯 모든 것이 막혀 버리고 후퇴한 것 같은 느낌이 드는 때가 있다. 이때는 꿈을 꾸기 전보다 더 좌절하게 되고 절망의 늪에 빠진다. 마치 꽃샘을 맞은 봄처럼. 그렇지만 이것만 지나면 찬란한 봄이 온다는 희망의 꿈을 그리며 살아간다.

요즘 제19대 국회의원 후보자들이 열을 올리며 거리 유세를 펼치고 있다. 미국 유권자연맹 산하 시민단체인 프로젝트 보트 스마트는 정치인이 표를 얻기 위한 거짓 공약은 기아와 핵전쟁보다도 아이들의 미래를 위험에 빠뜨리는 무서운 것이라 경고한다. 이것저것 다 해 주겠다는 정치인의 허위 광고에 속지 말자며 유권자 스스로 방어 프로그램을 구축할 것을 제안하고 있다. 정치인의 달콤한 거짓말은 거짓 약장사와는 비교되지 않을 정도로 위험하다는 것이다.

매니페스토는 정치인의 거짓말과 약속 실천을 검증하는 운동이다. 한국매니페스토실천본부가 18대 국회의원 공약 완료도를 분석한 결과 35%에 지나지 않았다. 뉴타운, 재개발, 재건축, 집값, 땅값과 관련한 유권자의 욕망을 부추기는 개발 공약이 표를 얻기 위한 대표적인 거짓말로 드러났다. 이번 19대 총선에서도 서민들의 팍팍한 삶을 할퀴는 설익은 복지 공약을 남발하고 있어 문제다.

정치인이 표를 얻기 위한 거짓말은 민주주의의 근간인 신뢰를 흔들 수 있는 배신 행위다. 변화를 기대하는 대다수 유권자의 억장을 무너지게 하는, 선거 때 한 말 다르고 선거 이후에 한 말 다른 오리발 정치가 정치 지체의 주범이 아닐까. 유권자가 변해야 정치가 바뀐다. 정당과 후보자의 철학과 가치, 핵심 공약과 우선 순위를 보고 타당성과 가능성을 꼼꼼히 검증하는 매니페스토 선거를 기대해 본다. 거짓 정치를 뿌리 뽑는 원년이 됐으면 좋겠다.

봄추위가 간장독을 깬다고 한다. 그래서인지 봄을 시샘하듯 반짝 꽃샘이 이어지고 있다. 그렇지만 봄은 새색시 볼에 떠오르는 부끄럼같이 살포시 온다. 마중 나가지 않아도 오는 것이 봄이다. 새로운 정치 변화도 봄과 같이 마중 나가지 않아도 오는 것이라면 얼마나 좋을까. (2012)

2부

굳은살

흠집

감귤 껍질에 흠집이 생겼다. 예년보다 올해는 감귤농사 짓는 농가마다 그렇다는 얘기다. 노지 재배는 열매 맺을 무렵 강한 바람에는 어쩔 수 없다. 외관상 흠 있는 감귤을 파치라고 부른다. 흠집이 있으면 제값을 못 받는다.

요즘 일손이 달린다. 시월 중순부터 극조생 감귤 수확이 한창이다. 하지만 수확하는 농부의 얼굴이 그리 밝지 않다. 시세는 생각보다 낮아 상인들의 발걸음이 뜸하다. 일손이 모자라거나 힘없는 노인은 모개를 선호한다. 하지만 대부분 농가는 직접 식구끼리 수확해 농협으로 계통출하 한다. 감귤 값이 지난 시기에 비해 절반으로 뚝 떨어졌다. 소과와 파치 출하가 원인이라는 농민들의 얘기다.

몇 차례 때맞춰 열매를 솎았다. 철저히 해야 할 텐데 구렁이 담 넘어가듯 했으니 소과가 많다. 어쩔 수 없다. 내 탓이다. 노지 재배는 감귤이 한창 자랄 시기에 바람이 세게 불면 어린 열매는 나뭇가지나 잎사귀에 스쳐 어쩔 수 없이 흠집이 생기기 마련이다. 사람도 마찬가지 흠집 없는 사람 없다.

일상에서 남의 말을 곧잘 한다. 상대방의 입장이나 배려는 고사하고 상처나 흠집을 내려고 악평하는 경우가 있다. '그 사람의 신발을 신어 보지 않고는 함부로 말하지 마라.'는 말이 떠오른다. 남의 전력前歷을 알지 못한 채 당장 닥친 문제만 보고 함부로 평가하지 말라는 말 아닌가. 사람들은 남의 말을 쉽게 한다.

자기 한풀이 대상으로 한 사람을 지정해 놓고 학대하는가 하면 일부러 약자만을 골라 범죄를 일삼는 이도 있다. 돈이 무섭다고 하나 무서운 건 사람이다.

살면서 느끼는 건 일부 사람들은 생각이 악하고 교만해 가고 있다는 사실이다. 뜻하지 않게 혹은 의도적으로 상대방에게 흠집 내는 말을 내뱉는다. 지방의원 출마자들은 주위의 인맥을 동원해 상대후보 흠집 내기만 일삼는다. 확인되지 않은 소문들이 마치 사실인 양 떠돌아다니는 경우도 허다하다. 목표를 세우고 정책 대결로 깨끗한 심판을 받아야 옳다. 논리에 맞지 않거나 천박한 수준의 말은 싫증난다. 그런 후보들은 시민들로부터 표를 얻기는커녕 고개 돌리기 쉽다.

감귤의 흠집은 눈에 보인다. 한 해로 끝나고 값을 덜 받으면 그만이다. 보이지 않는 상대방의 마음에 흠집 내기는 쉬우나 치유는 요원하다.

사랑과 배려로 이웃과 함께하는 사람이 많을수록 사회가 훈훈해질 것이다.

천수경의 정구업진언, 입으로 죄를 짓지 말라는 구절이 떠오른다. (2014)

틈새

인간이나 만물은 틈새에서 생존경쟁이 치열하다. 일상의 하찮은 새로운 생각도 틈새에서 떠오를 때가 있다.

엉뚱한 틈새에서 창의적인 착상이나 구상이 생활에 도움을 주기도 한다. 어떤 문제에 심각하게 괴로워하기보다 사물을 뒤집어 보면 한결 해결이 쉽게 떠오른다. 고정관념에서 벗어나야 새로운 착상이 되살아나듯. 주변의 작은 경험에서 좋은 계획을 발견할 수 있다. 세상에 마음대로 되는 일이 있으랴. 좋은 일이나 직업도 힘들고 어렵긴 마찬가지다.

틈새의 사고는 눈에 보이지 않는 하찮은 곳에서 일어난다. 7,80년대 지방에서 서울로 올라가 자취하는 학생은 밥을 짓거나 난방은 연탄으로 해결했다. 큰애가 서울에서 대학교에 다녔다. 기숙사 생활을 하도록 권유했으나 자취를 하겠다는 것이었다. 자취하는 애들이 잠자는 방 안 틈새에 연탄가스가 스며들어 틈틈이 목숨을 잃는 경우도 있었었다.

이따금 매스컴에서 불행한 소식이 들릴 때 혹시나 해 가슴이 섬뜩 내려앉을 때가 한두 번이 아니다. 생활이 넉넉지 않아 연탄 쓰는 집을 빌릴 수밖에 없는 형편이었다. 혹시나 불안해 새벽이면 전화로 무사했는지 확인해야 마음이 놓였다.

80년 무렵이었다. 서울에 출장 갈 일이 생겼다. 낮에 회의가 있는 날은 아침에 출발해도 시간이 넉넉했다. 하지만 아침부터 회의가 있는 날은 전날 저녁 비행기를 이용했다. 12월 하순경. 찾아간 곳은 늘 다니던 익숙한 여관. 근처 식당에서 저녁을 해결하고 숙소에 도착했을 때는 아홉 시가 훨씬 지났었다. 단층집 방이다. 안내해 준 방문을 열자 이상야릇한 냄새가 났다. 불안하면서도 잠자리에 들었다.

한참 자는데 몸이 피곤한 듯 괴로워 잠이 깼다. 눈 뜨자 새벽 한 시였고 변소에 가고 싶었다. 화장실은 잠자기 전 살펴뒀다. 바깥은 바람 한 점 없이 싸락눈만 내리고 몹시 싸늘했다. 내의만 입은 채 화장실을 향해 달리는데 의식은 있었지만, 갑자기 쓰러졌다. 눈 뜨고 하늘을 바라보자 작은 별들이 수없이 보였다. 몸이 말을 듣지 않아 일어설 수 없었다. 직감으로 느낌이 왔다. 연탄가스를 마신 것이 틀림없구나. 내가 쓰러지는 소리를 들었는지 여관집 아주머니가 달려 나와 살피더니 김칫국 한 그릇 들고 와서 마시라는 것이었다. 겨우 화장실로 들어섰다. 설사와 함께 토했다. 몇 번을 반복하니 속이 쓰리면서 정신이 났다. 살 수 있을 것 같았다.

그때 신이 도왔기에 오늘의 내가 존재하고 있음을 늘 감사한 마음으로 살아간다. 만약 그날 술 마시고 깊은 잠에 빠졌다면 어떻게 됐을까. 이 세상 사람이 아닌 불귀의 객이 된 지 오래됐을 것이다.

하찮은 틈새에서 생사가 갈리는 경우를 볼 수 있다. 게가 바닷가 바위 틈새에서 쏙 나왔다가 사람을 보면 슬금슬금 옆걸음으로 도망간다. 잡으려면 손가락보다 더 비좁은 틈새로 들어가서는 날 잡아 보라는 듯 약을 올린다. 아무리 강한 파도가 휩쓸어도 끄떡없이 틈새에서 지내는 건 그들이 타고난 본능이 있어서다.

가뭄철 저수지는 바닥을 드러내기도 한다. 장마 때 집중호우가 계속되면 하찮은 개미 또는 쥐구멍 틈새로 물이 스며들어 방죽이 무너지는 신문 기사를 볼 수 있다.

사람들은 큰일에만 정신을 집중한다. 평소 사소한 부분에 신경 쓰고 점검한다면 재난을 예방할 수 있는 일이다. 작은 일에 관심을 둬야 한다. 어느 성현의 말씀에 "항상 작은 일을 성취함에는 영웅에 못지않은 힘이 필요하다."는 말은 잊을 수 없다.

갈수록 시간의 흐름이 빨라짐을 느끼는 요즘, 자투리 시간을 어떻게 활용하고 있는지 성찰해 본다. 인식하지 못하는 사이에 사라지는 틈새의 소중한 시간. 시간 경영의 기술 중 자투리 시간을 잘 활용해야 한다는데 …. "우리의 삶은 틈새로 가득 차 있어요."라고 한 이탈리아 문학 비평가 에코의 말이 기억에 남는다.

틈새시장의 특징은 보통사람이 쉽게 지나쳐 버리기 쉬운 곳에서 일어난다. 신문 방송에 주목해 보자. 그곳에 등장하는 사회, 경제, 문화 현상들을 그냥 넘겨볼 것이 아니라 내면을 들여다보는 연습을 반복하면 분명 앞서가는 방향이 보일 것이다.

인간의 본성, 기본에 충실해야 한다. 내가 바쁘면 남도 바쁘듯 버스에 오를 때 새치기하거나, 운행 중에 갑자기 신호도 없이 끼어드는 차량을 볼 때 비위에 거슬린다. 일본이 지진 발생 시 피해자에게

식료품을 나눌 때 그들은 허기진 배를 움켜쥐면서도 규칙을 지켰고 그 장면을 티브이로 방송했다. 그들의 질서 의식을 보고 세계가 놀랐다. 세상 모든 것이 변한다 해도 기본만은 성실히 지켜야 한다. 우리도 질서 지키기 교육을 어릴 때 학교에서 다 배웠지만 위급했을 때 실천이 문제다. 구슬이 서 말이라도 꿰어야 보배가 되듯 배워도 실천하지 않으면 쓸모가 없다.

농부는 들녘에 곡식을 파종한다. 종자는 자갈과 흙 속에 묻혀 바깥으로 나올 수 없을 것 같으나 틈새를 찾아 기어코 고개를 내민다. 만물은 종족보존을 위해 안간힘을 다하며 생을 지탱한다. 그래서 인간은 자기가 좋아하는 작물을 재배하고 그 부산물로 틈새시장을 공략해 의식주를 해결해 간다. 사람만 상부상조하는 것이 아니라 식물과 사람이 공존하는 세상이다.

삶을 포기해 본 일은 없는지! 보도블록 틈새의 민들레, 쇠비름 풀꽃들이 삐죽이 솟아난 걸 본다. 뭇 사람들에게 밟혀 찢기고 언제 다시 밟힐지 모르는 힘든 상황 속에서도 강인한 생명력을 가진 풀꽃들. 그 작은 풀꽃도 스스로 치유하는 에너지를 가지고 살아가고 있음이 경이롭다.

우리 몸에도 틈새가 있다. 틈새 속에 세상의 근원이 있다고 속삭인다. 엄마의 틈새에 깃들어 생명을 얻었다.

틈새가 없다면 어찌 남녀의 사랑이 이뤄지랴. (2014)

잡초들의 삶

청명이 지나자 하루가 다르게 잡초는 경쟁하듯 자라고 있다.

잡초는 돌보는 사람 없어도 살아간다. 보살피기는커녕 핍박이나 안 받으면 다행이다. 그들의 특성은 무엇보다 어떤 환경에서도 마주 서는 강인함이다. 식물 세계의 밑바닥에서 버려진 풀이다.

감귤밭에 풀을 키운 지 스무 해다. 감귤 재배교육을 받을 때였다. 풀을 키워야 귤의 당도가 높고 토양에 미생물도 살릴 수 있다며 적극적으로 권장했다. 그래서 농업기술원에서 나눠주는 외국산 잡초 바히아그라스 종자를 가을에 파종했다. 이듬해 늦은 봄 연약한 싹을 틔우더니 몇 년이 지나자 밭 전체에 골고루 퍼졌다. 여러해살이로 일 년에 유월부터 두세 번 예초기로 베어 낸다. 몇 년 전부터 다른 잡초에 밀려 그들의 영역이 점점 줄어들고 있다. 요즘은 쇠별꽃이 과수원을 덮고 있어 그들만의 세상이다. 그들도 사월이 지나면 후손을 남기고 미련 없이 생을 마친다.

사람들은 잡초를 야생초, 독초, 들풀, 잡풀이라 부른다. 이름 없는 풀이라며 멸시한다. 하지만 이름 없는 풀은 없다. 모를 뿐이다. 저마다 자기만의 이름과 아름다운 특징을 지녔다. 다양하고 생기에 차 있다. 본능적으로 어떻게 살아야 할지를 아는 게 잡초다. 삶의 의미와 존재 이유를 터득하면서 삶을 즐길 줄 안다.

본래 잡초는 결코 억센 식물이 아니다. 자연에 순응하는 약한 식물이다. 그들이 굳세게 사는 비결은 역경을 이겨내는 인내다. 보도블록 틈새의 풀들은 낙담하거나 절망하지 않는다. 서두르지 않으며 지금 살아 있음에 감사할 뿐이다. 결코, 삶을 거부하는 법이 없다. 시기에 따라 자신의 삶을 산다. 상황에 따라 약초가 되거나 잡초가 된다. 낮에는 햇살을, 밤에는 별빛과 달빛을 벗 삼아 자연의 소리에 귀 기울인다. 거센 바람이 휩쓸고 지나도 아무렇지도 않은 듯 다시 일어선다. 언제나 지치고 힘든 삶을 스스로 충전시킨다.

잡초는 지천으로 널려 있다. 거슬린다고 모조리 뽑아 버리면 생태계는 어떻게 될까. 식물도 온전하게 성장할 수 없다. 식물이 없으면 동물도 생존할 수 없고, 종국에는 인간도 서서히 지구에서 퇴장당할 것이다.

일화가 있다. 한 농부가 무더운 여름날 땀을 뻘뻘 흘리며 밭에서 잡초를 뽑고 있었다. 한숨이 새어 나왔고 짜증이 나기 시작했다. “신은 왜 이런 쓸모없는 잡초를 만들었지. 잡초만 없으면 이렇게 더운 날 땀을 흘리지 않아도 되고 밭도 깨끗할 텐데….” 때마침 근처를 지나던 동네 노인이 그 말을 듣고는 농부에게 말했다. “여보게, 그 잡초도 무언가 책임을 띠고 이 세상에 존재하는 것이라네. 잡초는 비가 많이 내릴 때는 흙이 내려가지 않도록 막아 주고 건조한 날에는 먼지나 바람에 의한 피해를 막아 주네. 또한, 진흙땅에 튼튼한 뿌리를 뻗어 흙을 갈아 주기도 하지. 만일 그 잡초들이 없었다면, 자네가 땅을 고르려 해도 흙먼지만 일어나고 비에 흙이 씻겨내려 이 땅은 아무 쓸모가 없이 되었을 거야! 자네가 귀찮게 여긴 그 잡초가 자네의 밭을 지켜준 일등 공신이라네."

세상에 아무 데도 쓸모없는 것은 없다. 모든 것들은 나름대로 의미가 있다. 비록 그 영혼은 보이지 않으나 꽃은 모양과 향기의 옷을 입고, 잡초는 그들만의 모습으로 태어났다. 이 세상에 태어난 어느 것 하나 소중하지 않은 것은 없으리라.

잡초는 자신의 삶이 영원하지 않음을 인지한다. 겉모습의 형상에 매달리지 않으며 잡초라 불러도 이름에 불과하다는 것을 깨닫는다. 자족할 줄 알며 남들의 시선을 두려워하거나 의식하지도 않는다. 세상에 드러내지 않고 자신의 처한 현실을 그대로 받아들인다.

잡초는 밟히고 베이거나 뽑히고 제초제 세례를 받으면서 온갖 수난을 겪어야 한다. 그래도 그곳에서 도망칠 수 없다. 아무리 어려운 환경이더라도 그 자리에서 자신의 삶을 마친다. 그들의 숙명이다. 마치 모든 것을 이해하고 받아들이는 도인처럼, 어떤 환경에서도 떠나지 않고 순응한다. 마침내 역경 속에서 아름답게 자신을 꽃피우는 방법을 몸에 익힌다. 봄이면 환생의 힘을 받으며 언제 그랬느냐는 듯 태어난다.

세상에 잡초는 없다고 한다. 밀밭에 벼가 나거나 보리밭에 밀이 나면 잡초로 취급받듯 환경에 따라 상황이 달라진다. 사람도 같은 이치다. 자기가 꼭 필요한 곳, 있어야 할 곳에 있으면 산삼보다 귀하다. 뻗어야 할 자리가 아닌데 다리 뻗으면 잡초가 되고 만다.

저마다 주어진 자리가 있다. 임의대로 버리고 떠날 수 없다. 사람이 사회, 직장, 가정이거나 주어진 자리에서 최선을 다하는 것이나 매한가지다. 그것은 인내와 피나는 노력을 요구하는 일일지도 모른다. 하지만 가장 가치 있고 아름다운 것은 제자리를 지키며 성실하게 소임을 해낼 때다.

누구나 어떤 모습이건 내면에는 보이지 않는 가치를 지녔다. 그 가치를 어떤 모습으로 보여 주는가는 자신의 몫이다. 사람은 제각각 자신의 쓰임새와 의미가 있으므로 소중하고 아름다운 존재다. 그래서 자신을 귀히 여기고 가꾸어 나간다.

자연에 순응하는 끈질긴 잡초들의 삶이 놀랍다. 그들의 인내와 도전정신에서 삶의 의미와 가치를 되새겨 본다. (2016)

굳은살

삼월 중순이다. 귤나무 가지치기를 해야 할 때다. 예년보다 보름 정도 늦게 시작했다.

지난겨울 몇십 년 만에 내린 폭설로 제주 전역은 며칠간 고립되었다. 귤나무와 열매도 영하의 기온을 버티지 못해 동해를 입었다. 비닐하우스 감귤도 마찬가지다. 상품성이 떨어져 처리에 골머리를 앓았다. 가공용 처리도 제대로 되지 않아 수확하는 즉시 산지 폐기하는 아픔을 겪었다. 그래서 나무들은 쇠약해 가지치기는 늦게 시작해야 한다는 매스컴의 보도다.

때가 되면 가지치기는 필수다. 근 이십여 년 아내와 둘이서 밭으로 나간다. 약한 가지는 가위로 자르고 굵은 가지는 톱으로 골라낸다. 사흘쯤 지나면 오른 손바닥이 뻣뻣하기 시작한다. 손바닥에 물집이 생기면서 부르터 터지기를 반복하다 보면 굳은살이 터를 잡는다. 나는 괜찮지만, 아내는 여린 손이라 손가락이나 주먹을 쥐고 펴기가 힘들다고 한다. 측은한 마음이 든다. 무리하지 않고 쉬엄쉬엄해야 계속할 수 있다고 넌지시 얘기했다. 하지만 하루 계획 면적이 있어 나도 모르는 새 무리할 때도 있다.

굳은살은 반복적인 마찰이나 압력에 의해 각질층이 쌓이면서 생긴다. 이런 현상은 손바닥이나 발바닥, 관절의 뼈 근처 돌출된 곳이나 간헐적으로 압력을 받는 부위에 주로 나타난다. 운동선수나 특정 직업에 종사하는 사람들은 손과 발의 사용 위치에 따라 굳은살의 크기는 정상인과 다른 독특한 양상을 보이기도 한다.

발에는 누구나 굳은살이 있다. 가장 먼저 바닥에 닿는 부분이 발꿈치다. 걷다 보면 조금씩 살이 굳어 간다. 이는 피부를 보호하려고 자연스럽게 나타나는 현상이다. 너무 딱 조이는 운동화나 구두를 신고 오래 걸으면 피부 압박이나 마찰로 인해 나타나는 경우도 있다.

등산로에 들어섰다. 수많은 사람의 발자국으로 윤이 날 정도로 길은 반들거리고 단단해 있었다. 그 길은 산이 갖는 매력일 것이다. 산은 제 속살을 보호하려고 굳은살을 만들고 있었다. 그 속에 우리가 알 수 없는 많은 것을 간직하고 있을 것 같다. 부드러운 흙과 나무의 뿌리도 넓게 자리 잡고 이름 모를 씨앗도 숨어 있을 성싶다. 계절 따라 변하는 나무의 모습을 본다. 연륜의 무게만큼이나 두터워지는 울퉁불퉁한 줄기와 표피. 가지 끝에 피는 잎, 드러낸 굵은 뿌리는 온갖 세상을 경험한 노인처럼 보인다.

하지만 굳은살을 두껍게 만드는 것일수록 그 속은 여리다는 것을 볼 수 있다. 딱딱한 게 껍데기를 벗기면 부드러운 게살이 들어 있듯이. 속살이 너무 연약해 게는 껍데기를 더욱 단단하게 만든다. 물결과의 부대낌에서 살아남기 위한 본능이다.

지난날 굳어지는 것은 당연한 것처럼 여겼고 변화를 받아들이지 않으려는 고지식함이 내 마음을 사로잡았었다. 물결의 흐름을 느낄 수 없는 강물, 어느 날 느닷없이 갈라질지 모를 굳은 땅, 흐린 구름이 잔뜩 낀 하늘. 이 모든 것들이 감정 표현 없는 굳은살처럼 느껴졌다. 변하지 않으려는 삶의 방식을 고집하는 사람들도 그의 일상의 어느 구석에 굳은살이 숨어 있을 것이다.

바이올리니스트 정경화가 있다. 그는 자신의 몸 일부처럼 여기는 바이올린 때문에 목 언저리에 굳은살이 박이고 피부색까지 변했다고 한다. 굳은살에는 정열이 숨어 있고 바이올린을 통해 표현하고 싶던 음악이 또 한 층을 이루며 시간과 함께 여물어 갔을 것이다. 그의 굳은살에서 고독의 그림자를 만난다. 혼자서 걸어야 하는 외로운 길. 하지만 가장 아름다운 곳도 굳은살이 있는 목이라는 생각이 든다. 바이올린을 받쳐 주는 굳은살의 꽉 찬 느낌이 있기에 그녀는 안정적으로 음악에 몰입하게 되는 것 아닐까. 나무의 옹이 같은 그녀의 굳은살. 나무에 거친 흔적을 남긴 옹이가 때로는 아름다운 무늬가 되는 것처럼 그녀의 굳은살은 음악의 미려한 선율로 흐른다.

내게도 어떤 굳은살이 있을까. 떳떳하게 내놓을 만한 곳은 보이지 않는다. 굳은살을 만들 만큼 무언가에 열중한 흔적도 찾을 수 없고 주어진 생을 사랑하지 못한 내 모습이 드러날 뿐이다.

손과 발이나 목의 굳은살은 생에 대한 끈질긴 의욕이며 도전의 흔적이다. 손바닥이 멍들고 손마디가 굵었다고 부끄러워할 일은 아니다. 인생의 연륜이다. 가끔 손과 발의 모양까지도 바꾸어 놓은 모습을 보면서 삶의 자세를 다시 한 번 가다듬게 된다. 보이지 않는 작은 먼지 알갱이가 어느 날 더께로 쌓이는 것처럼, 삶에 대한 끝없는 열정을 삭이고 나면 굳은살은 어김없이 찾아올 것이다.

세상을 열심히 살았다는 인증 샷은 굳은살이 아닐까. (2016)

꿀벌의 끈기

팔월 상순이다. 마당 한쪽에 자리 잡은 금귤나무에 칠월 초순부터 연이어 세 번째 꽃이 흐드러지게 피었다. 특이한 나무다.

희붐한 새벽 대문간을 나설 때는 진한 향기에 기분이 상쾌하다. 해 뜰 무렵이면 벌들이 어떻게 냄새를 맡았는지 하나둘씩 모여든다. 달콤한 향기에 취해 벌들은 붕붕거리며 꽃 주변을 맴돈다. 나는 그들의 행동이 신기해 넋 잃은 채 가까이서 살핀다. 활짝 핀 꽃에는 얼씬거리지 않았다. 지금 막 꽃봉오리가 열리는 곳만 골라 머리를 깊숙이 들이밀고 꿀을 채취하고 있지 않은가.

꿀벌의 수명은 한창 일하는 여름에는 마흔 날쯤, 그 외는 보통 석 달 정도이나 일 없는 겨울에는 육 개월까지라고 한다. 그들은 꽃에 한 번 머무르는 동안 열심히 꿀을 채취하고 게으름을 피우지 않는다. 삶도 좋은 하루를 보내려면 짧은 시간을 일해도 부지런히 해야 능률이 오르는 이치나 마찬가지다. 투자한 시간보다 집중도에 따라 결과가 좌우되기도 한다. 어떤 일이든 적당한 휴식 시간이 필요하다. 어떻게 활용하느냐에 따라 결과가 다르게 나타난다.

하나의 벌통 속에는 여왕벌 한 마리와 암놈이 구십 퍼센트이고 나머지는 수벌로 이뤄졌다. 암놈만 꿀을 채취하고 수놈은 여왕벌과 짝짓기가 끝나면 삶을 끝내거나 나머지는 가을이 가까워지면 일벌에 의해 집 밖으로 쫓겨나 추위에 떨다 죽는다.

꿀벌들이 집을 나설 때 자기가 방금 나온 집의 위치를 여러 번 반복 확인한 뒤에야 일터로 향한다. 역시 돌아올 때도 주변의 지형지물을 꼼꼼히 점검하고 자신의 집이 정확한지 확인하고 들어간다.

곤충학자들에 따르면 한 마리의 꿀벌이 1킬로그램의 꿀을 빚기 위해서 무려 삼십만 킬로가 넘는 거리를 날아야 하고, 약 천이백만 송이의 꽃을 찾아 화밀을 채집한다는 것이다. 그 놀라운 부지런함과 끈기에 절로 숙연해진다. 이런 노력과 협동이 있기에 꿀이 모아진다. 인간도 끈기 있고 부지런하면 못 해낼 일이 없을 게다. 끈기를 대신할 수 있는 것은 세상에 아무것도 없다. 재능도 끈기를 따를 수 없고 재능이 있어도 성공하지 못한 사람을 볼 수 있다. 끈기 있고 부지런히 노력하는 사람, 값진 보상은 그 과정에서 만들어지는 자신의 모습이다. 성공은 노력의 결과다.

한낮이다. 벌들은 더위에 못 이겼는지 한 마리도 보이지 않고 어디론지 사라졌다. 휴식시간인지도 모른다. 일상에서도 사정이 허락하는 한 일하는 중간마다 적당한 휴식을 취하는 것이 바람직하다. 휴식은 낭비하는 시간이라고 생각하면 오산이다. 심신을 재충전하는 귀중한 시간이며 일의 능률을 높여 준다. 휴식 없이 일한다고 좋은 결과가 나온다는 법은 없다. 몸과 마음이 뒤따라야 가능하다.

세상에는 세 종류의 사람이 있다고 한다. 첫째, 있어서는 안 될 사람. 거미처럼 자신의 생존만을 위해 사는 동물 같은 사람이다. 별로 노력하지 않고 어둡고 습한 곳에 거미줄을 쳐놓고 그곳에 걸려드는 곤충들을 기다린다. 그런 사람은 이웃과 사회에서 필요악으로 환영받지 못함은 당연하다. 둘째, 개미처럼 사는 사람이다. 그는 열심히 일하며 성실한 자세로 자신과 가족들을 위해 밤낮없이 노력한다. 하지만 이웃을 위할 줄 모른다. 이기주의적 사고로 사는 개미와 같은 사람은 있으나 마나 한 존재다. 셋째, 꿀벌과 같은 사람이다. 그는 이 꽃 저 꽃으로 분주히 다니면서 꿀통에 꿀을 채운다. 자신도 먹고 꽃들에는 열매를 맺게 하며 사람들에게도 그 꿀을 공급하는 곤충이다. 꿀벌과 같은 끈기 있고 부지런한 사람은 꼭 필요한 존재이며 사회가 요구하는 희생과 봉사의 사람이다.

부지런한 벌들을 보노라면 마치 사람들의 삶과 비슷하다는 느낌이다. 한곳에 무리 지어 살며 꿀을 비축하는 습관이나, 가족과 미래를 위해 열심히 일하고 서로 배려하는 모습이 인간의 생활과 닮은 꼴이다.

인간은 좋은 환경을 만들어 자연을 사랑하고 보존해야 할 의무를 지녔다. 자연과 조화를 이루고 어우러질 때 서로가 혜택을 주고받는 아름다운 삶이 아닐까.

우리에게 이로운 벌들이 최근 들어 그 개체수가 점점 줄고 있다니 안타깝다. 벌은 꿀을 생산하는 것 이상으로 생태계에 큰 이로움을 주는 곤충이다. 지구에서 가장 대체 불가능한 생물의 종이 벌이라 한다. 풀과 나무의 새로운 탄생과 열매를 맺게 하는 화분 매개에서 벌이 차지하는 비중은 절대적이다. 벌의 수가 줄어들면 목초 생산도 줄어 육류와 우유 생산까지도 타격을 입게 마련이다. 인간이 자연을 병들게 하면 환경파괴로 인한 재앙이 올 수도 있다.

황혼 무렵, 벌들은 하나둘 안식처를 찾아 떠났다. 사위가 고요하다.

그들의 끈기를 보며 자신을 되돌아본다. 녀석들, 내일 다시 오려나 은근히 기다려본다. (2015)

적정 값

제값을 받아야 흐뭇하다. 하지만 농산물은 노력한 만큼 적정한 값을 받기란 그리 쉬운 일이 아니니다. 살다 보면 모든 일이 기대 이상의 보상을 받지 못하는 경우가 허다하다. 농산물은 계절적으로 작황이 좋아 과잉생산 되거나 이상 기후로 품질이 떨어져 상품성이 낮아질 때도 있다. 그럴 때는 어쩔 수 없이 생산비도 건질 수 없어 갈아엎어야 하는 아픔도 겪어야 한다. 더구나 양배추, 무, 양파, 브로콜리 같은 원예작물은 몇 년에 한 번쯤은 이런 현상이 반복돼 당연히 숙명처럼 받아들일 수밖에 없는 게 현실이다.

농사는 먹을거리를 생산하고 생명을 다루는 의미 있는 일이다. 그렇지만 일반적으로 힘들고 재미없는 일로 인식되고 있다. 팔다리 허리 아픔을 참으며 추위에 견디고 땡볕에 땀 흘리면서 숨 가쁘게 일한다. 생산비는 갈수록 오르고 농산물 값은 제자리를 맴돈다. 적정 값 받기가 그리 쉽지 않다. 값을 제대로 받으려면 우선 작물에 따른 품질 조건을 갖춰야 함은 당연하다.

내가 지은 농사는 누군가 소중한 사람들의 안전한 먹을거리가 된다는 보람을 가질 수 있어야 한다. 내 가족과 이웃이 더불어 벗들과 먹는다는 마음으로 텃밭농사처럼 지어야 즐겁다.

지난 50년대는 식량 조달은 자급자족이었다. 모든 일이 그렇듯 농사일은 여럿이 함께 해야 능률도 오르고 재미있어, 해 볼 만한 일이 된다. 더구나 소규모 가족은 협동이 필요하다. 봄이나 가을에 밭갈이 때 소가 없는 집에서는 시기에 맞춰 파종을 못해 애간장을 태운다. 미리 밭갈이해 줄 분에게 부탁하거나 일을 해 줬다가 밭을 갈았다. 김매기도 마찬가지다. 수눌음이 있어 제때에 해결할 수 있었다.

지금은 농사도 직업이다. 먹고사는 문제를 해결하고 자아실현의 의미가 내포되어 있다. 농사는 꼭 필요하고, 사회적으로 의미 있는 일이라는 데는 큰 이견이 없을 것이다. 하지만 농사로 먹고 생활하는 일을 해결하는 데는 많은 어려움이 있다. 이제는 농업도 안정적인 소득을 낼 수 있도록 농사를 지어야 한다.

농산물은 공산품처럼 공장에서 물건을 찍어 내듯 지을 수 없다. 자연의 이치를 거스를 수 없듯이 작물이 자라는 충분한 양분과 알맞은 기후가 있어야 하고 일정한 기간을 거쳐야 농산물은 나온다. 논밭에서 짓는 농사는 생산성이 가장 떨어지는 비효율적인 산업일 수밖에 없다. 생산 기간은 길고 값은 싸며 유통기간은 짧다. 부피는 크고 무게는 무거워 기후는 통제 불가능한 외부 요인이 된다. 어느 하나도 자본주의 경제 체제에서 상품으로서 유리한 것이 별로 없다.

우리의 삶도 농사짓기와 마찬가지가 아닐까 한다. 어머니의 뱃속에서 일정 기간을 거쳐야 아기도 태어난다. 빨리 나오고 싶어도 과정을 겪는다. 순리를 거스를 수 없는 것이 인간사다. 산모는 바른 마음으로 정성을 다해 태교를 하지 않는가.

자본주의 경제에서 농업이 불리하지만 그래도 버틸 수 있는 것은 누구나 먹어야 하기 때문일 것이다. 먹는 것은 건강과 직결되기에 안전성과 믿을 만한 농산물인지 신뢰성이 있어야 한다. 신뢰성은 외국산보다 우리 농산물을 선호하며 직거래로 틈새시장을 노린다.

농사는 사람이 짓는 것 같지만, 하늘과 땅의 도움 없이 제대로 지을 수 없다. 세상에서 가장 많은 일꾼이 모여 만들어 내는 최고의 종합예술이라 할 것이다. 따사로운 햇빛과 바람 비 천둥소리를 들으며 땅속의 수없는 미생물과 지렁이들도 함께 거든다. 벌과 나비, 무당벌레들이 각자 처소에서 책임을 다해 만든다. 모든 농사꾼이 모여 만든다 하나 수천억 분의 일밖에 일하지 않는 셈이다. 늘 겸손한 맘으로 자연에 감사해야 할 대목이 아닌가 싶다.

동네에서 나누어 먹듯이 생산하고, 이에 마음과 사연을 담아 소비자에게 공급한다면 얼마나 좋을까. 소비자는 생산자를 믿고, 일상적인 정을 나눌 수 있는 관계로 나아갈 수 있기를 기대해 본다.

농민들은 자신이 생산한 농산물이 좋은 값에 팔려 나가기를 바란다. 그러나 현실은 그렇지 못하다. 일 년 동안 애써 지은 농산물이 말도 안 되는 헐값에 팔리기도 하고 가끔은 수확도 하지 못해 버리기도 한다. 가장 큰 원인은 마구잡이로 들어오는 수입농산물이다. 점점 늘어만 가는 수입농산물로 농민들이 지을 작목이 줄어들면서 과잉생산 될 때도 있다. 가끔 작황 부진으로 가격이 올라갈 경우도 있지만 그때마다 수입농산물이 들어와 가격을 안정시켜 준다. 수입농산물과 이상 기후로 갈수록 가격 등락이 불규칙해 간다. 농산물은 특성상 공산품과는 달리 생산자가 가격을 결정하지 못한다. 결국 시장에서 결정된다. 전국의 농산물이 시장으로 집결돼 가격이 결정된 뒤 소비자에게 팔린다.

행복하게 지내는 대부분 사람은 노력가이다. 게으름뱅이가 행복하게 사는 경우는 드물다. 노력의 결과로 얻는 성과의 기쁨 없이는 누구도 참된 행복을 누릴 수 없다. 수확의 기쁨은 그 흘린 땀에 정비례한다. 경제성만을 따진다면 이 땅에서 농사지을 사람이 몇이나 될까. 누구나 먹어야 살아갈 수 있는 생명의 식량을 내 손으로 지어낸다는 긍지와 자부심을 가져 본다. 땀 흘려 일하는 자세는 그 어떤 직업보다도 거룩하고 당당하며 건강한 생업이 아닌가 한다.

적정 값을 못 받아도 세상은 잃는 것이 있으면 언젠가는 얻는 것이 있을 것이다. (2012)

마무리의 매력

가을이 익어 간다.

감귤밭이 온통 주홍빛이다. 달포 전만 해도 진녹색 들녘이었는데 계절 따라 나무도 본색을 드러낸다. 수확의 계절, 집집이 일시에 귤 따는 일이 겹쳐 일손 구하기가 쉽지 않다. 귤에 상처를 내지 않고 정성 들여 따야 수송과정에서 쉽게 부패하지 않아 숙련된 사람을 찾는다. 귤은 구매자의 손에 안전하게 도착해야 마무리된다.

일 년 동안 애써 가꾼 감귤은 농부의 손을 거쳐야 한다. 수확 시는 한 번에 따지 않고 작은 잎을 하나쯤 붙여서 딴 다음 다시 꼭지를 바짝 잘라준다. 두 번 자르는 이유는 꼭지가 매끈해야 다른 과실에 상처를 주지 않아 안전하게 보관할 수 있고, 운송과정에서 쉽게 상처를 입지 않게 하려는 것이다.

봄에 씨를 뿌려 무더위에 땀 흘려가며 관리해야 가을에 수확의 기쁨을 누리는 게 농사다. 농작물은 농부의 발걸음에 따라 풍성하게 영글어 간다고 했다. 삼월 중순이면 봄 비료를 흩뿌린다. 식물이나 사람도 적정시기에 따라 관리해야만 효과를 볼 수 있고 때를 놓치면 아무 소용없다. 오히려 해가 되는 경우를 볼 수 있다.

연이어 할 일은 가지치기다. 이른 아침에 농장으로 향한다. 혼자

하는 것보다 아내와 같이 일하면 말벗이 되고 심심치 않아 지루함을 덜 느낀다. 전정은 특별한 기술이 따로 없다. 나무 전체에 햇볕이 골고루 들어야 하고 너무 높은 가지는 적당한 높이로 잘라 준다. 웃자란 가지는 대부분 밑부분에서 사정없이 솎아낸다. 삭은 가지와 병충해가 감염되거나 겹쳐진 가지는 전정 대상이다.

한여름엔 병충해 방제와 풀베기 작업이 뒤따른다. 농장을 자주 돌봐야 한다. 농약은 때를 잘 맞춰 살포하면 횟수를 줄이고 인건비도 절약할 수 있어 일거양득이다. 적정 시기를 놓치면 그 피해는 이루 말할 수 없다. 적당히 허투루 넘길 일이 아니다. 한 번의 실수로 일 년 농사를 망쳐 허탈할 때도 있어 신경 써야 한다. 농장에 풀을 키운 지 여러 해 지났다. 칠월부터 구월까지 세 번을 예초기로 베어낸다. 풀이 자라야 귤의 신맛을 낮출 수 있다는 것이다.

시월 하순이면 극조생 감귤 수확 시작이다. 올해는 유난히 작은 열매가 많았다. 한창 자라야 할 시기에 가뭄으로 제대로 자라지 못했고, 반면 2차 자연 낙과 무렵에 일조량이 넉넉해 떨어지지 않은 영향도 있다고 한다.

사람이 제아무리 힘쓴들 하늘이 절반의 농사를 지어 준다는 선조의 평범한 진리의 말을 되새겨본다. 자연을 거스르지 않으며 이기려는 것이 아니라 자연에 순응하는 삶이 바로 자연인이라는 도인의 말처럼 농사도 자연의 변화에 순응하면서 짓는 것이 진정한 농사가 아닌가 한다. 흙과 자연은 결코 사람을 속이는 일이 없음을 조금씩 터득해 가며 배운다.

아내와 단둘이 감귤 수확을 한다. 몇 년 전까지도 놉을 빌려 열매 따기를 했지만, 지금은 재배 면적도 줄이고 적당히 몸에 무리가 없도록 알맞게 일한다. 과욕은 건강을 해칠 우려도 있고 분수를 생각할 나이에 이르렀다. 감귤 교육 받을 때 나이 지긋한 분의 얘기가 떠오른다. "칠십이 지나면 젊었을 때 하루에 했던 일을 삼 일에 나눠 해야 몸에 무리 없다."고 그저 하는 말이 아니라는 걸 실감하는 요즘이다.

지난해 휴식년제에 동참해 감귤을 강제로 달리지 않도록 했다. 올해엔 예년보다 골고루 달린 편이다. 열매를 솎았지만 따다 보면 아주 작은 귤이 보인다. 상품가치는 없으나 맛은 좋다. 여름철 무더위로 햇볕이 강해 표피가 타들어 가는 일소병에 걸린 것도 있다. 이런 열매와 소과는 버려야 한다. 가지 틈새에 달린 열매는 제대로 자라지 못해 기형이 돼 측은의 정을 느낀다. 나무속 그늘진 곳엔 어른 손가락 크기의 삭은 가지가 이따금 보인다. 햇볕을 받지 못했거나 늙은 가지다. 적당한 햇볕을 받아야 생존할 수 있음을 말해 준다. 음지의 귤은 착색도 더디고 당도 역시 낮다. 그 밑에는 잡초도 자라지 않아 햇볕의 역할이 얼마나 중요한지 알 수 있다.

일정 장소로 운반하고 선별하는 일은 내 몫으로 돼 있다. 바구니 셋에 귤을 가득 담아 작은 손수레로 운반하면 두 개의 컨테이너 분량이 된다. 세심히 딴다 해도 새가 쪼았거나 바람에 스쳐 흠집이 있고 가위질 과정에서 생채기가 보이는 것은 잘 살펴 골라낸다. 너무 크거나 작은 것은 세심히 살폈어도 또다시 눈에 들어온다.

초저녁이면 운송장 용지에 받는 고객의 인적 사항을 적는다. 어떤 때는 자정을 넘길 때도 있다. 아침부터 15킬로그램 상자에 1킬로그램 더 넣어 포장한다. 상자 무게를 제외한 중량을 줘야 뒷말이 없어 서로 편하고 신뢰를 쌓을 수 있다.

귤의 행선지는 전국이다. 지역 선택권은 생산자의 손에 따라 운명이 정해진다. 지난날엔 소비자는 매끈한 외형만 보고 좋은 귤이라며 비싼 값을 주고 구매했었다. 지금은 맛있는 귤이 아니면 소비자는 외면한다. 겉보기가 아니라 실속을 챙긴다. 생산자 역시 적게 생산하더라도 맛있는 귤이 아니면 경쟁에서 뒤처진다는 걸 인식한다. 외모보다 실속 있는 사람이 우대 받는 세상이다.

한 개 먹고 또 먹고 싶어 손에 잡히는 귤. 마무리의 매력은 역시 맛 아닌가. (2012)

유연한 갈대처럼

하찮은 바람에도 흔들리는 게 갈대다.

미풍에도 제 몸 하나 제대로 추스르지 못하나 줏대 없음을 뜻함은 아니다. 땅속 깊이 뿌리 내리고 있으면서 시대의 조류에 따라 움직일 줄 안다는 것이다. 자기 혁신을 꿈꾸는 사람은 언제든지 희망의 주인공이 될 수 있다. 불확실성의 시대에 살면서 유연성을 기르는 훈련이 무엇보다 절실하다. 침착하고 여유가 있는 사람은 주변에서 일어나는 하찮은 일도 끌어안을 수 있는 포용력이 있어 존경받는다.

유연한 삶은 희망이 있어 자신을 빛나게 하고, 무한한 생명력으로 미래의 성을 쌓는다. 살다 보면 예측 못한 사고로 암초에 부딪히거나 시간의 덫에 걸릴 경우도 일어난다. 이때 허물어진 성을 복구해 순항을 계속할 수 있는 위기관리 능력이 필요하다. 이렇듯 삶에 자그마한 균열이 생길 때, 가까스로 변화의 옷을 갈아입게 된다.

인간의 유전자 역시 끊임없는 진보를 꿈꾸고 있다고 한다. '뇌는 생물이 환경에 적응해 살아가기 쉬운 프로그램을 만들기 위해 존재한다. 목표가 달성되면 두뇌는 활동을 멈추게 되고, 결과적으로 뇌 활성화가 둔화한다. 사람은 끊임없이 목표를 만들고 도전하지 않으면 점점 추락해 간다. 이런 불행을 피하기 위해서는 하나의 목표를 달성하고 나면 그 즉시 다음 목표를 설정해서 뇌에 새로운 프로그램을 입력해야 한다.'고 무라카미 가즈오는 말했다.

유연성은 신뢰의 바탕에 눈을 뜨고, 변화에 순응할 수 있는 대체능력을 수반한다. 그 발원지는 무한히 열려 있는 정신의 현주소다. 열린 마음은 있는 힘을 다해 세상을 맞이할 수 있는 뜨거운 가슴이다. 사물을 바라보는 시선이 뜨거워야 한다. 변화를 시도하려면 고형의 틀을 부수고 기존의 시각을 버려야 옳다. 새로운 꿈을 꾼다는 것은 지금까지 살아온 삶을 중단하는 것이 아니라 새로운 이상을 가진다. 정보의 홍수시대를 살려면 무엇보다도 변화가 선행돼야 한다. 다양한 시각으로 문제를 바라볼 수 있는 열린 마음이다. 어차피 내 의지와 상관없는 삶이라 해도 예정된 시곗바늘이 멈추는 순간까지 운명의 수레바퀴는 어디론가 굴러간다. 일궈야 할 밭고랑이 아무리 단단해도 그곳에서 향기롭고 소중한 보물을 캐야 한다. 온몸으로 희망하는 삶을 구축하려면 부단한 노력이 필요하다. 사람은 나이를 먹어도 일을 해야 떳떳한 법이다. 자식들은 노년에 부모가 일한다고 안쓰러워하지만 일을 해야만 청년 시절의 활기를 잃지 않을 수 있다.

몸도 하나의 물질이다. 물질은 충격을 받으면 그 형태가 달라지거나 그 압력에 의해 새로운 생성물이 될 수 있다. 그렇지만 현상은 달라져도 인간이기를 포기하지 않는다면 어떠한 경우라도 본질은 달라지지 않을 것이다. 건강한 자의식을 가졌을 때, 모든 사람과의 관계에서 원만한 의사소통이 이뤄진다. 내 안의 에너지를 재생산해 어려운 이웃과 나눔을 실천할 수 있다. 몸은 자신의 열량을 최대로 발휘할 수 있는 동력의 원천이다. 독선과 아집이 넘치지 않는 너그러움은 삶의 윤활유다.

유연성을 갖는 것과 시각을 바꾸는 능력은 서로 유기적인 관계가 아닌가 한다. 이렇듯 생활에서 양보의 미덕은 체념이나 포기가 아니라 아름다운 화합을 통해 새로운 가치체계를 이룰 수 있는 능력이다. 삶에서 일어나는 모든 고통은 성장을 위한 아픔이 아닐까. 삶이 잔잔하기만 바랄 게 아니다. 풍랑이 일 때마다 슬기롭게 피해 가는 기술과 묘법을 터득해야 한다. 그래야 험난한 항해를 마치고 안전한 포구에 닻을 내릴 수 있다.

눈물 없이 채워지는 삶은 없다. 유연성만 잃지 않는다면 나이 들어 쇠할 때까지 어떠한 폭풍이 몰려와도 좌절하지 않고, 수많은 시련과 고통을 견디어 냄으로써 최후의 기쁨을 맛볼 수 있을 것이다.

나무는 들판에서 갈대보다 강해 보인다. 하지만 강한 폭풍이 불어 닥치면 나무는 그 뿌리가 뽑혀도, 갈대는 비록 바람에 흔들리나 뿌리는 뽑히지 않는다. 폭풍이 지나면 다시 일어선다. 누구나 자신의 견해와 처지에만 집착하고 상대방의 행동이나 생각에 마음이 쉽게 흔들리지 않으려 한다. 결국은 자신이 부러지지 않을까.

어린애들을 바라본다. 얼마나 부드럽고 유연한가. 사람들은 나이가 들어감에 따라 고집스럽고 딱딱해진다. 신체뿐 아니라 뇌도 노화되고 유연성이 떨어진다. 먼저 터득해야 할 것은 삶을 대하는 마음가짐이다. 여린 가지들은 유연하고 부드럽다. 무겁게 쌓이는 눈도 모두 털어낸다. 어쩌면 여태 살면서 배려를 잊은 채 내 의견만 옳다며 살아오지 않았는지 되돌아본다.

위기의 시대일수록 갈대의 유연성을 배워야 하지 않을까 싶다. 강하게 불어오는 바람에 꼿꼿하게 버티는 나무의 모습이 일견 장해 보일 수도 있지만 부러지기 십상이다. 흔들릴지언정 전체를 훼손하지 않는 지혜를 터득하려면 요원하다. (2012)

뒷바라지

딸이 임신했다는 기쁜 소식.

전화기를 귀에 바싹 붙인 아내는 화사한 미소를 지으며 즐거운 표정이다. 그렇잖아도 은근히 기다리고 있던 참이었다. 결혼한 지 어느새 일 년이 훌쩍 지났으니 그럴 만도 하다. 나이 들어 결혼했기에 제때에 애가 들어서지 않으면 어쩌나 걱정했었다. 아내는 해산달이 가까우면 고향에 내려와 집에서 부담 없이 애를 낳도록 얘기를 나누는 것 같다.

외손자가 태어났다. 아내는 뒷바라지에 바쁘다. 산모 돌보느라 쉴 틈 없이 쫓아다닌다. 순산하는 날부터 산부인과에서 퇴원하는 이틀 밤을 딸과 같이 지냈다. 지난날을 회상했을 것이다. 아기 키우는 요령이나 응급처치 방법 같은 사소한 얘기까지도 나누지 않았나 싶다. 아내는 초산 때 곁에 말벗해 주는 사람 없이 외롭게 지냈었다. 어머니는 어렸을 적에 돌아가셨고 시어머니는 나이 들어 곁에서 뒷바라지할 수 없는 연치여서 혼자 감당해야 했었다는 것이다. 자신이 겪은 일을 생각하면 어머니로서 딸에게 외로움과 설움이 없기를 바라는 마음을 간직하고 있었으리라 짐작이 간다. 해산한 지 두어 달 지났다.

나는 어쨌나. 할머니의 사랑과 헌신으로 자랐다. 일흔이 지난 연치에 손자를 봤으니 그 기쁨은 이루 말할 수 없었을 것이다. 이른 아침 눈비 오는 날에도 어미 없는 손자를 등에 업고 염치없이 이웃집에 젖동냥 다니는 마음이 오죽 괴롭고 힘드셨을까. 여름철엔 젊은 엄마가 들로 나서기 전에 치맛자락 휘어잡고 고샅길을 잰걸음으로 오갔으리라. 열이 오르거나 설사하는 날엔 근처 어르신을 찾아 침 맞으러 다녀야 했었다. 침도 놓기 전에 무서워 어쩔 줄 몰라 닭똥 같은 눈물 흘렸던 일이 엊그제 일처럼 눈에 선하다. 할머니의 아낌없는 자애와 보살핌이 있었기에 별 탈 없이 자라 오늘의 내가 있지 않은가 싶다. 자그마한 몸에 비슷한 연치의 할머니보다 항상 무슨 일이든 간에 앞서기를 좋아하셨다. 나이에 비해 몸놀림이 재빠른 편이었다.

사람은 어떤가. 어머니의 뱃속에서 열 달 동안 있다 태어난다. 주변에선 기쁘다고 웃으며 손뼉을 치고, 아기는 모진 세파를 이겨내려고 두 주먹 불끈 쥐고 울음을 터뜨린다. 누군가의 뒷바라지 없이 생존할 수 없다. 어머니는 낳을 때 괴로움과 고통을 다 잊고 기저귀 갈아주며 밤낮으로 손발이 닳도록 고생한다. 안아 주고 업어 주며 얼러 주고 아플까 다칠까 그릇될까 노심초사다.

사람의 마음속은 온갖 소원으로 그득하다. 그렇지만 어머니의 마음은 오직 한 가지 아낌없이 자녀를 위해 살과 뼈를 깎는 심정으로 보살핌은 어느 무엇과도 견줄 수 없으리라. 부모란 평생 자식 뒷바라지에 늙어 간다.

해녀의 삶은 더구나 감동적이다. 저승 돈 벌어다 이승 자식 뒷바라지한다는 말이 있다. 이승과 저승을 넘나드는 해녀의 삶은 숭고하다. 지난날 보리가 노랗게 물들 무렵 마을에선 일정한 날을 택해 미역을 채취했었다. 여자들은 그날을 기다렸다. 집집이 여성들은 모두가 해녀다. 그들이 깊은 물속에서 미역을 따고 바다 위로 떠오르는 순간 '호~이' 하며 긴 숨을 몰아쉬는 숨비소리. 숨이 턱에 닿았을 때 저절로 나오는 살기 위한 본능의 표출이란다. 뭍으로 나오는 해녀의 망사리엔 미역이 가득하다. 남자들은 얼른 마중 나가 있는 힘을 다해 뭍으로 끌어 올린다. 여자는 해녀 노릇과 밭일 두 가지를 했으니 고역이란 이루 말할 수 없었다. 살기 위한 몸부림은 여자가 남자보다 억척스럽다.

동물도 본능이 있다. 사랑할 때 사랑하고 떠나보낼 때 떠나보내는 지혜 …. 제비는 새끼들을 열심히 먹여 기른 뒤 최후로 독립해서 살기 위해 먹이 잡는 법, 비행하는 기술을 며칠간 가르쳐 주고 나서 날려 보낸다. 이후로는 다시는 세상에서 서로 만날 일이 없다고 한다. 미물 제비에 비할 바는 아니지만 '낳은 죄'로 부모가 자식 나이 삼십 넘어까지 책임지고 계속 돌봐야 한다는 것은 생각해 볼 일이다. 새들도 자기 새끼를 그리워할까. 사람들은 말한다. "자식은 품 안에 있을 때 자식이지…." 요즘 세대가 바뀌면서 흔히 하는 말은 예삿일이 아니다. 부모와 자식 사이도 태어날 때 내 자식, 기를 땐 1촌, 대학 가면 4촌, 장가간 아들은 희미한 옛사랑의 그림자라는 유머가 현실로 다가오지 않을까 염려스럽다.

지난날 아내의 일상이 떠오른다. 뱃속의 애를 위해 태교 과정을 겪으면서 정성을 다하던 일, 아플 때 밤을 새워 가며 간호했던 일, 진자리 마른자리 갈아 주던 일, 하루에도 몇 차례씩 기저귀를 빨았던 일, 진정한 사랑으로 보듬으며 입맞춤하던 모습이 겹겹이 포개진다. 나이 들수록 아내의 소중함과 고마움을 느낀다. 옛 어른들의 말씀에 철나자 망령 든다는 말처럼 해가 갈수록 점점 철드는 것 같다. 자식들 키워내며 남편 뒷바라지까지 하느라 마음고생이 얼마나 많았을까 하는 생각이 드는 것이다. 아끼고 절약하며 멋 한번 내지 못하고 살아온 아내다. 그에게 잘해 보려고 노력하지만 오랜 세월 동안 몸에 밴 유교의 관습이 있어 표현이 잘 되지 않는다. 그래도 연습은 해야지.

언젠가는 손을 놓아야 한다. 내 자식이거나 아니면 병원이나 요양원의 신세를 져야 할 것이다. 다람쥐 쳇바퀴 돌듯 살아가는 인생.

삶이란 뒷바라지의 연속이 아닐까. (2012)

그믐달

달을 보노라면 어쩐지 인간의 삶과 비슷하다는 생각이 든다.

한 달 사이에 우리의 일생처럼 일정한 과정을 거쳐 생을 마무리하는 모습이 많이 닮았다. 사람들은 달의 모습을 보는 시각에 따라 여러 가지로 나뉜다. 모양에 따라 초승달, 상현달, 보름달, 하현달, 그믐달이라고 부른다. 더구나 어부들은 음력을 기준 삼아 밀물과 썰물 시간을 맞춰 바다에 드나든다.

초승달은 초저녁에 일찍 뜬다. 보는 이가 많다. 지나친 과욕을 버릴 줄 모르고 하나라도 더 채우려는 모양새다. 눈웃음 가득히 교태를 부리는 아기처럼 시선을 끌다가 마음에 흡족하지 않으면 이내 아무 말 없이 사라져 버리는 초승달, 어느새 상현달은 소녀의 모습으로 몸집을 키운다.

보름달은 충만한 아름다움으로 사람의 마음을 들뜨게 한다. 정월 대보름달이 솟아오른다. 혼기에 다다른 아리땁고 혈기 넘치는 청춘 남녀의 무르익은 모습이다. 동쪽을 바라보며 한 해의 소원 성취와 집안의 평안과 건강을 기원하는 사람들. 온밤 내내 높은 중천에서 여왕처럼 만인이 성스럽게 우러러보는 것을 당연시하다가, 자꾸만 오만해져 가는 콧대 높은 달이다. 얼굴의 반쪽만 보여주고 그 속내를 수수께끼처럼 알 수 없는 상현달이나 하현달보다, 가냘프고 초라한 그믐달에 동정이 간다.

그믐달은 음력 스무닷새 무렵에 뜨는 반달보다 더 이지러진 달이다. 조각달이라고 부르기도 한다. 애달픔도 외로움도 누구의 시선도 의식하지 않고 당당하다. 누가 봐 주지 않아도 그냥 묵묵히 걸어가는 나그네와 같다. 황혼의 어둠 속으로 쓸쓸히 걷는 노인의 뒷모습처럼 보인다. 그믐달은 아무나 볼 수 있는 달이 아니다. 지난날엔 노름꾼이나 양상군자만이 봐 왔으나 이젠 하루가 다르게 변하는 세상이다. 그들도 사라진 지 오래다.

나는 새벽 일찍 아침 운동으로 초등학교 운동장으로 나선다. 길가에선 남자 미화원이 빗자루로 거리의 쓰레기를 쓸면, 뒤따라 아줌마는 쓰레받기에 담아 비닐봉지에 주워 넣는다. 오토바이에 신문을 싣고 배달원이 쏜살같이 달린다. 우유 배달원이 차에서 내려 우유를 들고 긴 골목길로 빠르게 뛰어가는 모습도 이따금 보인다.

더구나 불편한 몸에 지팡이를 벗 삼아 힘들고 어렵게 걷는 젊은이의 모습을 보노라면 측은한 마음이 든다. 시원하고 조용한 시간을 찾았겠지만 아마도 남에게 보이고 싶지 않은 자존심이 있는지도 모른다. 누가 뭐래도 몸의 건강이 먼저라는 걸 그믐달에서 느낀다.

그믐달은 귀한 달이다. 새벽과 같이 시작을 알리는 달이 아닐까. 초승달은 이미 초저녁에 서쪽으로 기울어진 달이기에 그다지 매력을 느끼지 못한다. 그런데도 사람들은 초승달이나 보름달처럼 보이려 애쓴다.

그믐달은 새벽을 여는 부지런한 사람들만이 볼 수 있다. 그 사랑의 울림을 느끼지 못한 채 땅과 주변만 쳐다보는 사람들은 애처롭다. 그믐달은 아무에게나 눈짓을 주지 않는다. 캄캄한 새벽에도 하늘을 바로 볼 줄 아는 사람에게만 따뜻한 미소를 보내는 지조 있는 달이다.

새벽 그믐달을 보노라면, 선머슴처럼 입이 찢어질 만큼 웃는 보름달과 다르다. 수줍은 듯 살포시 입을 벌려 조심스럽게 웃는 매력이 넘치는 여인처럼 보인다. 요즘 아줌마들은 직업을 가리지 않고 생활 전선에 뛰어든다. 소박하고 순수한 여인의 상징인 부끄러움은 사라진 지 오래된 것 같다. 할머니가 되어도 소녀처럼 수줍어할 줄 알아야 만인의 심금을 울리는 연인으로 남아 있을 수 있지 않을까. 그런 여인을 주위에서 찾아보기란 어둠 속에서 바늘을 찾듯이 여간 어려운 게 아니다. 그나마 새벽달인 그믐달이 부끄러움을 상실한 우리의 아줌마나 할머니들의 역할을 대신해 주는 듯하다.

새벽을 알리는 그믐달이 조각배처럼 보일 때도 있다. 삶에서 폭풍이나 태풍이 휘몰아치거나 거센 파도나 해일이 몰려오기도 한다. 그런 속에서 거친 바다를 헤쳐 나가는 굳센 의지를 배워야 한다고 우리에게 알려 줌인지도 모른다.

인생이란 산전수전 다 겪고 나면 황혼길에 들어선다. 그믐달의 그믐은 순수한 우리 고어로 '끝나다' 혹은 '까무러지다'라는 뜻을 지녔다고 한다. 자기의 생명이 끝나는 것을 억울하거나 서글퍼하는 게 아니다. 자기를 소멸시켜 다시 '처음 돋아나는 달'인 초승달로 태어나게 하는 소생과 부활을 알고 있기에, 미소를 보내고 있으리라. 내일의 삶을 준비하는 그믐달 여인의 잔잔한 미소가 희망으로 다가온다.

어떤 때는 그믐달이 지난날 여인들이 신었던 버선이나 흰 고무신의 앞쪽으로 사뿐히 들린 코처럼 보인다. 흰 치마저고리를 입은 여인의 하얀 버선과 고무신. 그 순결하고 기품 있는 여인상을 새벽하늘의 그믐달이 넌지시 보여주고 있는 것 같아 반갑다. 누구든 초승달이나 보름달의 삶만 사는 게 아니라, 때가 되면 그믐달처럼 사위어지고 만다는 것을 늘 깨치며 살아가란다.

인간은 모자라는 것에 대해 걱정하지만, 실은 넘치는 것이야말로 재앙의 시초가 된다. 최고의 전성기는 오래가지 않는다. 언젠가는 내리막길이 시작된다. 꽉 찬 것은 곧 쇠퇴의 길목에 서 있음을 의미한다. 넘침은 즐김의 대상이 아닌 경계의 대상이다.

사위가 고요하다. '마음을 비워라. 그래도 더 비워라. 그래야 채워진다.'고 그믐달이 내게 살며시 속삭인다. (2016)

3부

노년의 삶

인생의 짐

세상에 짐 없이 사는 사람은 없을 것이다.

짊어지기 버거우면 잠시 내려놓거나 벗어 버리면 그만이나 마음의 짐은 생각하기에 따라 다르다. 오래전 보릿고개 시절 영세농은 아무리 땀 흘려 일해도 봄이면 양식이 바닥나 적빈을 벗어날 수 없었다. 더구나 식솔이 많은 집은 봄이면 먹을 것이 모자라 하루해가 길다고 푸념하기도 했다.

늦가을이면 집집이 이듬해 양식을 마련하려고 보리 파종이 바빠질 때다. 농가마다 퇴비를 마련함은 당연한 것으로 여겼다. 속설로 "한 사발의 밥은 주어도, 한 삼태기의 거름은 주지 마라."거나 "대소변도 자기 집에 돌아가서 누고, 집으로 돌아갈 수 없는 경우는 자신의 밭에서 일을 보라."는 얘기는 거름의 소중함을 나타내는 말이었다.

십일월 하순경 보리 파종이 한창 때다. 거름 운반은 집에서 밭과의 거리가 너무 멀어 여간 고역이 아니었다. 남의 집처럼 마차도 없어 등짐으로 날라야 하는 고통을 감내하지 않으면 안 되었다. 새벽부터 시작해도 왕복 대여섯 차례 나르기가 버거웠다. 길은 오르막이라 오후 들면서 등짐은 무겁고 한 걸음 한 걸음이 힘에 부친다.

쉼터에 이르면 구세주를 만난 듯 반갑다. 잠시 쉬며 동산 위에서 먼 산과 바다를 바라보노라면 가슴이 시원해진다. 잠깐의 휴식은 시원한 냉수를 마신 듯 속이 후련하다. 거친 숨결이 내려앉으면 또 걷는다. 오르막 내리막의 연속이다.

아프리카 어느 원주민은 강을 건널 때 큰 돌덩이를 등에 진다고 한다. 급류에 휩쓸리지 않기 위함이다. 등에 진 무거운 것이 자신을 살린다는 것을 깨우쳤을 것이다. 허리가 구부정한 노파는 일부러 작은 물품을 지고 걸어야 편하다고 한다. 진흙탕에 빠져 바퀴가 헛도는 차에는 일부러 무거운 물건을 싣기도 한다. 일상에서 짐이 마냥 나쁜 것만은 아닌 듯하다.

누구나 한번 무거운 걸 등허리에 져 보라. 저절로 걸음걸이가 조심스러워지고 고개가 수그러져 허리가 굽어진다. 시선은 잃어버린 물건을 찾듯 자꾸만 아래로 내려간다. 집으로 내려가는 길이다. 신발에 바퀴라도 달린 듯 걸음이 가볍다. 비포장 길이라 돌멩이가 많아 돌부리에 걸려 넘어질 경우도 있어 살펴 걷는다. 앞날을 상상해 본다. 어른이 돼서도 이렇게 살아야 할 것인지, 앞이 캄캄할 뿐이었다. 가장이 된다면 분산된 밭을 한곳으로 정리해야겠다는 구상을 하다 보면 어느새 집 어귀에 들어서 있곤 했다.

마음의 짐은 지고 가야 할 것과 버려야 할 것을 구분 못해 머뭇거렸다. 지혜로운 사람은 져야 할 짐을 기꺼이 지고, 쓸데없는 것은 미련 없이 버릴 줄 안다고 했다. 쉽게 내려놓지 못해 망설일 때가 한두 번이 아니다.

마음의 짐은 무겁다. 때로는 기쁨과 즐거움의 햇살이 비치는가 하면 슬픔과 아픔의 그늘이 드리워져 있는 게 인생이다. 곤경에 처해 본 사람이 어려움을 이해하듯, 아픔의 그늘에 있어 봐야 남의 심정을 절절히 느끼게 된다. 힘들게 살며 쓰라린 상처를 입어 본 사람만이 내가 힘들더라도 타인을 위해 희생하고 양보할 줄 안다.

인생 자체가 짐이다. 가난과 부유도, 질병과 건강도, 책임과 권세도, 미움과 사랑도, 만남과 이별도 마찬가지다. 몸에 진 짐이야 언제든지 내려놓을 수 있지만, 마음의 고통은 무덤까지 지고 간다는 말도 있다. 누구나 마음에 괴로움은 한두 가지 갖고 산다. 하지만 대부분 사람은 안 지려고 버티거나 일부는 죽을 때까지 무겁게 더 짊어지려 애를 쓰기도 한다. 돌이켜보면 어느 한때 시리고 아픈 가슴 없이 살아 본 적이 있었나 싶다. 보이는 짐은 처리하기 쉬우나 보이지 않을 때 괴롭고 고달프다.

하찮은 일도 짐이다. 질수록 무거워지고 내려놓을수록 가벼워진다. 그렇다고 쉽게 내려놓거나 버리지 못하는 경우도 생긴다. 평생 지고 가거나 인생을 마칠 때 끝나는 경우도 있다. 무게로 환산 안 될 만큼 훨씬 크다. 마음의 짐은 두고두고 힘들게 만든다. 벗고 싶거나 아무 때라도 내려놓기 어려운 까닭이다.

인생이 소중하거나 아름다워지려면 아픔과 고통이 있어야 한다. 가뭄이 들어야 비의 소중함을 알 수 있듯이, 장마가 계속돼야 햇빛이 얼마나 소중한 것인지를 깨달을 수 있는 것과 같은 이치다. 삶의 소중함을 알기 위해서는 고통은 당연히 감수해야 하지 않을까.

인생의 명답은 하나다. 등잔 밑이 어둡듯 가장 단순한 곳에 숨어 있는 것을 모르고 헤맨다. 되돌아보면 여태껏 더하고 곱하기만 하며 살지 않았는지. 나이 들수록 뺄셈 인생이어야 가는 길이 가볍다. 버릴 것은 버리고 질 것만 지고 가는 것. 그래야 먼 길을 갈 수 있을 것이다. (2015)

삶의 선택

삶이란 선택의 연속이다.

한 생애 동안 수없이 많은 선택의 갈림길에서 갈등을 겪는다. 이 길을 택하면 과연 옳을지, 아니면 저 길을 택해야 현명할지, 명확히 판단 못 하는 경우가 많다. 하나의 선택에서 얻는 결과를 예측하고 가늠해 올바른 결정을 하기란 생각처럼 그리 쉽지 않다. 선택이라는 말엔 설렘도 기대감도 숨어 있는 것 같다. 사람은 누구나 더 나은 삶을 원하고 그러지 못한 것에 대한 미련도 남는다.

오래전 이른 봄 초저녁이었다. 해태동산에서 동쪽을 향해 내리막길을 달릴 때다. 내 앞의 차량은 속도를 내며 힘차게 달리는데 나도 모르게 과속은 아니지만, 평소 습관보다는 속도를 낸 것 같았다. 앞차가 갑자기 급브레이크를 밟는 것이 보였다. 나도 반사적으로 급브레이크를 동시에 밟았다. 아차 이게 웬일인가. 내 차는 중앙선을 넘어 마주 오던 차량과 측면 충돌을 한 것이다. 다행히 인명 피해는 없었지만 즉시 차에서 황급히 내려 파출소에 전화로 교통사고 위치를 알렸다. 마침 사고 지점 인근에 주유소가 있었고 급유 일하는 청년 서너 명이 보였다. 그들은 아저씨는 운이 좋았다며 인명 피해 없으니 천만다행이라는 위로의 말을 건넨다. 사고 수습을 어떻게 해야 할지 안절부절못해 눈앞이 캄캄했다.

경찰관이 현장에 도착해 대강 경위를 듣고 바로 파출소에 와서 사고경위서를 작성하라는 것이다. 평소 경위서를 써 본 경험이 없기에 어떻게 써야 하는지 망설였다. 사실대로 육하원칙에 따라 출발 지점부터 사고 현장에 이르기까지 과정을 상세히 적으라는 것이다.

근 십여 년간 무사고 운전을 했는데 경위서를 쓰다니 내 머릿속은 착잡할 뿐이다. 평소 60킬로로 운행했지만, 그 당시 65킬로를 밟은 듯하다. 오늘 운이 불길한 날이라고 자위를 해보지만 누구에게도 탓할 수 없고 모든 일은 내 탓이라고 반성해 본다. 순간의 선택이 평생을 좌우한다는 말이 떠오른다.

세상 살면서 항상 올바르고 현명한 선택만을 할 수 없지 않은가. 최선의 선택이길 바라는 마음은 누구나 마찬가지다. 살다 보면 분명히 옳지 못한 선택임을 알면서도 따라야 하고, 가지 말아야 할 길임을 알면서도 어쩔 수 없이 가야 할 경우도 생긴다. 비록 가지 말아야 할 길을 가게 되더라도 그 여정에서 겪는 아픔과 시행착오를 통해 많은 지혜와 깨달음을 얻는다. 우리의 삶에 비록 오늘 잘못한 선택일지라도 그 잘못을 밑거름으로 삼아 올바른 길을 깨달을 때 내일의 현명한 선택에 도움이 되지 않을까.

자유로운 삶에서 항상 올바른 선택을 할 수 있도록 마음을 비우고 욕심을 버리는 삶. 겸허히 세상을 바라볼 수 있는 지혜롭고 현명한 마음의 눈을 가질 수 있다면 얼마나 좋을까. 버리고 비우는 일은 지혜로운 삶의 선택, 그것은 결코 소극적인 삶이 아니라 한다. 버리고 비우지 않으면 새로운 것이 들어설 수 없다. 일상의 소용돌이에서 한 생각 돌이켜 선뜻 버리고 떠날 수 있는 용기, 그것은 새로운 삶의 출발로 이어질 수 있을 것이다.

누구나 가지 않은 길에 대한 미련은 있을 것이다. 또한, 완전한 삶도 없다고 생각한다. 어머니 세대의 대부분은 자신이 선택한 삶이기보다는, 부모가 선택해 준 삶을 살았다. 따라서 부부간 생활도 한발 물러서서 바라보고 양보하며 뜻을 맞춰간다면, 자신도 모르게 천생연분의 삶으로 이어질 것이다. 양보와 배려는 우리의 마음을 녹녹하게 만들고 삶에 희망을 심어 준다. 너무 원리원칙을 따지거나 자기주장만 내세울 게 아니라 양보의 미덕도 따라야 주위가 편하다.

누군가와 정답게 얘기를 나눈다는 것은 삶에서 소중하다. 혼자서 아름답게 살아갈 수 없듯, 마음이 통할 때, 믿고 속내를 나눌 수 있는 대상이 있을 때 행복한 삶이다. 마음이 울적하거나 서러워 외롭거나 허전하고 속상해 방황할 때, 내 얘기를 흠뻑 들어주는 사람이 있다면 얼마나 좋으랴. 현대인의 심각한 병중에 하나가 대화 부족 현상이라 한다. 화병이나 우울증을 앓고 있는 사람이 하고 싶은 말을 못하거나 화나는 일도 꾹꾹 눌러 참아 생기는 병이라니 심각하지 않을 수 없다. 대화를 나눔은 삶을 곧추세우는 중요한 일이 아닐까. 고부간, 부부 사이, 부모와 자식 간에도 대화의 단절은 행복의 단절로 이어지기 쉽다. 그러므로 대화는 삶을 윤택하게 만드는 가장 중요하고 풍부한 자원 중의 하나라 생각한다.

옛말에도 부모가 자식을 사랑하는 것의 십만 분의 일만 사랑해도 효자라 했다. 희생은 대가를 바라는 경우도 있다. 하지만 대가는 돌아올 수도 있고 그렇지 못할 경우도 있다. 요즘은 자식을 키우는 일이나 살림하는 일을 희생으로 생각지 않는다. 희생한 것이 아니라 나의 삶을 산 것뿐이라 한다. 언제나 자신의 생각에 따라 삶을 행복하게 하거나 불행하게도 만든다.

자신이 선택한 삶이라면 즐겁게, 열심히 살아야 순리다. 이 세상 떠날 때, 내가 선택한 삶이 최선이었다고 말할 수 있도록. 그 누구도 방향성 없는 삶을 원하지 않을 것이다. 인간은 언제나 의미 있는 일에 관심이 집중된다. 존재의 목적을 발견하고, 삶이 중요한 것이 되길 희망한다. 더 많은 것을 얻을 수 있는 유일한 길은 스스로 부족한 삶을 선택하는 것이 아닐까.

12월도 끝자락. 지난 과거를 정리하며 새로운 해를 준비하는 선택의 달이다. 자기 삶이 가치 있다고 생각하는 사람이 얼마나 될까. 순간의 선택이 모든 것을 바꿔 놓을는지도 모른다.

기로의 순간마다 선택해야 하는 삶. (2011)

한 발짝 늦게

한 발짝 늦었다고 후회할 일은 아니다.

처음 자동차 핸들 잡고 운전할 때다. 초보자가 능숙한 운전자처럼 빨리 달리고 싶어 남보다 앞서려고 했던 기억이 떠오른다. 자기 분수를 모르는 지나친 과욕이었다. 옆에서 아내는 내 행동이 못마땅해 서두르지 말라고 항상 한마디씩 거들었다. 그렇지만 여유를 가져야 함을 알면서도 쉽게 고쳐지지 않았다.

오랜 세월이 지나서야 경험을 통해 터득할 수 있었다. 오 분 먼저 가려다 오십 년 먼저 간다는 걸 뒤늦게 깨달은 셈이다. 자동차 운전은 일등보다 이등이 좋다는 말을 한다. 아무래도 안전이 제일이라는 뜻이 아닐까 싶다.

하루가 다르게 변화하는 시대에 뒤질세라 한발 앞서가려고 발버둥 친다. 그렇지만 가끔은 한 발짝 뒤로 물러서서 되돌아보는 여유가 있으면 어떨까.

삶은 앞에만 있는 건 아닐 것이다. 가끔은 틈을 내어 돌이켜볼 필요가 있다. 위만 보거나 앞만 보고 달리다 보면 해야 할 일을 놓치거나 잃기 쉽다. 이따금 계속하던 일을 멈추고 제자리에서 돌아보는 여유도 필요한 것이다. 뜻밖에도 그동안 놓쳤거나 잃었던 것들을 되찾을 수 있게 된다.

행복은 늘 앞에만 있는 것이 아니며 지나간 삶과 추억 속에도 있다. 이제는 가끔은 지난날을 살펴보는 여유를 가졌으면 하는 마음이다. 삶이 보이지 않을 때는 야외로 벗어나 본다. 나무 하나를 보기 위해서는 산으로 들어가야 한다. 하지만 숲 전체를 보기 위해서는 산에서 한 발짝 물러서야 한다. 어떤 일이 풀리지 않거나 답답하게 느껴질 때는 계속 그 문제에 매달려 고민할 것이 아니라, 마음의 평온을 유지해 멀리서 바라보면 생각지도 않았던 실마리를 찾을 수 있게 된다.

한 발짝 물러서서 생각할 수 있는 지혜에 관한 얘기가 있다.

어떤 상인이 장사를 끝내고 집으로 돌아가는 길에 한 스님과 함께 걷게 됐다. 적막한 산길을 말동무 삼아 걸으며 스님이 말했다. 이렇게 함께 길을 가는 것도 큰 인연이니 내 그대에게 인생을 살아가는 데 꼭 필요한 지혜의 말을 일러 주리라 했다. "참을 수 없을 만큼 화가 날 때는 꼭 이 말을 생각한 후에 행동하시오. '앞으로 세 걸음 걸으며 생각하고 뒤로 세 걸음 물러나 생각하라.' 성이 날 때는 반드시 이 말을 생각하면 큰 화를 면할 것이오." 상인은 스님의 그 말을 대수롭지 않게 생각하며 집으로 향했다. 집에 도착했을 때는 밤이 사뭇 깊어 있었다. 그런데 방문 앞에 웬 신발이 두 켤레가 나란히 놓여 있는 것이 아닌가. 하나는 아내의 신발 다른 하나는 하얀 남자 고무신이었다.

창에 구멍을 내고 들여다보니 아내는 까까머리 중을 껴안고 잠이 들어 있었다. 상인은 화가 치밀어 올라 부엌으로 달려가 식칼을 가지고 뛰어나왔다. 막 방문을 들어서려는 순간 스님의 말이 생각났다. 상인이 씨근덕거리며 스님의 그 말을 외우면서 왔다 갔다 하는 소리에 아내가 깨어 밖으로 나오며 반갑게 맞이했다. 이윽고 중도 뒤따라 나오며 "형부 오랜만에 뵙습니다." 하며 인사를 하는 것 아닌가. 까까머리 중은 바로 상인의 처제였다. 상인은 칼을 내던지며 스님이 들려준 말을 다시 한 번 외쳤다.

바둑이나 장기를 둘 때 곁에서 훈수하는 사람을 통해 하나의 깨달음을 얻는다. 막상 게임에 임해 있는 사람은 볼 수 없는 수를 옆에서 지켜보고 있는 사람이 기막히게 훈수해 주는 경우를 본다. 당사자는 긴장해 있는 상태라 상황 그대로 보지 못하지만, 뒤에서 보는 사람은 한발 뒤로 물러서서 마음의 평정을 유지하고 있기에 훈수를 잘해 줄 수 있는 여유가 있는 것이다.

어쩌다 남들보다 조금이라도 늦어질 때, 왜 그리도 마음이 조급해지는지. 한발 뒤로 물러서서 세상을 바라보면, 그때 그렇게 힘들게 했던 것들도, 추억이 되고 미소도 짓게 된다. 한발 뒤에 서 있다는 것은 모자람도 아니고, 바보여서도 아니다. 그저 조금 속도를 늦췄을 뿐, 그런데도 한발 늦게 선다는 것을 부족하게 보이거나, 낙오자처럼 보이는 세상이다.

산을 올라 보면 알 수 있다. 한발 뒤에서 간다는 것이 얼마나 편안한지. 한 발짝 뒤로 서서 가는 것뿐이다. 길을 찾아야 하는 걱정도, 속도를 내야 하는 부담도 없다. 아름다운 전경을 놓칠 염려도 없으니 여유롭게 콧노래 부르며 따라가면 돌부리에 챌 염려도 적다.

한발 뒤에 서서 정상을 바라본다. 여전히 한발 뒤에서 산을 오를 것이다. 앞선 이에게 정상을 먼저 내주어도, 내가 모자라는 것이 아님을 보여주고 싶다. 혹여 정상에 오르지 못할지라도, 구수한 얘기도 나누며 함께한다는 것이 더 즐겁고 흐뭇하다. 앞으로도 한발 뒤에 서서 세상을 바라보며 분수에 알맞게 걸으련다.

인생길은 등산길과 같다. 오솔길이 있는가 하면 넓은 길도 있고 시원한 숲길이 있으면 고달픈 땡볕 길도 있다. 오르막길에 오르다 보면 내리막길로 이어진다. 정상까지 오르면 누구든 내려오는 것이 산행이 아닌가.

청소 뒤에 쓰레받기는 계속 뒤로 물러나면서도 모든 쓰레기를 다 담아낸다. 살다 보면 서로 서운함이 있기 마련이다. 한 발짝 물러나 사과부터 먼저 하는 너그러움을 보인다면 아름다운 관계로 더욱 돈독해지리라. 한 걸음씩 물러나는 여유를 갖고 살아 보면 어떨까.

나이 들수록 한 발짝 떨어져 세상을 바라보면서 소중한 실마리를 찾아야겠다. (2012)

나이와 건강

나이 듦을 기다리던 시절이 있었다.

어른이 되고 싶어 그들이 일하는 모습을 보며 흉내를 냈던 기억이 엊그제인 것 같다. 그때는 왜 그리 어른 되기를 기다렸었는지. 지금 돌이켜보면 그 이유는 내 맘대로 누구의 간섭 없이 무슨 일이든 할 수 있을 것이란 기대감에 부풀었던 것 같다. 나이 들면서 책임이 따라야 한다는 걸 미처 깨닫지 못한 우둔함이었다.

보통 나이는 사람이나 동·식물이 세상에 태어나서 살아온 햇수를 뜻한다. 따라서 태양계와 우주까지도 나이를 측정할 수 있다. 사람의 나이는 태어난 생년월일이 기본이고 동물은 치아 상태를 보고 추정한다. 식물은 나이테를 보면 알 수 있고 천체망원경을 통해 우주의 나이도 알아낸다.

사람의 건강에 관한 나이는 다양하다. 건강을 짐작할 수 있는 나이는 태어난 주민등록상 나이, 체력 · 피부 · 생체 · 치아 · 정신 나이로 구분하기도 한다. 나이의 기본이면서 법적으로 인정된 것은 태어난 생년월일이다. 주민등록에 기초해 때가 되면 취학통지서가 나온다. 만 19세 이상이면 투표권을 주고 남자에게는 징병검사와 입영통지서가 발급된다. 뭐래도 나이에 따라 달라지는 것은 노화현상이다. 갓 태어난 어린애부터 학창시절, 청·장년기 노년기에 따라 신체의 모든 조직에 노화 현상이 다르게 보이는 것은 어쩔 수 없는 일이다. 그만큼 주민등록상 나이는 신체와 정신을 지배하는 것들의 기본이 된다.

더구나 특별한 사고가 아니라면 생체 나이에 따라 수명이 결정되곤 한다. 누구나 땀 흘리며 운동하는 것도 몸속의 생체를 마음대로 조절할 수 없기에 뜻대로 할 수 있는 체력 운동을 통해 몸속의 생체를 젊게 유지하고자 함이다. 체력은 신체 각 부위의 근력을 말하며 우리는 운동을 통해 체력 나이를 젊게 함으로써 일상생활을 원활하게 유지하려고 한다. 생체 나이는 몸속의 조직이 조화롭게 제대로 활동하고 있을 때 젊게 나타나는 것이며 생명을 유지하는 근간이다.

치아는 사람의 생명을 유지하기 위한 가장 기초인 영양을 섭취하는 첫 번째 단계로 중요하다. 의사는 치아의 성장과 마모 정도를 보고 그 사람의 나이를 판정하기도 한다. 실제로 주민등록 나이가 잘못돼 이를 정정하고자 하는 경우 법관은 의사의 검진에 의한 치아 나이를 참조하지 않는가. 또 동물의 나이를 판정할 때 수의사들은 그들의 치아 상태를 검진해 판별한다.

사람들은 피부만을 손질해 젊고 예쁘게 지내려고 하지만, 젊은 피부의 근간은 태어난 나이가 기본이고 몸 안의 생체가 잘 활동하고 있을 때 그 영향이 피부에 나타나는 것이라 한다. 몸속에 이상이 있을 때 얼굴색이 안 좋다는 말처럼 건강상태가 좋아야 피부가 맑고 젊게 보이는 것이다. 정신 나이 역시 신체와 크게 다르지 않고 대체로 태어난 나이에 따라 정신적인 생각의 범위와 구조가 달라진다는 것. 그 외에도 평소 얼마나 배우고 누구와 어떤 대화를 많이 나누느냐에 따라 정신연령의 상태에 영향을 미친다는 것이란다.

건강의 기초는 태어난 나이다. 수명을 결정하는 기본은 생체이므로 그 외에 다른 나이가 아무리 젊다 해도 생체가 늙으면 한계수명에 이르기 마련이다. 태어난 나이와 생체 나이는 바꿀 수 없고 자신의 노력 여하에 따라 바꿀 수 있는 건 체력과 피부 나이로 땀 흘리며 운동하는 방법밖에 없다.

피부 나이는 태어난 나이에 기초해 생체가 건강해야 젊어진다. 요즘 억지로 피부만을 가꾸려는 노력이 당연시되고 있다. 젊고 예뻐 보이려는 노력은 사람은 물론 동물이나 식물 역시 마찬가지인 것 같다. 모든 사람이 나이는 들 수 있지만, 그건 아무런 노력이나 능력이 따르지 않는다. 나이를 먹는다는 것과 성숙한다는 것은 큰 차이가 있다. 나이를 먹는 것은 무조건적이지만, 성숙한다는 것은 선택적이다. 언제나 변화 속에서 기회를 찾아야 성숙해진다.

나이 들어 지식 자랑 해서는 안된다고 한다. 배운 사람이나 못 배운 사람이나 큰 차이가 없단다. 대학이나 대학원 나왔다고 석사 박사 자랑하지만, 알고 있는 것은 이미 스무 해 전에 배운 것이니 자랑할 것이 못 된다는 것이다. 그때부터 지식보다는 지혜가 필요한 때라 한다. 모양 역시 마찬가지다. 남녀 모두 모양이 비슷해 보인다. 목욕탕에서 뒷모습만 보면 다 똑같다는 얘기다. 아무리 비싸고 좋은 옷을 입어도 그 모습이 그 모습 아닌가.

공직 사회에선 일정 나이에 이르면 연공 서열에 관계없이 세대 교체가 이뤄진다. 그들의 일부는 산업화한 도시사회에서 할 수 있는 일이란 젊은이들이 마다하는 허접스럽고 품삯 낮은 일들밖에 없다. 노후를 맞으려면 돈도 필요하지만, 그보다 중요하게 갖춰야 할 것이 인생의 지혜라고 생각된다. 돈이 있으면 노후는 편해질지 모르지만 즐거워진다는 보장은 없다.

하루가 멀다고 변하는 산업사회에서 노인들의 낡은 지식과 지혜는 별로 환영 받지 못할 수 있다. 한데 사회가 모두 산업화된 것은 아니다. 아직도 농촌에는 벌을 치거나 텃밭을 일구며 큰돈은 못 벌더라도 아쉬움 없이 즐겁게 노후를 보내는 건강한 노인들도 있지 않은가.

젊은 사람과 나이 든 사람의 차이점이 있다. 나이 든 사람은 모르는 게 있으면 옆 사람에게 묻지만, 젊은 사람은 인터넷으로 찾는다. 88세에 뛴다고 생각하는데 걷고 있는 나이가 아닌가. 나이 들어 분별없이 용감한 노인으로 살지 말아야 할 일이다. 시간의 열차는 고장 나거나 멈추는 법이 없다. 내일도 모르는 일.

나이에 걸맞게 조신함이 어떨지. (2013)

노년의 삶

늙어 감은 피해갈 수 없는 자연스러운 노화현상이다.

늙음을 인정하고 싶지 않은 마음인지 구체적인 노년의 계획을 세우지 않았다. 시간은 기다려 주지 않음을 알면서도 마무리 짓지 못하는 숙제다. 한 번쯤 어떻게 살아야 진정한 노년의 삶일까 생각해 봐야 할 문제다.

할머니는 아흔 넘어 돌아가셨다. 오래 산다는 것이 축복이 아니라는 걸 느꼈다. 하반신이 마비돼 방 안에서 혼자 지내기 일쑤였다. 건강할 때 품위와 인격을 갖춘 사람도 병들면 체면을 놓아 버리기 쉽다. 의학의 발달로 백세 시대가 된다지만 건강이 뒷받침되지 않는다면 오래 사는 것도 재앙일지 모른다. 노년 인구가 많아지면 가족이나 국가에도 엄청난 부담이 될 것은 불을 보듯 뻔하다. 벌써 세계의 연금체계가 붕괴하고 생활수준도 떨어뜨리는 노인 쓰나미를 몰고 올 것이라고 걱정들이다. 노년을 어떻게 지내야 할지 심도 있게 연구해 볼 대상이다.

대부분 부모가 그러했듯이 당신을 위한 진정한 삶이 아니라 자식과 가족들의 행복이 목적인 삶을 살아왔다. 늙고 몸이 아파도 행여나 자식들에게 폐를 끼칠까 봐 혼자 살면서 그들의 안위만 걱정하며 살아온 분이다. 하지만 평생 너희를 위해서 살아왔는데 내게 마음을 쓰지 않는다며 자식들에게 매달려 사는 사람들도 보게 된다.

노인의 길에 들어서면 불편하지 않을 정도의 경제적인 여유와 남의 허물과 실수에 조금은 관대하고, 상대방의 말을 들어 줄 수 있는 아량이 있어야 금상첨화다. 긍정적인 의식과 밝은 표정, 깔끔한 옷차림이 보기 좋듯 건강이 허락하는 한 독립적인 노년의 삶은 아름다운 것이 아닐까.

저녁놀이 아름다움은 곧 사라지는 아쉬움이 있어서다. 저녁 하늘도 노인의 뒷모습처럼 마땅히 아름다워야 하지 않겠는가. 완벽한 성숙, 노년은 잘 익은 가을 과일이나 마찬가지다. 모범과 기쁨이 될 수 있는 나이다. 고독이 병이라면 외로움은 눈물이고 서러움은 애달픔이다. 눈감고 가 버리면 그만인 인생, 너그러운 마음으로 못 본 듯, 못 들은 척 느긋하고 나긋하게 넓게 두루두루 꿰뚫어 보며 여유 있는 삶이 노년의 길이다.

따지거나 나서지 말고 서로 다투는 일 없이 모두가 화목하고 어울리는 노인이 존경받는다. 노년일수록 자기주장을 강조하는 경향을 보게 된다. 그들의 경험을 통해서 얻은 만족감을 감성적으로 기억하고 있는 까닭이 아닐까.

하나뿐인 생명을, 오직 한 번의 삶을 가치 있게 승화시키고 보람으로 꽃피우기 위해 자신을 꽃밭처럼 일군다. 씨앗을 뿌려 거름 주고 잡초를 뽑아내면 이윽고 찾아온 개화의 환희, 그 열매는 보람이다. 하지만 어느새 찾아오는 노쇠 현상, 서리가 내리는 머리, 골이

지는 이마, 쭈글쭈글해지는 피부, 처지는 눈꼬리, 약해지는 청력, 옴팍해지는 입, 구부정한 허리는 어김없이 찾아온다. 늙음을 속여 보고자 안간힘을 쓴다. 염색, 안경, 보청기, 의치, 성형수술로 젊고자 발버둥 친다. 하지만 일시적인 땜질에 불과하다. 위장, 보완은 임시방편일 뿐 어림없는 일이다.

그 현상들은 영광의 흔적 아닌가. 희어진 머리카락의 한 올 한 올에는 삶의 노고와 수고가 새겨진 것이며, 골이 진 이마는 부대끼는 일마다 깊이 생각하고 신중하게 대처해 온 보람이다. 쭈글쭈글한 피부는 세월의 비바람에 점철된 희로애락이 아로새겨진 것이다. 처진 눈꼬리는 참되고 착하고 아름답고 성스러운 것과 거짓되거나 악하고 추악한 모습을 봐 온 표시다. 어둑해진 귀는 옳고 그름과 바르고 틀린 것을 분별하느라 원기가 쇠잔해서다. 옴팍해진 입은 충실한 삶을 위한 봉사로 닳은 것이며, 구부정한 허리는 삶의 의무와 사명에 헌신했던 상징이다. 누가 감히 노년의 모습을 초라하다고 말할 수 있겠는가.

이제는 허탈감을 날려 버리고 자유로운 몸과 마음으로 휴식이 주는 여유를 즐겨도 될 만한 시기다. 삶을 재조명하고 자신을 위한 일을 찾아 나설 때다.

노인은 침묵할 순간과 기다릴 때를 안다. 가야 할 때를 알고 머물 때를 판단하며 도리와 사명에 성실하고 이상적인 삶을 살고 있는지 성찰한다. "내가 헛되이 보낸 오늘은 어제 죽은 이가 그토록 원하던 내일이었다."는 소포클레스의 말을 되새겨 본다. 오늘 숨 쉬고 있음에 감사하다. 겸허한 마음으로 내일도 숨 쉴 수 있음에 고맙고 앞으로의 하루하루를 의미 있고 가치 있게 지내고 싶다.

인생은 한 권의 책이라 했다. 조심하며 꼼꼼히 성실하게 한 장 한 장 책장을 넘겨 왔다. 이제 마지막 장을 덮을 때까지 아직도 남아 있음에 흐뭇하고 정성껏 인생 책장을 넘길 것이다.

세상의 어떤 것도 소중하지 않은 것이 없다는 단순한 진리를 잊을 때가 있다. 고통과 시련을 만들 필요는 없으나 그런 환경이 닥쳤을 때 피할 수 없다면, 삶의 성숙과 완성을 위한 과정으로 받아들여야겠다. 진리는 만들어지는 것이 아니라 있는 그대로 발견하는 것 아닐까. 인생의 과정에서도 어느 하나인들 소중하지 않은 것이 있으랴.

노년의 욕심은 추하다. 부나 명예도 한낱 뜬구름이나 마찬가지다. 욕심이나 부러움도 죄다 내려놓고 허허로운 마음으로 너그럽게 나그네처럼 지내고 싶다. 욕심은 한이 없다. 더 바라고 기대하면 과욕이 된다. 바란다고 이뤄질 때가 아닌데 욕심부리면 오히려 불행에 빠질 수도 있다. 노년일수록 위만 볼 것이 아니라 아래를 보며 여유롭고 분수에 알맞게 배려하는 삶은 어떨는지.

가야 할 때를 알고 가는 이의 뒷모습은 아름답다. 뒷모습을 남기기 위해 노력하는 노년은 그래서 더 아름답다. 노을이 지는 삶의 뜰에서 내 남은 생을 바라본다. (2015)

접목

5월은 귤나무 접목에 알맞은 시기다.

접목은 한 식물의 가지를 잘라 다른 식물의 몸에 붙여 한 몸이 되게 하는 기술이다. 귤은 보통 씨가 없어 묘목 생산이 어렵다. 그래서 병해가 거의 없는 탱자나무를 어미나무 삼아 접붙인다. 뿌리는 탱자나무지만 새순이 자라 귤나무가 된다.

과일나무는 품종이 비슷한 것과 접목해야 병충해에 강하고 과일이 잘 달린다. 원목 그대로는 품종이 퇴화한다는 것이다. 그래서 수세가 강하고 발육이 왕성한 탱자나무에 온주나 당도가 높고 과육이 풍부한 한라봉을 접목해 우량 품종을 생산한다. 접목은 수액이 왕성한 때를 택해야 성공률이 높다. 성의 없이 접목하면 실패하는 경우가 많다. 너무 덥거나 추울 때는 새순이 마르거나 고사해 버린다. 상처가 아물 동안 물이 스며들지 않도록 관리해야 하는 이유다. 물이 들면 세균에 감염돼 죽는다. 자라는 동안 적당히 물을 주면 활착이 잘된다.

심은 지 10여 년 된 귤나무였다. 만생종 청도 품종에 극조생 일남1호 100여 본을 전문가를 빌려 접목했다. 원목을 잘라내어 밑동을 칼로 깎아 벌어지게 하고 접수를 벌어진 원목 사이에 넣고 비닐로 단단히 잡아매었다. 접수에서 새순이 나오고 깎인 상처는 아물며 원목과 접수목이 자라면서 마침내 한 살이 된다. 그 고통과 아픔이 오죽할까. 식물이기에 말 못할 뿐, 사람이면 나 죽는다며 고래고래 소리 지르고 별 요동을 다 쳤을 것이다.

새순은 강한 바람에 약하다. 손가락 굵기의 지주목을 세워야 한다. 60센티 정도의 대나무를 꽂는다. 얇은 비닐 끈으로 여유 있게 묶어야 자라는 동안 상처를 덜 받는다. 때맞춰 거름 주고 병충해를 예방해야 함은 물론이다. 수많은 시련을 극복하고 다시 태어나는 과정을 겪으며 튼실한 나무로 자란다.

결혼도 이와 비슷하지 않을까. 성이 다르고 성장 환경과 생활 방식이 전혀 맞지 않은 사람끼리 새로운 가정을 이뤄 결실의 꿈을 키운다. 성격이 다른 남녀가 가정을 이룬다는 것은 접목한 어린 묘목을 실한 나무로 가꾸는 것과 매우 흡사하다.

개성이 다른 대목에 접목하듯 우리 부부는 한 나무가 되기까지 갈등과 시련의 고단한 세월을 보내야 했다. 틈새로 들어오는 냉기에 시렸던 일, 달콤한 물 한 모금이 간절하던 시절도 있었다.

접목이 성공하려면 수액이 골고루 순환하듯 부부끼리도 인내와 배려심이 따라야 함은 당연하다. 서양 속담에 하늘은 인내할 수 있는 자에게 모든 것을 준다고 했다. 공자 역시 수양의 요점에서 백가지 행동 중 참는 것이 제일이라 했지 않은가. 왕이 참으면 국가가 편안하고, 관리가 참으면 지위가 높아지고, 부부가 참으면 일생을 해로할 것이라는 말을 남겼다.

결혼이란 사랑과 배려다. 그 뿌리가 있기에 행복의 보금자리를 만들어 가는 게 아닐까. 서로 다른 개성이 완전한 결합으로 단단히 접목되지 않으면 떨어져 나가기 십상이다. 상처와 아픔의 고통을 극복하면서 아물고 영원히 결속된 뒤에야 단란한 가정이 이뤄질 것이다. 사람은 스스로 부족한 부분을 보완하며 조화 속에 성숙해 간다. 접목의 고통을 극복해 단단히 결속되고 상처가 아문 뒤 달콤한 열매를 맺는다.

접목은 변화이고 새로운 시작이다. 편견을 버리고 과감히 선택한 삶에 대한 신선한 도전이다. 국악과 클래식의 만남, 가곡과 대중가요와의 만남, 동서양 음식이 어우러진 퓨전 요리처럼 많은 접목형상을 보고 듣고 느끼며 공감한다. 서로의 단점은 보완하고 장점은 살릴 수 있도록 온 힘을 다한다면 질 높은 삶을 추구할 수 있지 않을까. 접목은 현대 생활에서 또 다른 문화를 형성한다.

매서운 찬바람 부는 겨울 아침, 일터로 향하는 부부가 헬멧을 쓰고 남편의 오토바이 뒤에 그 부인이 허리를 붙잡고 머리 숙여 달리는 모습은 잘 접목된 귤나무처럼 아름답다. 저물녘 남편이 손수레를 끌고 언덕배기를 오를 때, 뒤에서 미는 부인의 뒷모습은 영원히 떨어지지 않는 접목된 한 폭의 그림 같다. 삶의 의미를 돌아보게 한다.

결혼은 둘이 결합해 하나가 되는 것 아닌가. 평생 얼굴을 마주 보며 밥을 가장 많이 먹는 사이라 한다. 한 뱃속에서 태어난 자식도 얼굴이나 성격은 다르지만, 조화를 이룬다. 특징이 다른 악기가 어우러져 하나의 화음으로 녹아든다. 접목은 결혼의 원리요 표본이다.

상처가 나고 아픔을 삭이며 허탈감에 젖어 있을 때 꽃은 이미 져 버리고 그 자리에 조그만 열매가 달려 있었다. 돌아보면 지나간 세월만큼 연륜이 쌓여 가는 튼튼한 나무로 서 있었는지 자성해 본다.

두 색깔이 만나 한 색깔이 된다. 나를 버리고 상대를 껴안을 줄 아는 아량과 사랑이 있어야 하지 않을까. 아직도 위하는 사랑이 부족했다는 것을 새삼 깨닫는다. 풍상을 겪은 나무에 향기 짙은 꽃이 피고 알찬 열매가 달린다는 진리를 믿고 싶다.

잘된 접목처럼 원만한 가정이 늘어가는 밝은 세상을 기대해 본다. (2013)

기다리던 비

농부의 한숨이 깊어간다. 서부 지역엔 가뭄이 계속된 지 두 달여 지나고 있다. 파종한 종자는 가뭄으로 움트지 못해, 하늘을 바라보며 언제쯤 비가 오려는지 마음 졸여 온다. 한해를 극복하기 위한 대책으로 지하수를 개발했지만, 너나없이 일시에 사용하므로 수압이 약해 원하는 양의 물을 충분히 공급지 못한다. 서로 의논해 우선순위에 따라 차례대로 공급한다면 조금 더 도움 될 것 같은데 쉽게 되지 않는다.

비는 농작물이 자라는 데 필요한 요소다. 오랫동안 가뭄이 계속될 때 농작물의 잎이나 뿌리가 마르고 타들어 간다. 이때 알맞게 내리는 비는 생명수나 마찬가지. 농부들은 농작물이 타들어 가는 것이 자신의 가슴이 타들어 가는 것처럼 속 쓰리고 아프다. 더구나 자갈이 많고 농업용수 시설이 없는 중산간 지역의 농경지에 심은 콩, 마늘, 무 같은 채소류 피해가 우려되고 있다. 자연이 하는 일이라 원망이나 하소연할 곳이 없어 애간장만 태울 따름이다. 모처럼 심어놓은 작물이 소득으로 이어지길 기대했던 농부의 심정은 허탈속에 별다른 대책이 없어 막연하다. 수익보다 투자한 비용만이라도 건졌으면 하는 실낱같은 희망을 기대한다.

가뭄은 심한 물 부족으로 피해를 겪는 기상 재해로서 인류의 역사가 시작되면서부터 큰 관심사가 되어 왔다. 과학이 고도로 발달한 오늘날에도 이런 현상은 인간의 힘이 완전히 미치지 못하고 계속 숙제로 남아 있다.

우리 밭에도 작은 면적에 검정콩을 심었다. 가뭄에 말라 죽지 않았으나 콩깍지가 제대로 여물지 못해 부실하다. 저녁때 수돗물을 주며 싱싱하게 자라기를 기대했으나 다음 날 봐도 달라지지 않는다. 비가 내렸을 때만큼 싱그러운 모습을 볼 수 없어 자연의 신비함에 또 한 번 고개 숙인다. 감귤나무는 가을에 가물수록 귤의 당도가 높아 맛이 좋다고 한다. 그렇지만 지나친 가뭄은 나무에 피해를 주어 내년 결실에 지장을 가져온다니 걱정이 앞선다.

식물도 물, 공기, 온도 3박자가 골고루 갖춰져야 성장하고 결실이 이뤄짐은 당연한 이치다. 적당한 시기에 필요조건이 이뤄져야 결실을 볼 수 있다. 일상생활에서도 때가 있기 마련. 사람이 아무리 발버둥치고 노력한다지만 자연 앞에는 당해낼 재간이 없음을 실감한다.

옛날에는 가뭄이 들면 왕의 잘못이라고 했다. 고려 제31대 공민왕 때 실제로 일어난 일이다. 전해부터 일 년 내내 비가 내리지 않은 1360년 봄, 흉년으로 양식이 모자라 굶어 죽는 사람이 전 인구의 절반 가까이 됐다. 치울 사람조차 없어 길에 나뒹구는 시신이 헤아릴 수 없을 만큼 가뭄 피해 중 가장 충격적인 사건으로 꼽힌다. 이와 같은 천재지변이 일어날 때 백성을 다스리는 왕이 부덕한 탓이라고 여겼다. 그래서 왕과 조정은 무엇보다 홍수와 가뭄 같은 천재지변에 신경을 많이 썼다. 비가 오지 않으면 무당과 승려를 동원해 기우제를 올리고, 비가 너무 많이 올 때 비를 그치게 해달라는 기청제를 올렸다고 한다.

요즘은 소방차나 급수차로 물을 수송하면서 가뭄에 대처한다. 지난날 관정 시설도 없었고 하늘만 바라보며 발만 동동 굴렀다. 오직 자연에 매달려 한 해 농사를 지었으니 고생이란 이루 말할 수 없었을 것이다.

사람은 누구나 때가 오기를 바라며 기다림 속에 살아간다. 봄을 기다리는 마음, 아들 녀석이 장가갈 그날만을 기다리는 어머니의 마음, 내 차례는 언제쯤일까 막차를 타려고 정류소에 서 있는 사람. 아내는 밤늦도록 귀가하지 않는 남편을 기다리며 처마 밑에서 비가 그치기를 바란다.

13일 밤부터 제주 지역에 기다리던 단비가 내려 두 달여 동안 계속되던 서부지역 가뭄이 완전히 해갈됐다고 한다. 이번 비로 감귤은 구연산 함량이 낮아지고 착색 촉진으로 품질 향상에 도움 된다. 발아가 한창인 마늘과 정식 중인 양파 농가들의 시름을 덜어 줬으니 쾌재를 부를 일이다. 안도의 한숨을 내쉰다. 대지를 촉촉이 적시는 비를 애타게 기다리던 농부들은 덩실덩실 춤춘다. 먹지 않아도 배가 부르고 하늘을 날 듯 기쁘다.

삶이란 기다림의 연속이다. 인생은 어쩌면 뛰는 것보다는 기다리는 것이 더 현명한 삶이라는 생각이 들 때가 있다. 기다리는 연습을 하며 기다림 속에 살아간다. 기다리다 보면 언젠가는 끝이 올 것이다.

추적추적 내리던 비는 때가 됐는지 검은 구름이 유유히 남쪽으로 사라지고 있다. 먼 산이 뚜렷이 내게로 다가온다. (2011)

애물단지

남 주기엔 아깝고 내가 갖기엔 그렇다.

어떤 물건을 사거나 갖고 있을 때, 그것이 필요 없는 물건이라면 누구에게 주거나 폐기해 버리면 그만일 것이다. 그렇지만 버리기는 아깝고 주기에는 망설여지고 막상 갖기에는 꼭 필요치 않을 때 주저한다.

이런 경우, 버리거나 주거나 갖거나 간에 선택은 번민의 대상이다. 이런 경우를 '애물단지'라 한다. 사전을 보면 '애를 태우거나 성가시게 구는 물건이나 사람'을 말하고 다른 의미로는 '어린 나이로 부모보다 먼저 죽은 자식'이라는 뜻이다. 결국, 그런 정도로 애를 태우게 하고 이러지도 저러지도 못하는 물건이나 사람이라 할 수 있다.

사람과의 관계에서도 예외가 아니다. 자신을 좋아하는 것 같은 사람이 있다. 그러나 이 사람이 내가 세운 기준에 충족하지는 않지만 그렇다고 불완전한 사람은 아니다. 그래서 물건처럼 이 사람도 애물단지 같은 처지에 놓이게 된다.

환갑까지만 살아도 좋아서 잔치했었는데, 어느덧 고래 심줄처럼 끈질긴 목숨이 돼 버렸다. 한국보건사회연구원은 여성 72%가 늙은 남편을 부담스러워하고 남성 66%가 이에 동의한다고 발표했다. 우스갯소리로 이사 갈 때는 장롱에 들어가 있어야 한다거나, 아내가 좋아하는 강아지를 안고 있어야 데려간다는 말을 늘 들어왔다. 씁쓸하다. 토사구팽이라고 가족을 위해 땀 쭉쭉 흘려가며 일했건만 명이 길어지면서 돌봐야 하는 시간이 늘어날 것이라는 약삭빠른 아내들 계산이 야속하다.

동물의 왕국을 보면 그들 군집群集에서도 늙은 수컷은 비참하다. 평생 적으로부터 무리를 보호하던 수사자는 사냥할 힘이 빠지면 자리에서 쫓겨나 혼자 죽는다. 늙은 침팬지는 먹이 주는 방법을 바꾸면 새로운 습관을 받아들이지 못해 젊은 것들과 암컷에게 애물단지가 돼버린다.

사람은 물건과 다르다. 애매한 상태에서 갈등하게 되고 주변인이 되는 것에 자존의 상처를 입는다. 사람은 물건이 아니라 사리를 판단하며, 움직이는 존재가 아닌가.

요즘 늙은 남편들이 여권신장의 변화를 받아들이지 못해 애물단지로 전락하고 있다. 어느 나라건 늙은 남편을 조롱하는 농담은 넘쳐난다. 일본에서는 비 오는 가을날 구두에 붙은 낙엽 신세로 비유한다. 아무리 떼려 해도 달라붙는다는 뜻이다. 서른까지는 여자가 따뜻이 해 주고 서른 이후는 한 잔의 술이, 다시 그 후에는 난로가 따뜻이 해 준다는 스웨덴 속담도 있다.

실제 통계조사 결과도 놀랍다. 여성은 남편 있는 쪽이 없는 쪽보다 사망 위험이 두 배 높았고, 남성은 그 반대였다. 늙은 남편이 아내에게 의존하는 경향이 높아지고 있다는 것이다. 아내가 남편을 지겨워하는 데는 이유가 있다. 집에서 삼시 세끼 꼬박꼬박 먹는 삼식이가 있어 밥 차려줘야 한다. 하는 일 없이 잔소리도 많아진다. 외출하려면 어디 가느냐고 따지고 언제 오느냐 꼬치꼬치 캐물으니 귀찮을 수밖에.

애물단지 같은 물건을 버리거나 중고로 팔거나 아니면 누군가에게 기부하지 않고 주저하고 버려둔다면, 어느새 나를 옥죄고 혼란스럽게 만드는 쓰레기로 변할 것이다. 아니면 그 물건을 완벽히 고쳐 내 것으로 만들거나 버리거나 기부한다면 주변은 깨끗하고 아름다우며, 누군가에게 베풀었다는 만족감을 얻을 수 있다.

지난 시절 나와 잠시라도 함께한 물건들을 창고에 쌓아 놓거나, 주변 사람을 차곡차곡 기억하다 보면 어느새 지난 추억이 짐이 된다. 사람도 놓지 않고 마음에 쌓아 둔다면 그 무게는 결국 자신의 삶을 짓누르고 혼란스럽다. 풀어 줄 때 풀어 주고, 버릴 수 있을 때 버리고, 줄 수 있을 때 줘야 한다. 놓아주면 마음이 비워지고 버리면 깨끗해지고 누군가에게 준다면 칭송이라도 받을 수 있지만, 붙잡고 버리거나 주지도 않는다면 그것은 쓰레기일 뿐.

늙었을 때 여자에게 꼭 필요한 건 돈, 딸, 건강, 친구, 찜질방이라 하지만 남자는 다르다. 첫째는 아내, 둘째는 마누라, 셋째는 부인, 넷째는 집사람, 다섯째는 애들 엄마라고 한다. 남자가 나이 들면 오로지 아내만 있으면 된다는 말이다. 늙은 남편이 아내에게 의존하는 경향이 높은 까닭이라는 것이다. 그렇게 따지면 늙은 남편이 아내 수명을 갉아먹는 꼴이 아닌가. 아내를 사랑한다면 남자는 돈 많이 벌어놓고 일찍 떠나야 할 것만은 아닐 텐데.

애물단지는 면해야 하는데, 하지만 그게 마음대로 되지 않는 게 세상사다. (2013)

둘이 하나 될 때

둘이 하나가 될 때 필요하게 쓸 수 있는 것은 뭘까.

지난날 수수께끼가 떠오른다. 젓가락 한 벌, 장갑 한 벌, 양말과 신발 한 켤레가 생각난다. 하나씩 따로 있지만, 꼭 둘이 합쳐야 제 역할을 할 수 있는 것들이 아닌가. 손뼉치기, 다듬이질할 때 방망이, 벼루와 먹이 더욱 그렇다.

젓가락은 두 개의 평형을 이뤄야 음식물이 입으로 들어간다. 삶도 젓가락과 마찬가지 원리처럼 이뤄진 것이 아닐까. 젊음과 늙음, 삶과 죽음, 희망과 절망, 기쁨과 슬픔, 성공과 실패가 더불어 이뤄진다. 싫다 해도 어쩔 수 없이 받아들일 수밖에 없는 숙명이 아닌가. 젓가락질할 때처럼 그 둘 사이에 마음의 평형을 이루는 것이 순리인 줄 알면서도 쉬 되지 않는다.

우화가 있다. 착하게 살던 나무꾼이 죽어서 천국에 갔다. 그는 지옥이 궁금했다. 천사에게 부탁해 지옥 구경을 갔는데 지옥 모습이 뜻밖이었다. 산해진미가 가득 쌓여 있었다. 드디어 식사 시간. 지옥 사람들이 음식 주변에 우르르 몰려들었다. 그러나 그들에게 주어진 것은 1미터가 넘는 숟가락과 젓가락이었다. 그들은 먹어 보려고 열심히 팔을 휘저었지만, 수저가 너무 길어 한입도 먹지 못했다. 맛난 음식을 곁에 두고도 굶주리는 겹고통을 겪고 있었다. 지옥 구경을 마친 나무꾼이 천국에 갔다. 한데 지옥과 풍경이 별반 다르지 않았다. 이곳에도 진수성찬이 차려져 있었다. 식사 시간이 되자 사람들이 모여들었다. 그들 역시 1미터가 넘는 수저를 들고 있었다. 그러나 천국 사람들은 긴 숟가락과 젓가락으로 두 사람이 한편이 돼 서로 느긋이 음식을 떠먹여 주는 것 아닌가. 그들은 모두 행복해했다. 공감과 배려가 천국과 지옥의 차이임을 일깨워 준다.

사람이 금수禽獸와 다른 점은 뭘까. 공감 능력이 있어서다. 그러나 우화 속의 지옥 사람들은 제 배고픔만 알 뿐 남의 굶주림을 헤아리지 못하거나 외면했다. 이기심으로 똘똘 뭉친 인간들이 득실댄다면 제아무리 천국 같은 환경이라도 지옥일 것이다. 스스로 물어본다. 나는 지금 천국과 지옥 중 어느 쪽에 가까운 모습을 하고 있는지.

자전거는 어떤가. 바퀴가 둥글므로 무게중심도 같은 높이를 유지하게 돼 있다. 높이가 같다는 것은 위치에너지가 일정하다는 얘기다. 바퀴를 한 개로 할 수 있지만, 안정성이 떨어지고 균형을 잡는 데 힘이 더 든다. 무게와 안정성을 고려할 때 바퀴는 두 개일 때가 최적이라 한다. 여러 명이 함께 페달을 밟는 다인승 자전거도 바퀴가 두 개일 때 가장 효율적이라는 것이다.

자전거를 탈 때 기우는 쪽으로 핸들을 더 꺾어야 넘어지지 않는다. 반대로 꺾으면 넘어진다. "기울어지면 기울어지는 쪽으로 좀 더 기울여라." 이는 문제가 있으면 문제를 파고들어야 살 길이 생긴다는 이치와 같다. 문제를 피하면 죽는다는 것. 자전거 타기에는 세상을 살아가는 철학이 담겨 있다. 먼 곳을 보고 운전해야 넘어지지 않는다. 적어도 30미터 전방을 보고 가야 안전하다. 초보자는 더더욱 그렇다. 자전거 타기는 '코앞만 쳐다보면 넘어진다.'는 삶의 진리를 일깨워 준다.

손이 시려 장갑을 낀다. 추운 날 자전거 타는 사람은 손가락장갑보다 벙어리장갑이 제일이다. 손가락장갑은 손가락이 따로 놀아 추위를 쉽게 느끼지만, 벙어리장갑은 손가락이 어울려 있어 서로 체온이 오래 유지될 수 있다. 사람 사는 이치도 그런 게 아닌가. 혼자는 외로워 고독하다. 어렵고 괴롭지만 서로 위로하고 이해하며 같이 더불어 사는 게 인생살이가 아닐까.

결혼은 어떤가. "결혼의 목적이 사랑의 결실이자 가문을 잇고 동반자로서 함께하는 데 있으며 부부는 둘이 하나 되는 것"이라고 정의했다. 개인적으로 가정이 행복하면 가화만사성이고 국가적으로도 저출산 해법이 될 수 있다고 강조했다. 또 부부백년해로 헌장에는 "인내는 한약, 칭찬은 보약, 웃음은 명약, 기쁨은 신약, 사랑 표현은 만병통치약"이라 하지 않는가.

부부란 실과 바늘처럼 천생연분이라 말한다. 하지만 바늘이 너무 빨리 가면 실이 끊어지고 너무 느리면 실은 엉킨다. 실을 당기면 실과 바늘은 따로 논다. 더구나 실과 바늘은 자신의 역할을 바꿀 수 없고 바꿔서도 안 된다. 실과 바늘의 조화. 한 땀 한 땀마다 연륜이 쌓일 때 부부화합의 비밀이 숨어 있지 않을까.

누구나 헤어지지 않는다고 다짐한다. 하지만 언젠가는 갈라서는 게 숙명이다. 든 자리는 몰라도 난 자리는 표가 난다는 옛말처럼, 곁에 있을 땐 잘 모른다. 하지만 막상 곁에 없으면 상대가 얼마나 내게 필요한 존재였는지 절실하게 느끼게 된다.

혼자는 빨리 걸을 수 있지만 오로지 걷기뿐 피로는 쉬 쌓인다. 둘일 때 말벗이 되고 노곤함도 덜어줘 오래 걸을 수 있어 추억이란 좋은 이름을 남긴다. 혼자는 외롭고 그리움만 쌓인다.

그래서 혼자보다 둘이서 먼 길을 걷는다. (2013)

경조사비

경조사 하면 먼저 봉투를 연상한다.

참석해야 할지 애매해 저울질해 본다. 경조사의 범위도 결혼식, 장례식, 집들이, 돌잔치, 창립 · 개업식, 칠순잔치로 다양하다. 뭐래도 결혼식이나 장례식은 큰 대사로 관심이 많고 참석하는 횟수가 빈번하다. 체면치레보다 진심으로 축하해야 부담 없고 마음 편한 줄 알면서도 그렇지 못하는 게 우리네 삶이 아닌가.

직장 다닐 때는 직원상조회가 있어 단체부조다. 봉급에서 일정액을 분담해 신경 쓰지 않았다. 대사를 치른 뒤로는 돌볼 곳이 잦아 아침이면 먼저 지방신문의 애경사란에 눈이 먼저 간다. 혹시나 결혼이나 부고와 관련 있는 분은 없는지 자세히 살핀다. 받은 부조는 어쨌든 갚는 것이 기본이고 삶의 도리라 당연하지만 새로운 부조는 맘에 부담 없어 홀가분하다.

원래 부조는 흉사에만 장례 용품으로 오갔다. 몸으로 돕는 품앗이도 많았고, 현금 부조는 18세기에야 등장했다는 것이다. 부조가 결혼, 돌잔치 같은 경사로 번진 것도 20세기 중반부터라고 한다.

8·15해방이 지난 뒤였다. 봄이면 춘궁기로 어려웠던 시절이었다. 농촌에선 부녀자들끼리 흉사를 대비해 여남은 명이 한 조를 이뤄

계를 조직했다. 계원 집에 초상이 나면 쌀을 한 됫박씩 모아 부조했고 그 쌀로 장삿날 상여꾼의 아침을 해결해 상주로선 큰 부담 없이 대사를 치르고 경제적으로 살림에 보탬이 됐다. 남자들은 양초나 술 한 병으로 문상하는 걸 봤다. 누구나 어려운 형편이라 현금 부조는 별로 없었던 것으로 기억된다.

혼사는 가을 수확이 끝나면 한창 이뤄졌다. 먹거리 해결이 쉽지 않아 수확한 곡식이 여유 있을 때 치르는 게 풍습이었다. 부녀자들은 집에서 수확한 보리쌀이나 팥을 부조했고 남자는 빈손으로 축하하는 것을 당연한 것처럼 여겼다. 부녀자들은 잔치 전날 이른 새벽부터 물을 길어 날랐고 일손을 거들었다. 비 오는 날엔 우산도 없이 먼 길 다니느라 여간 고역이 아니었다. 지금 돌이켜 보면 그때의 인심 훈훈했던 농촌의 아름다운 모습이 눈에 선하다.

지금은 애·경사 때 특별한 경우가 아니면 부조는 현금이다. 요즘 젊은이는 오십 대 후반이면 퇴직한다. 그들 자녀가 결혼 적령기에 접어든다. 내 자식만 결혼하는 게 아니라 친구나 친인척 자녀도 마찬가지로 혼사가 잦아진다. 부모의 세대 역시 연세가 팔구십에 접어들어 조의금 부담이 클 수밖에 없을 때다. 축의금과 부의금이 겹치면서 경조사비 부담이 늘어나 가계에 주름살이 낄 수밖에 없다.

혼사는 특정 시기에 집중되는 경향을 볼 수 있다. 가을부터 겨울과 봄에 대부분 이뤄진다. 또한, 지도층 인사나 재벌 사장 자녀 결혼식장의 하객 수는 인간관계 척도의 수단으로 과시함을 볼 수 있다. 결혼식과 장례식이 대형화되는 추세다. 서울의 특급호텔에서 예식을 치를 때 하객 한 사람의 식대가 십만 원씩이라니 체면상 축의금 오만 원 넣기는 양심이 허락지 않는 세상이다.

사회생활을 시작하면, 누구나 경조사를 돌보게 된다. 이는 좋은 일을 맞는 사람에게 축하해 주고 힘든 일 치르는 사람을 위로한다는 의미로 주고받는 우리의 정(?)이 아닌가. 하지만 그 비중이 자신의 소득 수준보다 높다는 점이 문제다. 한 여론조사는 비용이 부담된다는 응답은 결혼이 59퍼센트, 문상이 67퍼센트라고 답변했다. 은퇴자들은 경조사비가 부담된다고 답한 사람 열 명 중 여덟 명이 골머리를 앓고 있는 것으로 나타났다. 통계청 가계수지조사를 보면 우리나라 국민 전체의 경조사비는 2010년을 기준으로 8조 9천억 원에 육박한다니 대단한 금액 아닌가.

일본에서 경조사비는 최소 오천 엔에서 일만 엔으로 우리보다 높고 사회지도층은 십만 엔 내는 때도 있다 한다. 한데 그들에게 경조사비가 사회적으로 문제 되지 않는 것은 꼭 와 줬으면 하는 사람만 초청하고, 하객도 신랑 신부와의 관계에 따라 참석한다는 것이다. 우리처럼 명함 한 번 교환한 모든 지인을 부르지 않으며, 인맥 관계로 경조사에 함부로 참석 안 한다고 한다.

지난날의 경조사비 의미는 퇴색된 지 오래다. 경조사비 속에 들어 있는 허례허식을 걷어낸다면 비용과 노력이 낭비되지 않을 것이다. 과도한 경조사비 거품을 없애려면 사회 전반에 만연된 관행을 바꿔놔야 한다는 목소리가 높아지고 있다. 자리에 따라 경조사비 금액이 달라져야 한다는 인식도 변해야 할 대상이라는 것. 단순한 인사치레로 경조사를 모두 챙겨야겠다는 심리도 사라져야 한다는 얘기다.

경조사비를 내는 이유는 뭘까. 국민 열 명 중 여섯은 원활한 인간관계를 유지하기 위해서라고 답했다. 물질적인 교류로 관계를 좀 더 돈독하게 하거나 도움이 될 것으로 생각해서라 한다. 축하와 위로의 뜻으로 경조사비를 낸다는 사람은 전체 응답자의 3분의 1에 불과했다.

박완서 작가는 "가난한 문인들에게 조위금을 받지 마라."고 유언했다. 유족은 모든 조문객의 봉투를 사양했다 한다. 세상 모든 이가 그걸 따르긴 어렵다. 하지만 어떻게든 경조사비에 대한 관습과 생각을 손봐야 한다는 얘기가 나돌고 있다. 지갑이 가벼우면 체면도 뒷전으로 물러나는 건 어쩔 수 없는 현실이다.

경조사 문화 개선방안이 심심찮게 신문지상에 나돈다. 최근에 여성단체가 중심이 돼 답례품은 지난날 물품에서 '제주사랑상품권'으로 바뀌고 있다. 하지만 이마저 사라져야 한다. 따라서 미리 준비한 결혼식은 친한 사람만 초대하고, 장례식은 고인과 관계 있는 사람만 알리라고 한다. 경비 부담이 경조사비 거품을 키우므로 호텔 이용 자제로 식대를 줄여 간소하게 하자는 얘기다. 언젠가는 풀어야 할 요원한 숙제, 누가 언제 앞장설까. 궁금하다.

예식을 치르거나 참석하는 사람에게 부담돼 버린 경조사비. (2013)

4부

산행

숲을 나와야 숲이 보인다

숲의 공익적 기능은 놀랍다.

언제나 숲은 신선하다. 이산화탄소를 마시고 산소를 내뿜는 광합성 작용을 한다. 숲에서 마시는 공기는 산소가 풍부하고 피톤치드라는 천연 식물향이 있어 건강에 도움을 준다. 한편 야생동물의 보금자리로 많은 식구가 함께 살아간다. 산짐승, 새, 곤충, 미생물이 그들의 집이고 먹거리 마련 장소인 동시에 죽어서도 영원한 쉼터다.

브라질 월드컵을 보며 선수들이 상대방 골대를 향해 슛하는 모습에 가슴이 철렁거린다. 공격과 방어는 기본이다. 결과는 상대방 골대에 골을 넣어야 한다. 목표는 선명했지만, 골은 마음먹은 대로 되지 않았다. 기회는 있었으나 기적은 일어나지 않았다. 골은 인색했고 결과 앞에서 의도는 무색했다. 선악은 의도로 분별하나 상벌은 결과로 말한다. 고개 숙인 감독과 선수들 앞에 뒷말이 무성했다.

"월드컵은 경험하는 자리가 아니라 증명하는 자리다."라고 이영표 해설위원이 마지막 조별 경기 직후의 고언이다. 승부만큼 해설도 흥미로웠다. 채널 셋을 돌려가며 본 시청자도 있었다고 한다. 그림은 같으나 소리는 제각각이다. 홍 감독은 탈락이 확정된 후 "소중한 경험을 했다."는 취지의 말을 남겼다. 공교롭게도 이 위원이 홍 감독을 훈계하는 꼴이 됐다. 그 둘은 몇 년 전까지만 해도 '원 팀, 원 스피릿'이었다. 물론 프로끼리 말 한마디로 소원해질 리는 없으리라. 문제는 시차다. 홍 감독의 인터뷰가 나중이고 이 위원의 해설이 먼저다. 그건 영상이 증명한다.

이번 월드컵경기 시청률은 예상을 깨고 '이영표 해설'이 1위를 기록했다. 해설은 분석보다 해석이다. 어떻게 해석하느냐에 따라 공감하게 하고 반감을 품게도 한다. 이영표 위원은 알제리전이 끝난 후 이렇게 말했다. 전반전은 3:0으로 졌지만, 후반전은 2:1로 이겼다. 축구가 아니라 인생을 해석하는 말이 아닐까.

그들은 왜 선수일 때 못 보던 걸 지금은 볼 수 있을까. 운동장에선 적과 우리밖에 안 보였을 것이다. 하지만 중계석에선 하늘도 구름도 사람들의 표정도 보인다. 가까이서는 조금만 보이나 멀리서는 더 많이 볼 수 있다.

다시 경기장에서 뛸 일 없는 이영표의 표정이 여유롭다. 깨달은 자의 넉넉함이 느껴진다. 그는 속으로 이렇게 말했으리라.

'숲을 나와야 숲이 보인다.' (2014)

샛길의 유혹

길의 종류는 다양하다. 땅에만 길이 있는 게 아니라 강이나 하천에는 물길이, 바다에는 뱃길이, 하늘에는 하늘길이 있다.

어렸을 때 고샅길에서 숨바꼭질, 제기차기, 구슬치기하면서 놀았던 모습이 엊그제처럼 눈앞에 아른거린다. 자라면서 골목길에서 여름에는 뜀박질하기, 겨울이면 연날리기로 시간 가는 줄 모르게 놀다 보면 시나브로 해는 서산으로 기울고 초가집 굴뚝에는 하얀 연기가 모락모락 피어오른다.

지난날을 회상하며 한낮에 농업용 자동차를 몰았다. 오십여 년 전 관리했던 잡종지였고 소를 기를 때 꼴을 베었던 밭을 찾아가는 길이다. 어렴풋이 지난날 기억을 더듬으며 나섰지만 찾을 수 있을지 헷갈릴 것만 같다. 그때는 비포장 농로였고 두세 사람이 겨우 지날 정도로 비좁았다. 우마차를 만나면 한 사람이 옆으로 비켜서야만 했다.

깜짝 놀랐다. 밭 근처에 이르자 예전에 없었던 길이 두 갈래로 나뉘어 있었다. 포장길과 비포장이다. 넓은 농로와 샛길에서 어느 쪽을 택해야 할지 판단이 서지 않아 멈칫거렸다. 옛날의 어렴풋한 기억은 소로의 길옆 밭이었으나 오랜 세월 동안 사람이 다니지 않아 억새가 내 키보다 훨씬 더 자랐다. 길을 찾을 수 없을뿐더러 방향을 가늠할 수조차 없었다. 근처에 소나무도 없었으나 지금은 하늘을 찌를 듯 울창하게 자랐다. 한참이나 근처에서 헤매다 허탕치고 집으로 돌아오고 말았다. 자동차에 내비게이션을 달았으면 어느 정도 위치를 파악할 수 있었는데 아내에게 미안하고 쑥스러웠다. 아내는 밭 위치도 제대로 모르면서 잘 아는 척했다며 핀잔이다. 입이 열 개라도 할 말 없어 묵묵히 들을 수밖에 없었다.

자동차를 운행할 때였다. 넓은 길을 놔두고 빠르게 가려고 샛길로 들어설 때가 이따금 있다. 소형차 한 대가 겨우 지나는 길에 들어섰다. 생각지도 않은 곳에서 불쑥 자동차가 나타났다. 나이 많은 사람이 먼저 양보해야 편하다는 생각이 들었다. 후진하다 보면 오히려 시간은 지체되고 좀 늦더라도 넓은 길을 따랐으면 하고 후회할 때도 있었다. 알면서도 모르는 사이에 넓은 길을 두고 골목길의 함정에 빠진다. 하지 않아도 될 고생을 하고, 쉬운 일도 스스로 어렵게 만든다. 이런 경우 판단착오로 인한 지나친 과욕이다. 빨리 가려는 심정으로 조급함과 분별없는 행동이 숨어 있는 까닭이다.

산행길에 들어선다. 한참 걷다 보면 생각지도 않은 곳에서 샛길이 나타나 유혹한다. 조금은 쉽고 빠르게 힘들이지 않아도 정상을 오를 수 있으리라는 엉뚱한 기대 속에 빠져든다. 그 길은 예상대로 지름길이나 전망대로 열릴 수도 있지만 대부분 결말은 희망과는 달리 실망이 기다린다. 조상의 산소를 찾기 위해 임시로 다듬은 길이거나 약초꾼이 다니던 길일 경우는 얼마 가지 않아 길의 흔적은 홀연히 사라진다. 이쯤 되면 잘못 들어섰음을 인정하고 돌아서야 옳다. 멀리 보이는 능선까지만 가면 어떻게 길이 열리겠지, 막연한 기대 속에 객기를 부린다면 가시덤불에 갇혀 오도 가도 못한다.

삶의 길을 생각해 본다. 강렬하게 끌리는 길은 샛길이다. 그 길은 어디에나 있고 우리의 마음마다 숨어 있다. 이 땅에 존재하는 길은 다소 낭만도 있지만, 마음에 난 샛길은 지극히 위험하다. 그 길에 무엇이 있을지 가 보고 싶기도 하고 궁금하다. 지금도 여전히 그 길에서 빠져나오지 못하는 사람들도 있을 것이다. 그 길은 여러 개로 뻗어 있고 누구나 밟고 살아간다. 끝이 보이지 않는 위태로움이 있는가 하면 소풍처럼 여유로운 삶을 즐길 때도 있기 마련이다. 하지만 삶의 길이란 하나를 선택하면 다른 길은 내려놔야 한다.

선택은 변화다. 누구나 인생이란 여정을 걸으면서 몇 차례의 갈림길을 만나게 된다. 갈림길 앞에서, 어느 길로 가느냐 하는 판단은 온전히 자신의 몫이다. 그 결과에 대한 책임 역시 자신이 져야 한다. 길을 잘못 선택하고 험하다고 불평해 봐야 소용없다. 대신 걸어줄 사람이 없으니까. 결정은 언제나 신중해야 한다. 자만과 욕심은 눈을 흐리게 하고, 조급함 역시 분별력을 잃어 잘못된 판단을 내리게 된다. 그래서 쉽게 결정하고 포기 또한 마찬가지다.

샛길의 유혹은 언제나 우리 곁을 따라다닌다. 지나고 나면 바쁠수록 돌아가라는 말이 떠오른다.

피할 수 없는 인생의 마지막 길, 순서 없는 황천길은 평등하지 않을까. (2015)

산행

한라산에 오른다. 걸으면서 떠올리는 게 있다. 자기 몫은 자기밖에 할 수 없는 것. 대신해 줄 수 없기에 체력에 따라 조절하며 걸어야 한다. 피곤하거나 힘들 때 쉬며 가야만 하는 산길, 체험길에 들어섰다.

이른 아침, 새벽 운동에 나섰다. 한참 걷는 도중 뜬금없는 생각이 떠오른다. 오늘 추석 전날이라 산행하는 이는 별로 없을 것이라는 예감이 들었다. 네 시 반경 집에 도착했다. 자그마한 배낭에 삼다수와 간식 약간 준비하고 혹시 잊은 품목은 없는지 확인해 본다. 등산화에 모자를 눌러쓰고 지팡이 하나다. 빠른 걸음으로 터미널에 도착해서 일곱 시에 출발하는 5·16도로 시외버스에 올랐다. 7시 37분 성판악 정류소에서 내려 주위를 살펴봤다.

예상외였다. 사람들이 북적거렸다. 대부분 국내 단체 관광객과 몇몇 외국인들이다. 신분증을 꺼내려고 호주머니를 뒤졌다. 없다. 생각해 보니 책상 위에 꺼내놓고 깜빡 잊었다. 매표소 판매원에게 모자 벗고 정중하게 인사드려 사정을 말씀드렸다. 위아래를 살피더니 흰 눈썹을 봤는지 몇 년생이냐고 묻기에 답하자 준비된 노트에 생년을 적으며 입산해도 좋다고 한다. 꾸벅 절하고 길 따라 숲속으로 향했다.

천릿길도 한 걸음부터다. 인생길과 무엇이 다르랴. 내 몸에 맞게 속도를 조절하며 한 번도 쉬지 않고 정상에 오르려고 다짐해 본다. 체력의 안배다. 대부분 부부동반이거나 연인끼리 걸음발이 천차만별. 복장은 알록달록 천연색이다. 평상시처럼 걷는 이, 느릿느릿 옆 사람과 얘기하며 유유자적 걷는 이, 얼굴 모습이 다르듯 걸음걸이도 다양하다.

지팡이를 가진 이는 대부분 젊은이다. 어르신이 짚고 가야 정상일 것 같은데 반대다. 평상시 보통 걸음으로 걷는다. 한 시간 반쯤 걸었을까 머리는 반백인 젊은이가 티셔츠 차림으로 모자도 쓰지 않은 채 뒤따라왔다. 얼굴과 목에 땀투성이였다. "선생님 참 걸음이 빠르십니다." 인사를 드렸다. 그는 서울에서 왔는데 아침마다 매일 두 시간씩 학교 운동장 트랙을 빠른 걸음으로 걸었다는 것. 한라산 정상을 정복하려고 준비해 왔다는 것이다. 사위와 같이 왔는데 지금 뒤따라오는 중이라 한다. 올해 65세란다.

한참 같이 걸었다. 진달래밭에 들어선 게 출발한 지 두 시간이다. 그는 두 시간 반에 정상을 오르겠다며 앞서 나갔다. 나는 내 속도를 지켰다. 성판악에서 떠난 지 세 시간, 정상을 밟았다. 10시 40분이다. 출발해서 한 번도 자리에 앉지 않았다. 백록담 물은 예상보다 만수는 아니었으나 수위가 꽤 올라 있었다. 모두 사진 찍기 바쁘다.

봄볕처럼 햇볕이 따사롭다. 갖고 온 식빵으로 요기하며 삼다수를 번갈아 마셨다. 빵을 먹는 도중 꾸벅 졸았는지 음식물이 밑으로 떨어졌다. 피로가 쌓였다. 바로 앞에 널빤지로 만들어 놓은 전망대가 눈에 띄었다. 그곳 중앙에 마루방처럼 만들어 놓은 곳에 잠자는 청년이 보였다. 나는 맨 밑으로 신발 벗고 들어섰다. 오수에 푹 빠졌다. 한참 잤을까 어렴풋이 사람들의 말소리가 들렸다. 이상하다는 예감이 들었다. 눈뜨자 하늘을 날 듯 온몸이 개운하다. 피로 회복은 30분으로 넉넉했다.

왜 산에 오르느냐고 뭇사람에게 물어본다. 똑같은 답이 아닌 것이 정답이다. 건강관리를 위해서, 자신의 체력을 점검해 보려거나 생활습관인 사람도 있을 것이다. 걷는다는 것은 최고의 유산소 운동으로 누구나 인식한다. 숲의 효과는 피톤치드로 건강샤워가 되고 몸과 마음을 정화하는 기능을 가진다. 금액으로 환산할 수 없는 은혜다.

열한 시 반에 정상에서 출발했다. 역시 내려가는 길이 수월하다. 진달래밭까지 한 시간 걸렸다. 화장실에 들러 보니 수도시설이 안 돼 재래식이다. 냄새가 역겹다. 잔디밭에는 갖고 온 도시락으로 점심을 해결하는 모습이 제각각이다.

외국인 젊은 부부가 인상적이다. 남편이 다섯 살쯤 돼 보이는 어린이를 무등 태워 아내와 나란히 오순도순 얘기한다. 산 날씨라 비가 자주 내렸는지 돌 틈의 흙이 거의 씻겼다. 내려오는 길 지팡이 덕을 톡톡히 봤다. 두 발에 지팡이, 세 발이 된 셈이라 몸의 중심을 잘 잡아 줬다.

쉼 없이 걸었다. 빨리 내려오는 게 문제가 아니다. 사람에 따라 체력의 차이는 크다. 선택은 주관적이다. 보폭은 자연스럽게, 자동차나 등산도 경제속도를 잘 조절해야 무난하듯 천천히 즐겁게 걷는다. 산행의 예절도 지켜야 편하다. 좁은 길은 양보하며 서로 인사 나눌 때 기분이 좋다.

오르기는 힘들고 내려가기 또한 못지않게 힘들다. 오를 때는 힘만 뒷받침되면 충분하나 내리막은 힘만으로 되지 않는다. 균형 감각이 필요하다. 몸을 다치는 일은 대부분 내리막길에서다.

주역에 항룡유회亢龍有悔라는 말이 나온다. 끝까지 올라간 용은 반드시 후회한다. 달은 가득 차면 이지러지고 그릇은 가득 차면 엎어진다는 뜻이다. 뜻을 이룬 자가 절정에 올랐을 때 더욱 삼가고 조심하라는 가르침이다. 산이든 인생길이든 정상에 서 있을 때 음미해 볼 경구가 아닐 수 없다. 겸손은 고귀하다. 자신을 낮춰야 더 높게 오를 수 있다.

내려오는 길이 빨리 걸은 것처럼 느꼈으나 오르는 시간과 마찬가지였다. 두 시 반쯤 정류소에 들르자 시외버스가 도착했다. 산행은 힘들 때도 있지만 다녀온 후의 상쾌한 기분을 생각하면 주저할 일이 아니다.

목적은 정복이 아니라 안전하게 돌아오는 것, 그게 최종목표다. 산행을 통해 인생이 성숙해지는 것 같다. (2014)

내려오는 길

5월의 바람은 상큼하다.

사람은 계절과 관계없이 산에 오르고 싶다. 능력에 맞게 계절에 따라 높고 낮거나 길고 짧은 코스를 찾는다. 종류도 다양하다.

등산은 보통 걸어서 산에 오름을 의미한다. 특별한 기술이 없어도 가능하다. 등반은 암벽을 오르는 걸 의미하고 특별한 훈련과 기술을 요구한다. 등정은 반드시 산 정상까지 가는 것을 뜻하며 통상 4,000m 이상 오르는 것으로 분류하고 있다.

나는 일 년에 한 차례 가을이면 성판악 코스로 정상에 오른다. 좋은 점은 노화를 방지하는 효과가 다른 운동보다 크다. 기분을 좋게 하고 아름다운 자연을 벗하므로 긍정적인 마음을 갖게 한다. 심장이 강화되고, 폐 기능이 좋아지며, 뼈가 튼튼해지고, 근육이 발달한다. 따라서 관절의 연골이 마모되는 시간이 길어진다. 비만이나 당뇨의 예방과 정신적, 육체적으로 건전해지고 신체의 자연치유 능력이 강화된다. 그래서 산을 찾는 것 같다.

산에는 온갖 동식물이 서식한다. 이런저런 풀과 나무를 보며 그들만의 삶의 방법이 다름을 볼 수 있다. 가다가 얘기가 통하는 사람을 만나면 자연스럽게 말벗이 되기도 한다. 어쩌다 한순간의 작은 실수로 돌이킬 수 없는 치명상을 입는 수도 있다. 그런가 하면 가파르고 위험한 곳을 가까스로 힘겹고 어렵게 통과했을 때는 그에 따른 안도와 성취의 쾌감을 맛본다. 이런 일들이 어찌 보면 우리네 세상살이와 매우 유사하다.

등산하는 사람들은 대개 산을 오를 때는 좀 험한 코스를 택해 위험 속의 전율을 맛보면서 오르기를 즐긴다. 하지만 내려올 때는 더욱 덜 험하고 안전한 길을 택하는 게 좋다. 심한 비탈길이나 암벽이라도 위를 향해 오를 때는 앞을 보게 돼 있어 손발을 잘 이용할 수 있다. 목표지점에 대한 기대와 희망이 있어 웬만하면 위험과 어려움도 이겨내며 오른다. 그러한 비탈길을 반대로 내려오는 경우에는 훨씬 더 위험하고 어렵다.

산을 올랐다가 내려오는 길은 한편 세상을 살며 일상생활 속에서 겪는 크고 작은 일들과 비슷하다. 그리고 직장생활이나 사람의 한평생에 비유할 수 있다. 갓난아기로 태어나 성장하면서 청·장년기에 자기 발전을 추구하고, 그 과정에서 크고 작은 갖가지 굴곡을 겪고 성취를 맛보면서 성숙한다. 그러면서 노년기에 접어들고 더욱 노쇠해지면 결국 삶을 마친다. 그러한 일생처럼 산길에서도 뒤따라오던 사람이 앞질러 오르기도 하고 앞서가던 사람이 앉아 쉬는 동안에 뒤로 처지기도 한다.

산행에서 '내림길이 두려우면 올라가지 마라.'는 말이 있다. 오름이 있으면 내림이 있는 법, 오름과 내림을 반복하는 것이 산행이다. 오름은 가슴으로 오르고, 내림은 무릎으로 내려간다는 말이 있다. 내림이 걱정된다면 애초 오르지 말아야 할 것이다. 산행은 오르는 것과 내리는 것의 반복인 인생살이와 닮았다. 사람들은 직위, 직급이 올라가면 내려오는 것을 두려워한다. 내려온다는 것은 버리고 온다는 것이다. 험한 지름길이 아닌 평범한 길을 찾는다. 정상에서 보았던 아름다움이며 부질없는 욕심이나 권력, 명예, 지위나 미련 따위도 버려야 한다. 그래야 몸과 마음까지도 가볍고 내려오는 길이 홀가분하다.

사람도 세상에 태어나 청·장년으로 성장해 간다. 늘그막 길에 들면 체신 잃지 않고 곱게 늙어 떠나기는 더 어려운 노릇이라 한다. 직장에서도 신입 직원으로 출발해 직무를 익히고 성과를 올리면서 평가받으며 승진의 기쁨을 누린다. 하지만 나이 들어 퇴직이 가까워지면 주변 사람들을 어렵게 하지 않았는지 자성하며 명예롭게 떠났으면 소망한다. 퇴직한 후에는 부끄럽거나 추레하지 않게 늙기를 바라지만 더 어렵고 마음대로 되지 않는다.

평소에 존경해 온 삼촌뻘 되는 가까운 어른이 계셨다. 지위나 재산이나 학식도 별로 없는 평범한 시골 노인이었지만, 팔십 대 중반 넘도록 늙어도 별로 초라하거나 흐트러진 모습을 보이지 않았다. 그는 한창 젊었을 때 마을 이장도 무난히 지냈고, 늘 인자한 어른으로서 위엄도 잃지 않으면서 의연하게 사셨다. 끝내 노환으로 몇 개월 앓다가 떠났다. 병석에서도 당신이나 주변 사람들을 크게 어렵게 하지 않으셨다. 숨을 거둔 뒤에도 편안히 주무시는 모습이어서 몇 해가 지난 지금도 떠올리면 존경스럽다.

직장이나 단체에서 가끔 명예롭지 못하게 물러나는 사람들을 보면 측은한 마음이 든다. 더구나 사회 지도층이나 저명인사 같은 지식인이 모범을 보여야 하는데 그렇지 못한 경우를 이따금 본다. 남보다 얼마나 많은 노력으로 숱한 어려움을 극복하며 그런 지위에 올랐겠는가. 그 과정에서 많은 업적을 이루었으면서도 퇴임하거나 은퇴할 때는 불명예스럽게 떠남으로써, 지난날의 명예는 수포가 되고 돌이킬 수 없는 처지가 된다. 뭇사람들에게 큰 실망과 분노까지 안겨주는 사례는 남의 일이 아닌 듯 안타깝다.

등산이건 세상살이건 오르막보다 내리막길이 더 위험하고 어렵다. 내리막길에 들어서면 자신의 위치를 생각하며 분수를 알아야 한다. 내려올 때 잘 내려와야 아름답다. 그래야 오를 때보다 두 배의 기쁨을 얻는다. (2016)

매봉산 바람의 언덕

강원도 태백 매봉산鷹峰山 바람의 언덕을 찾았다.

지난 6월 13일 금요일 2박 3일로 도반들과 여행길에 나섰다. 불교대학 졸업한 지 만 십 년 되는 해다. 나서지 않으려 했으나 연장자가 빠지면 분위기가 어색할 것 같아 동참하게 됐다. 조직에선 대세의 흐름에 따라야 모나지 않고 책임자도 일하기 수월하다. 혼자 잘난 척 사사건건 따진다면 물 위 기름처럼 왕따당하기 십상이고 나잇값 못한다고 비아냥거림 받기 쉽다.

일행은 남녀 스물세 명이다. 여행이라면 눈도 귀도 입도 즐거워야 신이 난다. 총회의 결의에 따라 공금으로 일부 경비를 지원하고 나머지는 각자 부담 조건으로 강원도 동해안 지역을 순례키로 협의한 사항이다.

항공기 연발로 예정시간보다 목적지에 늦게 도착했다. 요즘은 잘 알려진 관광지 입장은 예약제다. 약속 시각에 못 들어서면 한참 대기해야 하므로 번거롭다. 오전에 겨우 한 곳을 구경해 점심은 세 시 지나야 해결할 수 있었다. 배고팠던지 강원도 산나물 비빔밥이 모두들 맛있다고 한다. 여행이란 구경도 좋지만 먹는 즐거움이 있어야 재미있다. 금강산도 식후경이라, 먹는 맛이 없으면 아무리 좋은 경치를 구경한다 해도 눈에 들어오지 않는다.

강원도 태백시 삼수동에 있는 매봉산은 해발 1,303미터의 오름으로 매처럼 생겼다 해서 붙여진 이름이라 한다. 태백시 함백산 자락의 천의봉天儀峯으로 알려졌으나 흔히 매봉산이라 부른다. 풍속은 초속 8.4미터로 대관령보다 강해 예닐곱 개의 풍차가 설치돼 국내의 대표적인 풍력발전단지로 주목받는 곳이다. 풍차의 높이는 80미터, 날개 길이는 30미터로 풍속이 초속 3, 4미터면 움직이기 시작해 5미터가 넘으면 발전이 가능하다고 한다. 날개 한쪽 면에는 한글로 태백시, 반대편엔 영어로 파란색 글씨가 선명하다. 하루 발전용량은 8.8 태양 에너지로 이는 태백시 황지권 지역 내 도심 전체가 사용할 수 있는 전력량이라 한다.

풍력발전기 맞은편 국내에서 가장 넓은 40여만 평의 경사진 계단식 밭이 고랭지 배추 재배지역으로 유명한 곳이다. 배부른 사람이 앉아 일하려면 넘어질 듯 위태롭게 보인다. 곳곳에 서른 명의 부녀자들이 횡대로 앉아 배추 모종 심는 모습이 한 폭 그림 같다. 근처에 관개용수가 없어 심은 모종을 모두 살리려고 농업용 자동차로 밑에서 산꼭대기까지 물을 운반하고 있었다. 물을 호스로 낱낱이 주는 정성이 보통 일이 아니었다. 밑거름은 친환경 비료였다. 비가 내리지 않았는지 아직도 그대로다. 누구나 재배 과정을 본다면 고랭지 배춧값 비싸다 말할 사람은 없을 것 같다는 생각이 들었다.

시멘트로 잘 포장된 편도의 농로와 배수구는 깨끗하다. 지천으로 널려 있는 길옆의 쑥, 취나물, 민들레가 미풍에 살랑거린다. 자세히 살폈다. 잎이 파마한 것처럼 보여 제초제를 살포한 것이 분명했다. 민들레꽃은 지고 꽃 대궁이 외롭게 하늘을 향해 멍하니 서 있다. 때늦은 노랑꽃에 벌이 앉아 속삭이듯 입맞춤이 한창이다. 하얀 꽃 민들레는 토종으로 약효가 좋다는데 아무리 눈여겨봐도 보이지 않았다.

고랭지 배추는 보통 사오월에 심어 칠팔월에 수확하는 게 일반적이라 한다. 심은 뒤 넉 달이 지나 수확하는 것이 적당하다는 것. 지난해 봄 풍작으로 과잉 생산돼 가격이 폭락해 겨울 배추까지 값이 내리자 금년에는 늦게 심어서 시기를 조율하고 있는 것 같았다. 올해는 잘 가꿔 좋은 값 받아 함박웃음에 농민들 호주머니가 두툼해졌으면 좋으련만.

배추밭을 따라 바람의 언덕길을 오르면 빨간 풍차가 보인다. 제대로 다듬지 않은 길쭉한 돌에 백두대간 매봉산이라는 표지석이 나온다. 조각한 내용은 '백두대간은 우리 민족 고유의 지리인식 체계이며, 백두산에서 시작하여 금강산 · 설악산 · 두타산 · 매봉산 · 태백산 · 소백산을 거쳐 지리산까지 이어지면서 국토의 골격을 형성하며 자연과 사람 문화가 함께 살아 숨 쉬는 풍요로운 큰 산줄기입니다.' 세로로 적혔고 검은색 글자는 선명하다.

이곳은 25년 전 한미재단에서 이십만 평의 산지를 개간해 전국 제일의 고랭지 배추밭을 만들었고, 그 뒤 면적을 넓혀 풍력발전 단지가 조성됐다고 한다. 배추밭을 배경으로 끝없이 펼쳐진 이국적인 풍광은 입소문을 타고 널리 알려져 사진작가와 관광객이 많이 찾는다는 것이다.

고랭지 배추가 한창 자랄 즈음 풍력 발전기와 푸른 하늘, 광활한 면적에 녹색이 어우러진 풍경은 장관을 이룰 것 같은 예감이 들었다. 한국관광공사가 선정한 가 볼 만한 열 곳에 매년 어김없이 자리매김하고 있다. 무더위가 기승을 부리는 한여름에도 서늘한 바람으로 더위를 식힐 수 있는 곳.

내년 여름에도 태백 매봉산으로 바람 맞으러 오라는 듯 미풍이 유혹한다. (2014)

새벽을 여는 사람들

첫새벽 세 시, 자전거 페달을 힘차게 밟는다. 오 분이면 넉넉히 초등학교 운동장에 도착한다. 운동장 트랙 중앙에 토종 잔디가 잘 가꿔졌다. 가로등 불빛에 멀리서도 걷는 사람을 볼 수 있다. 평소 걷기는 빠른 편은 아니나 운동으로 걸을 땐 속보로 걷는다. 한참 걷노라면 한두 사람이 들어선다. 네 시 운동장을 나설 때 멀리서 은은히 들리는 사찰 종소리. 스님의 모습이 눈앞에 아른거린다. 오는 길 집 근처의 놀이터에 운동기구가 있어 마무리운동을 이십여 분 안에 끝낸다.

지난날 새벽길을 걷던 추억이 떠오른다. 양식을 자급자족하던 시절, 보리는 한 해 양식으로 집집이 주곡으로 재배했었다. 망종 무렵 보리 베기 한창일 때다. 너나없이 먼동이 트기 전 눈 비비며 밭으로 나섰다. 숲이 우거진 샛길을 걸을 때 얼굴에 거미줄이 걸리면 제일 먼저 나섰다는 기분에 뿌듯하기도 했다. 비포장길이라 잘 살펴 조심조심 걸어도 돌부리에 걸려 넘어질 때는 괜히 남의 탓처럼 화났었다. 옛 어른은 보리는 덜 익을 때 베고 조는 잘 익혀서 베어야 한다고 했다. 너무 익은 보릿대는 꼬부라져 대낫에 베려면 쉽게 꺾인다. 조금이라도 이슬이 있을 때 베면 쉽고 덜 부러져 일하기 수월하다. 그래서 새벽녘에 일터로 나섰다. 요즘은 들녘에 보리밭은 볼 수 없고 감귤이나 채소류 재배하는 밭이 대부분이다.

새벽이 분주하다. 근처 인력사무실이 있어 지나다 눈여겨본다. 경기가 어렵다고 하나 날마다 열심히 새벽을 여는 희망찬 근로자들을 볼 수 있다. 모두 잠든 시간, 그들의 아침은 어느 곳보다 빠르게 시작한다. 공사 현장으로 향하는 사람, 마늘 수확 나가는 아낙네들도 보인다.

아침 운동하는 사람, 소득 수준이 높아지면서 건강에 관심이 많다. 새벽녘이면 학교 운동장이나 공원, 놀이터를 찾아 걷는다. 건강할 때 건강을 지키려는 그들이다. 매일 규칙적인 생활로 익숙해졌다. 간혹 새벽 운동 나설 때 좀 민망스럽다. 대부분 돈 벌기 위해 나서는 시간에 팔자 좋게 자기 몸 추스르기에 안간힘을 쓰는 것 같아서다. 새벽 산책하는 사람들은 거의 노인들로 소외계층이다. 이들은 지난날 우리의 생활에 중요한 역할을 했던 분들, 젊었을 때 사회 발전에 평생을 바친 사람들이다.

환경미화원들이 이른 새벽 먼동이 트기 무섭게 쓰레기통 비우는 소리를 들을 수 있다. 빗자루와 집게 들고 전날 무심코 버려진 온갖 쓰레기들을 주워 쾌적한 환경을 조성한다. 내 집을 청소하면 내 집만 깨끗하지만, 골목을 쓸면 온 동네가 행복하다.

새벽 다섯 시 인력센터에 나와 두 시간을 기다려도 일자리를 얻지 못해 돌아서는 젊은이들. 그 시간에 손수레에 폐지 몇 개 싣고 역주행하며 차가 오는데도 길을 지나는 할머니 할아버지들. 하루에

버는 돈은 이천 원, 많으면 칠천 원쯤 된다고 한다. 자식이 살아있다는 이유로 기초생활보장 수급자가 못 되고 자식은 부모를 돌보지 않는 세상이다.

새벽에 활동하는 사람들을 보면 다소 씁쓸한 생각이 든다. 분명 일찍 일어나 일하는 사람들이 잘살아야 하는 세상이라야 할 텐데, 신문 배달이나 청소부 시장의 할머니나 아주머니들은 여전히 가난을 벗어나지 못하는 것 같다.

이른 아침 재래시장을 돌아봤다. 활기로 넘친다. 차에서 쉴 틈 없이 신선한 채소가 내려지고, 오토바이와 손수레는 좁은 골목길을 오가며 물건을 나른다. 배추를 포장하는 아주머니 표정은 새벽녘 고단함보다 희망이 깃들어 보인다. 해마다 내려가는 농산물 가격에 한숨이 나오지만 그래도 내일의 끈을 놓지 않으려는 듯 보였다.

정치야 어떻든 민생현장의 한 비중을 차지해 새벽을 여는 사람들. 이들은 남들이 한창 단잠 잘 때 잠을 물리고 일터로 나선다. 신문 배달, 시간을 앞다퉈 국내·외 소식과 사건·사고를 전하기 위해 발로 뛰는 육상 선수들이다. 독자는 아침에 일어나 느긋이 현관문 앞에 놓인 신문을 습관적으로 마주하지만, 더 중요한 것은 사활을 걸고 기사를 만들어낸 기자들이다.

사회적 지위나 체면 유지를 위해 남의 눈치 보는 삶보다 앞으로 살아갈 날이 짧을지라도 즐겁게 남은 시간 맘껏 누리는 것이 보람있지 않을까. 자신의 행복을 타인의 기준으로 재는 습관은 사라져야 한다. 내 행복은 나의 잣대로 재야 옳다. 새벽 일터로 가는 길이 밝은 마음이라면 하는 일도 즐거울 것이다.

누구에게나 본능이 존재한다. 생명보존을 위해 건강을 지킨다. 성년이 되면 짝을 맺고 자녀를 훌륭하게 길러내려 한다. 따라서 출세를 위한 향학 열기에 몸부림치는 치열한 현실이다. 이를 위해 건강관리는 필수이며 한 푼이라도 더 쌓기 위한 경쟁이 오늘의 삶 자체가 아닌가 싶다.

세상에서 재력은 모든 사람들의 바람이라 할 수 있다. 부를 창출하려는 욕심에 초연한 사람을 찾아보기 힘든 현실이다. 직업전선에서 열과 성을 다하는 그 모습이 진정한 삶이 아닐까 싶다. 그들이 맡고 있는 일들은 다양하다. 순리와 원칙을 어기지 않는다. 원하는 것은 가장 최고가 되는 것보다 기초가 중요하다는 걸 인식하고 실천하는 그들이다. 명예나 권력, 허세도 다 비운 사람이다. 신분과 직업으로 그들을 차별해서는 안 된다. 가장 먼저 생업전선에서 출발을 알리는 상큼한 사람들이다. 그들에게 진심 어린 박수를 보내는 후한 인심을 가진 사람이 많을수록 주변은 밝아지리라.

새벽을 여는 사람들이 있기에 내일의 희망이 용솟음친다. (2014)

사월의 봉정암

사월의 봉정암은 어떤 모습일까. 다녀온 지 삼 년 지났다. 그때 아내와 2박 3일 동행했었다.

이른 아침 배낭 메고 공항을 향해 빠르게 걷는다. 예정 시간에 도착할 수 있을지 마음이 초조하다. 걸어서 삼십 분이면 갈 수 있는 거리다. 약속시각 여섯 시에 공항 대기실에서 일행을 만났다. 등허리의 땀으로 속옷이 촉촉이 젖었다.

일행이 마흔한 명이란다. 거사는 아홉 명으로 내가 연장자였다. 토요일 떠나 월요일 돌아온다. 예정 시간에 탑승해 김포공항에 내렸을 때 관광버스가 기다리고 있었다.

달리는 버스에서 인솔자와 일행은 간단한 예불을 마쳤다. 안전이 제일이다. 낙오자 없이 무사히 왕복할 수 있기를 마음속으로 간절히 소망해 본다. 인제군 북면 용대리에서 순환버스를 타면 백담사가 종점으로 모두 내렸다. 오르막길 6킬로, 걸어서 한 시간이면 갈 수 있으나 버스로 15분 만에 도착할 수 있었다.

화창한 날씨. 햇볕이 따스하다. 먼 하늘 하얀 구름 흐르듯 느릿느릿 영시암을 향해 가벼운 발걸음을 옮긴다. 노보살 걸음이 예사롭지 않다. 작은 배낭을 메고 한쪽 손에 보따리를 들어 뒤뚱뒤뚱 위태롭게 걷는 모습이 불안하고 힘들어 보였다. "보살님, 제가 손에 든 보따리 오세암까지 갖다 드릴까요." 물었다. 일행 중 젊은 보살이 고맙다며 얼른 보따리를 내게 건네는 게 아닌가. 올봄 꺾은 마른 고사리 두 근이란다. 그는 75세였다. 한 시간쯤 걸어 영시암에 도착했다. 법당에 들러 부처님께 삼배하고 물 마신 뒤 쉼 없이 일행과 천천히 걷는다. 오세암까지 2.5킬로를 걸어야 한다.

오르막 내리막 험한 길이다. 평지엔 가랑잎이 수북이 쌓여 미끄럽다. 위험한 곳은 나무와 나무 사이에 연결해 놓은 밧줄을 붙잡고 지날 수 있어 수월하다. 내리막이 불안하고 위험하다. 미끄러질까 조바심이 일고 다리가 후들후들 떨린다. 한 시간쯤 지났을까 오세암에 도착했다. 법당에 혼자 앉아 관세음보살을 염불하는 스님이 크고 거룩해 보였다.

온몸에 땀 냄새다. 종무소에 들러 숙소를 배정받아 배낭을 풀었다. 몸을 씻어 속옷과 겉옷을 갈아입은 뒤 차가운 물에 발을 담그니 정신이 번쩍 들었다. 노보살이 도착했는지 궁금해 일행에게 물었다. 한참 뒤떨어져 안내원과 오는데 한 시간 남짓 걸릴 것이란다. 젊은 보살께 노보살의 고사리 보따리를 전해 주도록 넘겼다.

오세암은 봉정암을 찾는 불자들이 거쳐 가는 곳, 천연기념물 제171호다. 대한불교조계종 제3교구 백담사의 부속 암자다. 설화에 따르면 설정대사는 고아가 된 형님의 아들을 키웠는데, 월동 준비차 양양 장터에 갈 때 며칠 동안 먹을 밥을 지어놓고 네 살 된 조카에게 "이 밥을 먹으며 저 어머니(법당 안의 관음보살)를 '관세음보살,

관세음보살' 하고 부르면 너를 보살펴줄 것이다."라 하고 새벽길을 떠났다. 장을 보고 신흥사에 도착했을 때 폭설로 고개를 못 넘고 다음해 삼월에 돌아오니 법당 안에서 은은한 목탁 소리가 들려왔다. 문을 열자 방 안은 더운 기운과 향내로 가득 차 있고 죽은 줄 알았던 조카가 목탁 치며 관세음보살을 부르고 있었다. 다섯 살 된 동자가 관음의 신력으로 살아난 것을 기리기 위해 이곳을 오세암으로 바꾸었다고 한다. 김시습 · 보우선사 · 한용운이 거쳐 간 곳으로 유명하다.

저녁 공양 시간은 다섯 시부터 여섯 시다. '천진관음보전' 법당에서 저녁예불에 참배했다. 염불은 관세음보살이다. 새벽 세 시 예불 시간 맞춰 세수하고 법당에 들어섰다. 가족의 만수무강과 소원성취를 기원하며 조용히 관세음보살을 되뇌고 108배를 올린다. 다섯 시에 공양을 끝내고 봉정암으로 향할 시간이다. 보살님의 보따리를 봉정암까지 갖다 드리겠다고 하자 손사래다. 도저히 더는 걸을 수 없단다.

초저녁부터 부슬비가 내렸다. 봉정암 가는 길이 걱정이다. 계단을 오르고 바위를 건너고 숨이 목까지 차올라도 웃음 띤 얼굴들이다. 깔딱고개를 오르는 도반들의 환한 미소 그 마음에는 오직 부처님을 향한 일념뿐. 누가 시킨다고 긴 고행의 시간을 견딜 수 있을까. 마음먹기에 달렸다. 이번이 네 번째로, 종전에 비해 길은 많이 좋아졌다. 위험한 곳은 다리를 놓고 계단도 걷기 편하게 만들어 놨다. 세 시간을 걸어 사리탑에 도착해 마른 김을 공양물로 올렸다.

석가모니불을 속으로 염불하며 가족들의 건강과 뜻하는 바가 이뤄지길 두 손 모아 합장한다.

봉정암은 5대 적멸보궁 중 하나다. 1360여 년 전 창건, 당나라 청량산에서 3·7일(21일) 기도를 마치고 문수보살로부터 부처님의 진신사리와 금란가사를 받고 귀국한 자장율사에 의해 지어졌다는 것이다. 그 어간에 여러 차례 중창했다고 한다. 6·25 때 완전히 소실되고 1980년대 중반 주지로 부임한 도영 스님이 여섯 해 동안 정면 다섯 칸의 적멸보궁, 일주문, 해탈문, 산신각, 요사채, 석등을 건립했다고 한다. 강원도유형문화재 제31호 오층석탑 밑에 부처님 진신사리를 모셨다. 불자라면 꼭 살아생전 참배해야 하는 성지로 정착되었다.

봉정암은 기도발이 잘 듣기로 알려진 곳이다. 사업가나 재벌들이 엄청난 시주금이 쌓였는지 중창 불사를 이루고 경내 환경이 확실히 달라졌다. 수용 인원은 천 명까지 가능하다니 놀랍다. 저녁에 문수전 침실을 군불로 뜨겁게 지펴 줬다.

철야기도로 유명한 곳. 세 시에 새벽예불, 다섯 시에 따뜻한 미역국으로 오이지 몇 개 띄운 한 그릇의 아침공양은 이곳이 아니면 맛볼 수 없는 음식이다. 백 원 하던 자판기 커피는 공짜. 그래서 더 맛있게 느껴졌다.

염불을 많이 하면 업장이 자연스레 녹아내린다고 한다. 그냥 기도도 좋은데 부처님 진신사리를 친견하고 염불하면 얼마나 공덕이 쌓일까. 아린을 보는 순간 무겁게 들고 다니던 번뇌와 고통이 일순간 사라진다. 묵은 잎을 버려야 새순이 돋는 것을. 글이나 말보다 때로는 자연에서 큰 가르침을 얻는다.

힘들게 올라와 마음속 기도를 드리고 내려가는 발길은 가볍고 몸과 마음은 편하다. 넓은 개울가에 수많은 돌탑 그 속에 사연 담긴 소망들 이뤄졌으면 싶다.

사월의 봉정암 목탁 염불 소리 환청으로 여태 귓전을 맴돈다. (2014)

가족 나들이

지난 구정 때 가족 나들이하기로 약속해 뒀다.

매년 무더운 여름철 애들 데리고 제주에 오갈 때 힘들고 경제적인 부담이 많다는 걸 모르지 않는다. 올해는 서울 근교의 경기도쯤 장소를 정해 한 사람도 빠짐없이 모였으면 어떨까 의논했었다. 모두 찬성이다. 모이는 날짜가 문제다. 큰며느리가 일정과 장소는 책임지고 알아보겠다고 앞장섰다. 2박 3일이 적당하다는 의견이다. 5월 4일에서 6일은 어린이날과 석가탄신일 연휴가 겹쳐서 좋다고 한다. 당일 경비는 아버지가 부담하니 일자를 잘 택해서 모두 참석하는 방향으로 추진토록 부탁했다. 구정이나 추석 때 집에서 한자리에 앉아 즐겁게 얘기 나눌 기회는 별로 없었다.

4월 초. 큰며느리의 전화를 받았다. 5월은 도저히 일자를 잡을 수 없다고 한다. 인터넷에서 검색했으나 적당한 펜션이 없을 뿐 아니라 예약이 어렵다고 한다. 4월 중에 일자를 정해 보겠다며 확정되면 알려 드리겠으니 기다려 달란다.

며칠 뒤 형제간 의논해서 1박 2일 이달 토 · 일요일로 결정했다고 한다. 아내는 올해 처음 바깥나들이다. 오후 김포행 비행기에 아내와 함께 탔다.

작은며느리는 부모를 위해 금요일 하루 휴가를 냈다. 인사동 전통문화의 거리를 돌아보면 좋은 추억이 된다며 어떨는지 전화로 묻기에 고맙다는 말을 남겼다. 이튿날 늦은 아침 아내와 지하철 타고 인사동 근처 종각역에 내렸다. 마침 점심시간이라 전통음식 전문점을 찾아 골목길로 들어섰다. 명가 맛집을 골라 한정식을 주문했다. 돌솥비빔밥, 밑반찬이 깔끔했다. 반찬의 종류는 다양하나 두세 번 집을 만큼이다. 식사를 마쳤을 때 스님의 공양그릇처럼 말끔해 며칠 굶은 사람 아닐까 의심할 정도다.

거리 노점상의 물건들이 볼만하다. 고급스러우면서 서민적인 검소함이 있고 지저분한 것 같으면서 품격이 있어 보인다. 세계인이 어울려 다니는 모습이 이색적이다. 옛것도 많고 요즘 유행하는 새로운 것들도 있었다. 골동품과 미술품, 공예품이 구색을 갖췄다. 따뜻한 날씨만큼 구경하는 재미가 쏠쏠하다. 이곳은 이태원 다음 외국인이 많이 모이는 곳이라 한다. 수도의 중심부로 최신식 고층빌딩이 많으나 이런 고풍스러운 인사동 거리가 있어 서울이 더 돋보이는 것 아닐까. 화려한 명동보다 인사동 거리를 더 좋아하는 사람들이 있어 활기를 띠는 것 같다. 가격도 비싸지 않아 눈요기할 것도 많다. 사도 그만 안 사도 그만 엿장수 마음대로다. 거리엔 사람들로 넘쳐나지만, 물건을 사는 이들은 별로 없어 보였다. 그래도 장사가 잘되는지 아리송하다.

나들이 가는 날이다. 점심은 온 식구가 둘째아들 집에서 해결했다. 며느리들은 식재료 품목을 메모하며 시장으로 나서는 발걸음이 바쁘다. 참석 인원이 14명 자가용 석 대로 충분하다. 길이 막히지 않아 출발한 지 한 시간 목적지 경기도 양주시 장흥수목원 오토 야영장 근처에 도착했다. 꽃샘에 봄바람이 싸늘했으나 여기저기 텐트에서 들락거리는 사람들이 보였다. 아늑한 산골짜기 주변 공기도 좋고 조용해 최적지다. 주방에는 전기밥솥, 냉장고와 식기류들이 빠짐없이 마련돼 있었다. 쌀과 부식만 있으면 식사 문제는 걱정할 필요 없다. 당초에 식사는 인근 식당에서 해결하려 했으나 며느리들이 음식 만드는 것이 재미있다며 직접 솜씨를 보이겠다고 한다. 요즘 음식 재료는 그대로 씻고 그릇에 넣어 삶기만 하면 되는 간편한 세상이다. 밥 짓는 동안 반찬은 서로 나눠 만들어 수월한 것 같다.

불고기판을 주문했다. 종업원이 번개탄과 숯을 갖고 와 불판 밑에 불붙였다. 금세 불이 타올라 석쇠에 삼겹살을 올려놓자 지글지글 익어 가고 돌소금 뿌릴 때 간간이 불꽃이 튄다. 굽기는 아들과 사위 몫이다. 주위에 코끝을 자극하는 냄새가 진동한다. 야외에서 온 식구가 먹는 맛. 굽기 바쁘게 그릇이 뚝딱 비었다. 같은 음식이라도 집에서보다 맛이 다르다. 술맛도 기분이나 장소 시간에 따라 다르듯.

종심이 지나 희수가 코앞이다. 자식과의 약속을 어기면 신뢰가 없어지고 존경이 사라짐은 당연하다. 애들이 자랄 때 하찮은 약속이라도 실천하는 모습을 보여줬다. 늘 기본을 지키려고 메모를 해 가며 잊지 않았다. 지키지 않아도 되는 약속이 있다. 자신과의 약속. 그런 사실을 누구도 모르기에 그때마다 쉽게 용서해 준다. 자기와의 약속엔 부담을 느끼지 않아서 그런 것 아닐까. 그래도 나와의 약속을 맨 먼저 지키려고 노력해 본다. 행복한 삶이 되는 첫걸음이 아닐까 하는 생각에서다. 한번 버릇 들면 헤어나기 힘들고 습관으로 이어지기 쉽다.

누구나 살면서 흘러간 시간을 아쉬워하고 연연한다. 가장 중요한 지금의 시간을 소홀히 다루고 있다는 생각이 든다. 과거는 아무리 좋은 것도 되돌릴 수 없고 흘러간 물과 다름없다. 앞으로 남겨진 시간을 어떤 마음으로 어떻게 이용해야 할지 자성해 본다. 걱정거리다. 지금까지가 아닌 지금부터 늦었다고 할 때가 빠른 때다.

애들이 집에 올 때마다, 몇 달에 한 번씩 형제간 모여 식사도 나누고 우애심을 기르도록 당부했었다. 하지만 삶이 바쁜지 심드렁하게 보였다. 부모가 세상 떠나더라도 형제간 화목하게 지내길 바란다. 시작이 반이라 말한다. 오늘 초행길을 열었다.

가족 나들이를 시작으로 계속 우애의 모임으로 이어지길 간절히 소망해 본다. (2014)

짧아지는 봄

대지에 생명이 움트는 환희의 봄을 기다린다.

한데 삼월은 너무 쌀쌀하고 사오월이라 날이 풀린 것 같더니 어느새 더워 봄옷 입기가 거북하다. 봄이 점점 사라지고 있음을 느낀다.

삼월 초부터 오월 말까지 평균 기온 통계를 보면 큰 변화는 없어도, 2000년 이후 기온이 높아지는 것을 알 수 있었다. 수년간 관측 기록에 의하면 기상학적 봄의 기간은 점점 시작도 빠르고 끝은 더 빠르다는 결론이었다.

일반적으로 최고 · 최저 기온의 차이가 10도를 넘으면 일교차가 큰 것으로 얘기한다. 일교차가 크면 온도에 대한 인체의 적응력이 떨어져 감기 같은 환절기질환에 걸리기 쉽다. 이런 증상은 봄과 가을에 심하게 벌어지며 10월 중순경에 이르러 가장 큰 차이를 보인 후 차차 줄어든다는 의사들의 얘기다. 이처럼 일교차가 심할 때는 낮에 벗어놓는 한이 있어도 외출 때 점퍼나 양복 윗도리 같은 여벌옷을 준비하면 괜찮다. 기온이 떨어지는 시간에 입는 것이 좋은 방법이다. 가정에선 잠자리에 들기 전 창문을 철저히 점검해야 한다. 취침 중 집 안 온도가 급격히 떨어지는 현상을 방지하는 것도 환절기질환 감염을 막을 수 있는 지혜다.

유신정권은 1973년 경범죄 처벌법을 만들어 미풍양속을 명분으로 풍기문란이라며 미니스커트를 단속하기 시작했다. 무릎 위 20센티가 법이 정한 치마 길이의 최저 한계선이었다. 그래서 서울이나 대도시에서는 경찰관과 용감한 여성들이 숨바꼭질을 벌이는 진풍경이 벌어지곤 했었다. 남자의 장발단속 기준은 뒷머리가 옷깃, 옆머리가 귀에 닿으면 안 됐다. 그래서 긴 머리를 파마로 말아 올려 장발 단속을 피하기도 했던 때였다.

연설, 강연, 훈계의 말과 문장은 짧을수록 좋다고 했다. 배삼룡 씨는 후배 코미디언 결혼식장에서 짧은 주례사로 유명했다고 한다. 주례는 "신랑 신부, 내가 무슨 얘기 할 줄 알지?" 신랑 신부가 "네." 하고 대답하자 "그럼 그렇게 잘 살아. 이상 끝." 단 세 마디 말로 식장에 박수가 터진 것은 물론이다. 하지만 때와 장소, 분위기에 따라 달라져야 한다는 생각이다.

봄이 이상한 건 어제오늘 일이 아니다. 언제부턴가 겨울이 끝날 무렵 이따금 돌발적인 날씨로 흠칫 놀라게 하더니 몇 년 전부터는 아예 습관이 된 듯 시도 때도 없이 변덕 떨기 일쑤다.

새봄을 맞아 부푼 꿈에 젖어도 시원찮을 판에 일부 지역에선 자식같이 키워 온 과수들이 하루아침에 냉해 또는 동해를 입었다. 어린 새싹이 생기를 잃어 흑갈색으로 변하고 꽃눈과 꽃망울도 얼어 죽어 피해가 막심하다. 냉·동해가 무서운 건 그 자체 피해보다 후에 찾아오는 2차 피해가 더 크다는 데 있다.

늦은 아침 농장에서 귤나무를 자세히 살핀다. 밤에 내린 서리가 아침에 풀리면서 냉해로 새싹이 힘없이 축 늘어진 모습을 멍하니 바라볼 때 가엽고 가슴 아프다. 어떤 새싹은 검게 말라 죽은 것도 눈에 띈다. 회생 불능이다. 비명에 쓰러졌다. 재해라 어쩔 도리가 없다. 봄이라는 계절이 제대로 순환된다면 이런 재해는 없었을 것이다. 봄이 서서히 짧아지는 현상은 끔찍한 일이다.

영국 시인 T.S. 엘리엇은 서사시 '황무지'에서 1차 세계대전을 통해 현대문명에 속절없이 무너지는 인간을 지켜보면서 봄은 잔인하다고 했다. 그는 "잘 잊게 해 주는 눈으로 대지를 덮고 마른 구근으로 약간의 목숨을 내준 겨울이 오히려 따뜻했다."면서 "죽은 땅에서 라일락을 키워내고 잠든 뿌리를 봄비로 깨우는 4월은 잔인한 달"이라 했다. 문명의 모순에 실망한 시인은 역설적으로 봄 대신 겨울을 찬미했지만 봄만큼 인간의 감성을 풍성하게 하는 계절도 없다. 모든 게 죽어 움직이지 않던 대지에 생명의 기운을 불어넣으니 감탄과 찬사를 보내지 않을 수 없는 것이다. 그래서 예부터 많은 사람이 '상춘곡'이니 '신록 예찬'이니 봄을 노래했었다.

지구 온난화로 봄이 짧아지는 추세다. 올해는 저온현상이 이어지면서 봄이 실종되고 있다는 소식이다. 4월에는 서울에 19년 만에 눈이 올 정도로 꽃샘추위가 기승을 부려 봄다운 봄이 사라졌다. 5월 들어서는 8일 강원과 경북의 낮 기온이 30도를 웃도는 한여름 더위가 찾아와 봄을 느낄 새가 없었다.

계절의 여왕인 봄은 곧장 여름으로 달려갈 모양이다. 빠듯한 전력 사정에 갑자기 들이닥친 이상고온 현상으로 에어컨 사용이 급증하면 때 이른 전력난도 우려된다. 빈부격차가 심해지고 양극화는 세계적인 흐름이다. 기상에도 이 같은 쏠림현상이 심화하고 있다. 폭우나 폭설이 잦아지고 혹서와 혹한이 길어져 날씨가 점점 사나워지는 추세다. 석유 같은 화석연료의 사용이 늘면서 환경 파괴가 날로 늘어간다.

봄이 여름에 흡수되고 가을이 겨울에 흡수돼 사계절이 여름, 겨울 두 계절로 양분되는 것은 우울한 일이다. 희망의 찬가와 생명의 환희가 넘실대는 봄이 사라지면 우리의 감성도 황폐해질 수밖에 없다. 물질도 그렇지만 계절 역시 한쪽으로 쏠리는 현상을 누구도 바라지 않을 것이다.

간밤에 소리 없이 내린 비가 새삼 소중하게 다가온다. (2013)

마른장마

연일 푹푹 찌는 마른장마로 농심이 타든다.

중부지방엔 폭우로 피해가 잇따르고 있지만, 제주시 기준 7월 강수량은 3.3밀리에 그쳤다. 찔끔 비가 내린 것이다. 지난달 중순을 전후해 장맛비가 내린 뒤 지금까지 작년 강수량의 절반에도 못 미친 130밀리라 한다. 기상청은 한낮 기온이 30도를 웃도는 무더위가 이어지고, 열대야는 계속 기승을 부릴 것이라는 전망을 내놓았다. 밤에 잠 못 이루고 불쾌지수가 높아 작은 일에도 쉽게 짜증내고 좌절하기 쉬운 때다. 하지만 이번 주 중에 장마전선이 남하하면서 비를 뿌릴 것으로 보여 가뭄 해소에 적잖은 도움이 될 것으로 기대된다.

농작물은 비가 내리지 않아 아우성이다. 성장기인 농작물이 점차 말라가고, 출하가 한창인 수박도 크게 자라지 않아 농민들이 울상이다. 기온이 너무 높아 여물지 않는 생육 부진 현상이 나타나고 있다. 한창 개화기를 맞은 참깨도 수분 부족으로 개화가 더디거나 결실을 제대로 못 할 것 같아 막심한 피해가 예상된다. 오뉴월에 파종한 콩 역시 적기에 비가 내려야 제대로 자랄 수 있는데 물주기 시설이 없는 경우 허탕 친 것으로 봐야 할 것 같다.

파종기를 맞는 당근은 최근 고온에다 비가 오지 않아 일부 농가들은 파종 시기를 늦추는 실정이다. 축산 농가들도 연일 축사에 물을 뿌리며 적정 온도를 맞추느라 비지땀을 흘린다.

속설에 "삼 년 가뭄에는 살아도, 석 달 장마에는 못 산다."라는 말이 있다. 삼 년과 석 달을 비교하면 정확히 열두 배의 차이가 난다. 연속되는 장마의 시련을 견디는 일이 그만큼 힘들고 어렵다는 얘기일 것이다.

가뭄에 민감한 농부들의 마음고생은 이만저만 아니다. 물이 없어 바짝 말라가는 농작물을 속수무책 바라봐야 하는 마음은 새까맣다 못해 아예 숯덩이가 될 정도다.

어린 시절엔 가뭄이 무던히도 많았던 것 같다. 밭의 조 잎사귀가 말라붙어 바늘처럼 또르르 말려 있는 것을 보면 불쌍히 여겨 일부러 거기에 오줌을 눠 주곤 했던 기억이 난다. 한데 신기하게도 아침 일찍 들판에 가보면 어제의 풀들이 간밤의 이슬을 먹고 푸릇푸릇 싱싱하게 살아나 언제 그랬냐는 듯 원기를 회복하고 있었다. 살려고 발버둥치는 생명력은 처연할 만큼 애처롭다.

가뭄을 몸서리치도록 겪을 때 농부의 마음은 이심전심으로 장마를 그리워한다. 설령 폭우로 전답이 물에 떠내려가더라도 물 걱정에서 해방된다면 여한이 없을 듯싶다. 그러나 정작 장마가 닥치면 그 마음은 온데간데없이 사라지는 것이 농심이다.

장마 기간에 겪는 고생 또한 가뭄 못지않다. 애써 가꾼 농작물이 흙탕물에 묻히고 밭둑을 이곳저곳 마구 무너뜨려 버거운 일거리를 만들어 놓기 일쑤다.

사람이 살아가는 것도 장마의 계절과 같지 않을까. 같은 일에도 즐기는 사람이 있고 괴로워하는 사람이 있듯, 쏟아지는 비를 바라보는 시각도 처한 여건에 따라 다르게 볼 수 있을 것이다. 큰 병에 걸리거나 재난으로 어려움을 겪는 것도, 집중호우로 인명이나 재산 손해를 입는 것과 비슷하다. 또한, 폭우로 큰 어려움을 겪어 본 사람들은 비만 보면 마음 졸이는 것처럼, 항상 걱정과 고민 속에 살아가는 것 아닐까 한다.

한 연구조사 발표다. 걱정과 근심 가운데 80%는 일어날 수 없는 헛된 것이며, 12%는 자기와 상관없는 일이고, 오직 8%만이 진정 걱정할 만한 것이라고 한다. 그것도 사람의 힘으로 어쩔 수 없는 자연재해라면 그냥 순응할 수밖에. 고민한다고 해결될 일이 아니지 않은가.

지구 온난화라는 변덕스러운 기후로 가뭄과 장마, 불볕더위와 한파로 지구촌은 몸살을 앓는다. 무분별한 개발과 사람들의 이기심이 지구를 곤욕스럽게 한다. 하천에도 물이 사라지고 있다. 어쩌면 우리 스스로 지구를 아끼지 않아서인지도 모르는 일이다.

물 한 방울 쓰는 것조차 자연에 미안한 마음이다. 애타게 한 모금의 물을 기다리고 있을 들녘의 생명에 내가 쓴 물을 다시 자연으로 되돌려 주고 싶다. 바싹 마른 땅에는 아무것도 심을 수 없다.

물은 생명의 근본이다. 소중함을 알아야 한다. 우주 만물은 물에서부터 시작됐다. 지천으로 널브러져 있는 물이라 그 근본임을 잊고 산다. 하지만 지금 비가 내리지 않아 농촌은 비상사태다. 밭작물들이 물 한 모금 잎에 적시지 못하고 뜨거운 태양에 몸살을 앓고 비실비실한다. 아니 말라 죽고 있다. 애써 가꾼 작물들이 제구실 못하고 시들어 갈 때마다 농부들의 속마음도 바삭바삭 타들어 간다. 어서 빨리 비가 내려 대지를 촉촉하게 적셔 주고 푸릇한 모든 생명이 활기 넘치게 되기를 빌고 싶다.

사람은 나이가 들면서 비로소 인간다워진다고 한다. 인간답다고 하는 것은 무엇인가, 자기 분수를 알고 그 분수껏 산다는 것이리라. 기다리는 시간의 의미, 지나치면 넘친다는 이치처럼 자연의 순리와 질서를 아는 것, 나를 받아들이는 이해와 자기 사랑으로 사는 것을 말함일 것이다.

우리의 삶에도 가뭄 드는 날이 있다. 인생에 가뭄이 들 때는 조금 더 낮은 자세로 세상을 바라보면 어떨까. 주머니가 허전해도 웃어 주면 그만이다. 그러다 보면 꿀맛 같은 단비가 내릴 것이다.

인생도 파릇파릇 생기 넘치는 때가 올 것 아닌가. (2013)

5부

민들레

팽이

때릴수록 좋아하며 신나게 웃는 모습이 볼수록 귀여운 팽이.

어린 시절 사내아이들은 누구나 팽이치기놀이를 즐겼다. 옛날부터 내려온 민속놀이의 하나다. 설의 분위기를 한층 돋워주고 학교 운동장, 집 마당이나 넓은 곳에서 여럿이 어울려 즐긴다. 겨울철 어린이들이 추위를 이겨내고 체력 단련과 육체운동으로 손재간을 키워주며, 사고력도 높여준단다.

누가 더 오래 팽이를 돌리느냐 겨루기도 했다. 줄을 감는 팽이 끈을 위에서부터 아래로 가지런히 감은 뒤 바닥에 힘차게 던지면 된다. 축을 중심으로 잘 돌리려면 팽이채로 알맞게 쳐 주어야 한다.

몇몇이 편을 갈라 팽이를 돌린 다음 상대의 팽이를 부딪치게도 했다. 이때 먼저 팽이가 쓰러진 편이 지게 된다. 팽이치기로 겨울철 해 지는 줄 모르고 늦은 저녁까지 즐기던 시절이 엊그제 같다.

가끔 인생은 팽이 같은 삶이 아닐까 하는 생각을 해 본다. 아무리 잘 돌다가도 그냥 두면 금방 힘을 잃고 넘어질 것 같으면서도 채를 추스르고 채찍질하면 다시 살아나는 팽이. 우리네 인생도 이와 다를 바 없지 않을까. 어느 땐 자신의 의지대로 돌다가도, 삶이 느슨해지고 힘겨울 땐 쓰러지려는 우리네 인생. 잘 돌던 팽이도 힘을 잃고 쓰러지려 할 땐 채로 맞는 아픔을 겪어야 한다는 사실은 새삼스러운 일은 아니다. 팽이는 두들겨 맞지 않으면 도는 것을 멈추고 쓰러질 수밖에 없다. 쓰러짐은 곧 죽음을 의미한다. 팽이처럼 채로 맞는 쓰라린 고통이 삶의 여정 중에 왜 없었겠는가. 그 시련과 아픔이 있었기에 우리의 삶은 다시 살아나고 힘차게 돌아간다는 사실이….

씽씽 돌아가는 팽이도 돌다 지치면 주저앉으려 한다. 휙 바람을 가르는 소리, 팽이채로 때릴수록 팽이는 잘 돌아간다. 팽이는 맞아서 멍들고 팽이채는 때리다 너덜너덜 닳아진다. 삶의 한 단면을 보는 듯하다.

마치 팽이처럼 맞아야 정신 차리는 나. 다시 일어나 팽팽 돌다 힘들면 다시 느슨해지는 삶, 어느 날 잘 돌던 팽이도 무심코 맥없이 손 놓을지도 모르는 일. 집중력이 떨어질 무렵 팽이는 쓰러진다. 팽이는 잘 돌고 있을 때 때려야 더 잘 돌듯, 혹시 섰다고 생각할 때 조심해야 한다는 것을. 오늘도 말없이 팽이처럼 사는 이웃들이 있기에 살맛 나는 세상 아닌가.

나도 모르게 마음에 교만이 들 때면 팽이가 떠오른다. (2012)

회초리

회초리는 훈계하거나 체벌용이었다.

지난날 마소를 부릴 때 쓰는 가늘고 긴 회초리로 체벌을 위해 아이들의 종아리를 때렸다. 아이가 잘못했을 때 회초리를 가지러 가면서 반성하고, 부모는 회초리를 가지고 오는 동안 화를 삭이는 시간이었다. 요즘은 사랑의 매라도 아이 몸에 닿으면 안 된다고 한다.

예전에는 곧고 길게 자라서 단단하고 탄력이 좋아 윤노리나무로 소 코뚜레나 농기구 손잡이로 썼다. 한편 회초리로 쓰기에 으뜸이다. 윷놀이할 때 윷의 재질로 좋은 나무라고 해서 윷놀이나무라고 했었는데 윤노리나무로 불리게 된 것이라 한다.

오래전 학창 시절엔 회초리는 체벌 위주였다. 그때는 사회 풍토가 회초리를 인정하기보다는 권장하는 시대였다. 선생님한테 매를 맞아 선명한 피멍이 종아리에 맺혀 있어도 부모들은 "다 너 잘되라고 그런 거다."며 선생님께 오히려 감사했었다.

회초리에 사랑이라는 전제가 없다면, 교육 목적이 단순 폭력이 되고 말 것이다. 매로 키운 자식이 효도한다는 속담처럼 사랑과 교육의 뜻이 담긴 회초리는 아픈 만큼 효과도 크다.

세상이 바뀌어 회초리는 부모나 스승의 손에서 떠난 지 오래다.

이제 회초리는 김홍도의 서당 그림에서나 찾아볼 수 있는 희귀 물건이 됐다. 심신이 미숙한 아이들을 가르치는 학교에서조차 교육이나 규범보다는 인권과 자율이 중시되는 세상이다. 거꾸로 학생들의 인성은 갈수록 황폐해져 가고 있다. 그런데도 가정이나 학교에서도 들풀처럼 거칠게 자라는 그들의 성정을 다스릴 교육은 이뤄지지 않는 것 같다.

얼마 전 뉴스에 OECD 회원국 청소년들의 행복지수 비교에서 한국이 최하위란다. 그 원인 중 단연 1위는 학업 부담에서 오는 스트레스라는데, 누구나 짐작할 만한 일이니 새삼스레 놀랄 일도 아니다. 이런저런 이유로 교육계는 교육 혁신을 부르짖는다. 그것의 또 다른 이름은 아마도 교실수업 개선일 것이다. 이제는 학업 중심으로 경쟁만을 부추기는 교실이 아니라, 학생 스스로 체험하고 동료들과 함께 배우면서 서로 성장을 돕는 진정한 배움이 있는 교실을 만들자 함일 테다.

사람들은 약자에게 강하고 강자에게 약하려는 속성이 있다. 강자의 입장에서 약자를 억압하는 폭력은 행사하지 말아야 한다. 그런데도 우리의 교육 현실에서, 공식적으로 교권 행사에서 체벌이 완전히 금지된 데 대해 우려도 된다.

무능한 선생님이 아이들을 매로 다스린다는 생각을 할 수도 있지만, 절대로 매를 들지 않을 수 있다고는 생각지 않는다. 맞아야 되는 경우와 사랑의 매로서 회초리는 형식으로라도 필요하다는 생각이다. 부모도 국가도 선생님도 사랑하는 대상을 더 나은 사람으로 성장시키기 위해서는 상징으로라도 체벌과 꾸지람과 각성의 도구인 사랑의 매가 필요하다.

문제는 자존감이다. 잘잘못에 대한 가르침을 주기 위한 체벌이 불공정하거나 수치심을 일으키거나 부당하게 자존심에 상처를 입혔다면, 그것은 오히려 체벌하지 않는 것이 더 나을지도 모른다. 매를 대지 않고 대화와 상담으로 가능하다면 더없이 바람직하다. 하지만 지금 우리 현실은 아직 그런 성숙한 환경에 있지 않다는 생각이다.

체벌이나 욕설을 일삼는 교사도 있을 뿐 아니라 혼날 짓, 맞을 짓을 서슴지 않는 학생도 있는 게 현실이다. 그 과도기에 무조건 체벌을 금지한다는 것은 많은 부작용을 낳을 수 있다. 극도로 과격한 학생과 무모한 교사의 갈등을 더 증폭시키는 과도기적 기현상이 일어나지 않을까.

하지만 회초리를 들어야 할 때는 들어야 한다. 부모는 자식에게, 선생님은 제자에게 절제된 사랑의 매가 필요하다. 부모가 회초리를 아끼는 것은 오히려 아이들을 물질로 달래기 위함이고, 선생님이 회초리를 부러뜨린 이유는 제자로 생각하지 않으려는 까닭이다.

서로 다투고 부딪치면서 배우고 정드는 과정을 배제한다면 사람이 사는 사회는 오히려 경직될 수 있을 것이다. 지극히 자유롭고 분방한 가운데 스스로 이겨내고 서로 존중하며 대처해 나갈 수 있는 인간관계 형성의 능력을 배양할 때다.

선생님의 회초리를 폭력이라 고발하는 학생. 아이들의 빗나간 주먹질과 선생님들의 훈육 회초리를 똑같이 폭력이라 규정하고 있다. 이런 환경에서 선생님들의 자발적이고 적극적인 인성교육은 기대할 수 없을 것이다. 사랑의 매, 긍정적인 의미의 매가 없다면 그 대안은 뭘까. 회초리의 폭력성을 주장하는 이들은 심각하게 고민해야 할 때다.

손이나 신체가 접촉하는 형태의 체벌이나 폭력이 아닌 회초리와 매로써 가해지는 체벌은 육체의 본성과 세포가 지니는 각인과 각성의 효과가 뛰어나다고 한다. 고래를 춤추게 하는 칭찬의 기억이 사람을 성장시키기도 하지만, 잘못을 저질렀을 때 야단맞는 일 또한 마찬가지라는 것이다. 더 나아지려는 자아 성장의 욕구를 충족시켜나가는 과정에서 칭찬만 받은 사람보다 잘못된 것을 교정받고, 바르게 가르침 받은 사람이 더 나은 삶을 만들어 내는 경우도 있단다.

회초리는 때리는 것이 아니고 다스린다고 한다. 감정이 아닌 애정이 담겨 있다는 뜻이다.

회초리는 사랑이다. 미래를 위한 투자다. 아끼면 망치고 쓰면 발전하지 않을까. (2015)

민들레

민들레 홀씨가 바람 타고 하늘로 오른다.

솜털이나 깃털처럼 훨훨 높이 날아오르는 모습이 얼마나 아름다운지 멍하니 바라볼 때도 있었다. 홀씨는 이상하게 생겼다. 위에 깃털이 있고 아래에 씨방이 붙어 있어 흡사 낙하산 같은 모양새다. 하찮은 바람에도 여유롭게 잘 날아간다. 씨앗을 퍼뜨리는 방법도 특이하다. 씨는 매우 가벼워 높게 올라 수십 리까지 날아간다. 어쩌면 머나먼 대륙을 횡단해 넘나들고 있는지도 모른다. 국경도 사상도 아랑곳없이 구만리장공을 가뿐히 자유롭게 넘나드는 위대한 여행이 아닌가. 신기하고 놀랍다.

민들레는 매우 흔하다. 정답고 친근한 풀이다. 들에 핀 서민의 꽃, 민중의 꽃이라 부른다. 그만큼 우리 겨레의 정서에 밀착돼 있다. 풀밭이나 과수원, 길옆이나 마당 귀퉁이거나 가리지 않고 뿌리를 내린다. 민들레처럼 생명이 모질고 질긴 식물이 흔치 않다. 시내 한복판 갈라진 시멘트 사이나 아스팔트 틈에서도 꽃을 노랗게 피워 봄을 알린다. 청결하지 않은 도심 가운데서 벌레한테 먹히거나 병드는 일 없이 먼지와 오물을 잔뜩 뒤집어쓰고도 오히려 건강하다. 짓밟고 잘라내도 어느 틈엔가 일어나 노란 꽃을 방긋이 피워내는 민들레는 서럽고도 모질게 살아온 우리 국민을 어쩌면 그렇게도 닮았을까.

뿌리는 땅속 깊이 자라므로 짓밟혀도 잘 죽지 않는다. 그래서 서민들의 힘든 삶에 비유한다. 구전에 따르면 지난날 사립문 둘레에서도 흔히 볼 수 있다 하여 '문 둘레'라 부르다 '민들레'가 된 것이라 전해온다.

한의학에서 민들레를 포공영이라 부른다. 옛날 어느 부잣집에 딸이 있었는데 가슴에 종양이 생겼으나 젖가슴을 의원에게 보일 수 없어 전전긍긍하고 있었다. 그녀는 어머니로부터 외간 남자를 사귀어서 그렇게 된 것이라 야단맞고 고민하던 끝에 강물에 뛰어들었다. 마침 그곳에서 고기잡이하던 어부와 딸이 그 여자를 살려내 옷을 갈아입히려다 가슴의 종양을 보고 산에 올라 약초를 뜯어 먹이니 낫게 되었다. 그래서 이 약초를 어부의 딸의 이름인 포공영蒲公英으로 지었다는 설화도 있다.

민들레의 효능은 다양하다. 흔하다고 별 볼 일 없는 것은 아니다. 4, 5월에 꽃 피워 6, 7월이면 열매 맺어 포자를 만들어 바람에 날려 번식한다. 어떤 조건에서도 꿋꿋하게 자신을 번식시킨다. 꽃, 잎, 뿌리까지 어느 하나 버릴 것 없는 좋은 약초로 우리의 건강을 지킨다.

꽃이 피어 있는 동안 많은 나비와 벌들이 가루받이한다. 꽃에는 꿀이 많아 곤충이 수없이 달려들고, 벌을 치는 사람들한테 좋은 꿀을 선사한다. 가루받이를 끝낸 꽃은 일단 바닥에 누웠다가 갓털이 생기고 씨방이 익으면 꽃대는 다시 벌떡 일어나 꽃씨를 머리에 가득히 단다. 그래서 민들레는 두 번 꽃이 핀다고 한다.

민들레의 어린잎은 나물로, 뿌리는 김치나 약재로 사용해 온몸을 바친다. 마지막으로 생명이 다했다고 생각되면 민들레 홀씨는 멀리 날아가 자수성가하는 용맹성을 갖고 있다. 어려움을 극복하고 내성을 키워나가는 사람들을 민들레에 비유해도 지나친 표현은 아닐 것이다.

잡초처럼 자라 꽃을 피우는 민들레지만 일편단심 정절을 지킨다. 자신의 이익에 따라 쉽게 변하는 우리네 인간보다 훨씬 나은 모습이 아닐까. 일상적 삶에서 복잡한 것보다 단순한 것, 화려한 것보다 소박한 것에 관심을 둬 관찰한다면 우리의 삶이 훨씬 더 풍성해질 것은 아닐는지.

배워야 할 민들레의 아홉 가지 덕목을 '구덕九德'이라 전해온다. 어려운 환경을 견뎌내는 인忍, 뿌리를 잘려도 새싹이 돋는 강剛, 꽃이 한 번에 피지 않고 차례로 피므로 예禮, 여러 용도로 사용되고 온몸을 다 바쳐 세상에 이바지한다 해서 용用, 꽃이 많아 벌을 부르므로 덕德, 줄기를 자르면 흰 액이 젖처럼 나오므로 자慈, 약으로 이용하면 노인의 머리를 검게 하므로 효孝, 흰 액은 모든 종기에 잘 들어 인仁, 씨앗은 자신의 힘으로 바람을 타고 멀리 떠나 새로운 후세를 만드니 용勇의 덕을 지녔다는 것.

민들레를 좋아하는 이유는 뒷모습이다. 화려한 꽃일수록 마지막은 추하기 짝이 없다. 목련, 장미, 양귀비가 그렇다. 한데 민들레의 뒷모습은 아름답다 못해 초연하다. 눈꽃 송이처럼 하얗게 홀씨를 모아 또 다른 세계를 찾아 그들만의 영토를 만들기 위해 바람을 기다리는 모습은 여유롭고 넉넉해 보인다.

이제 꽃대를 떠나야 할 시간이다. 자신의 몸에서 떠날 준비를 하는 홀씨를 보며 꽃대는 여지없이 잡고 있던 손에서 놓아준다. 이별은 아프지만 참아야만 한다. 그토록 사랑했던 홀씨. 자신의 온 생애를 다 바쳐 기르지 않았던가. 그에게 다가올 새로운 미래의 삶과 희망을 찾아, 바람 따라 떠나야 함을 너무도 잘 알고 있다. 민들레 홀씨는 꽃대와의 이별이 너무 서러워 다시 한 번 보려 하지만 바람은 어느새 하늘 높이 날아오른다. 홀씨는 바람을 타고 날아간다. 어딘지 모를 미지의 땅을 찾아서, 또 다른 자신의 희망을 꿈꾸며 떠난다.

자기가 좋아하는 일을 생업으로 삼아 창조적 능력으로 살아가는 사람은 행복하다. 자식이 장래 하고 싶어 하는 일에 대한 속내를 진지하게 들어주고 어머니는 마음을 비워야 할 때다.

민들레가 자연의 순리에 따라 홀씨를 새로운 지평으로 떠나보내듯. (2013)

삶의 모서리

홀로서기는 자립이다. 걸음마의 첫 단계는 홀로 서는 것이 기본 아닌가.

지난날 애를 키울 때였다. 한참 기어 다닐 무렵 방구석 모서리에 쓰러지지 않도록 세워놓고 연습을 시켰던 일이 떠오른다. 무게중심을 가누지 못해 기우뚱할 무렵 다칠세라 허리를 감싸 안아 한바탕 들추고는 잘했다고 손뼉 치며 좋아하던 일이 엊그제 같다. 방 안에서 숨바꼭질할 때도 애들은 모서리를 즐겨 찾았다.

농촌에선 모서리를 잘 활용했었다. 보리는 일 년 농사로 주식이 되므로 여름철 햇볕에 잘 말렸다. 맑은 날 멍석에 적당한 두께로 널고는 일정한 시간에 당그네로 몇 번씩 휘저었다. 충분히 건조되면 큼직한 멱서리에 담아 마루방 모서리에 두세 개씩 얹어 쌓아놓았다. 밤만 되면 쥐와의 전쟁이 계속된다. 밤새껏 보초는 설 수 없는 노릇. 주변에 쥐약을 조금씩 뒀으나 약삭빠른 놈이라 거들떠보지 않는다.

쥐도 모서리를 좋아한다. 그들의 생활방식은 갉거나 구멍파기, 높은 곳에 기어오르기를 잘한다. 감각기능이 뛰어난 동물임을 알 수 있다. 수명은 일 년 정도 그 어간에 다섯 번이나 일곱 번의 새끼를 치고 한 번에 여섯에서 열 마리 정도로 낳는다고 한다. 정상으로 볼 때 한 마리가 오백 마리로 불어난다니 놀라지 않을 수 없다. 좋아하는 먹이는 곡물류로 체중의 10%를 섭취하거나 한 번 섭취하면 수일 간 먹지 않고도 생존할 수 있단다.

사이렌이 울린다. 60년대 초반 초저녁 가을. 농촌에 워낙 쥐가 번성해 전국적으로 쥐잡기 운동을 벌일 때다. 행정 기관의 지시에 따라 쥐약을 놓는 시간이다. 마을 전체로 집집이 일시에 쥐가 잘 다니는 모서리에 쥐약을 놓았다. 이튿날 아침 새벽에 쥐가 수없이 죽었다며 삼태기에 담아 마을 밖에 땅속 깊숙이 묻었던 때도 있었다. 그들의 천적인 족제비, 개, 고양이, 매, 말똥가리, 부엉이, 뱀 같은 동물이 있으나 개체 수가 점점 줄어들고 있다는 사실이다.

인간은 잔인하다. 쥐도 인간에게 할 말은 있겠지. 곡식도 자연에서 가져왔으니 공존하려면 나눠야 한다고 주장할지 모른다. 그렇지만 그는 시궁창이나 지저분한 곳을 마구 돌아다닌다. 인간에게 각종 질병을 옮기는 일을 서슴없이 하지 않는가. 사람에겐 백해무익하기에 퇴치함은 어쩌면 당연한 처사라고 합리화한다.

늘 모서리를 차지하는 걸레가 있다. 평상시에 보잘것없는 걸레는 언제나 모서리로 쫓겨난다. 필요할 때 누구나 유용하게 쓰면서도 고마움을 잊기 쉽다. 걸레만큼 더러운 곳을 불평 없이 말끔히 닦아주는 봉사자는 없을 것이다. 아무리 더러운 곳도 걸레가 지나면 깨끗해지고 뒤끝은 상쾌하다. 걸레 같은 사람은 항상 뒷전에서 누가 인정해 주지 않아도 말없이 봉사하며 주위를 아름답게 만들어간다.

지난 제30회 하계 런던 올림픽 탁구 경기의 짜릿한 모습을 순간 순간 눈여겨봤다.

바닥 면적이 가로 210센티 세로 151센티다. 서브를 넣을 때 기막히게 모서리에 꽂혔다. 하얀 40밀리의 공이 쉴 새 없이 왔다 갔다 하는 순간 탁구대의 모서리에 맞고 튕겨 나가는 장면은 기막혔다. 모서리에 맞는다는 것은 어려운 일이나 행운이라 부른다. 그렇지만 선수는 평소에 꾸준히 피나는 노력과 훈련과정이 녹아 있음은 두말할 여지가 없을 것이다. 유명한 선수도 세월의 무게에 밀려 일부 선수들은 '고별 무대'가 되는 장면을 볼 때 안타깝기 그지없다. 쫓는 자와 쫓기는 자의 치열함을 보게 된다. 인간들의 한계를 시험하는 곳이 올림픽이 아닌가 싶다.

삶의 출발점은 모서리다. 때에 따라서는 종착점이 되기도 한다. 모서리에서 시작하는 삶. 엄마의 젖꼭지를 물고 어린 시절 누구나 삶의 시작은 직립에서부터 이뤄졌다. 도시의 번화가에만 마음을 둘 게 아니라 모서리 쓸쓸한 곳에도 시선을 줘야 하리라. 우리를 지탱해 주는 것은 육신과 영혼의 모서리임을 가슴에 담고 살아야 한다는 점이다. 삶의 모서리에서 생명은 잉태되고 세상의 본질에 눈을 뜨게 된다. 면과 면, 벽과 벽이 만나는 경계, 보이는 곳과 보이지 않는 곳의 한계, 꺾이지 않고서는 만들어지지 않는 모가 진 가장자리다. 테두리의 한 모퉁이 꺾인 구석진 공간의 모서리는 어쩌면 수평선이나 지평선도 한 모서리일 것이다.

나는 습관이 몸에 익어서인지 어딜 가나 구석부터 찾는 버릇이 생겼다. 음식점에서 식사할 때도 늘 외진 곳에 자리를 잡는다. 어느 모임에서건 앞서 나서기를 꺼린다. 그냥 머릿수나 채워 주는 일원으로 자리매김하고 있을 뿐이다. 공원에 나가도 사람들이 몰려드는 곳보다는 조금 외지고 한적한 곳을 찾는다. 가운데 자리의 수선스러움을 피하고 싶고, 구석이 주는 익숙함이 편해서 그렇다.

얼굴에 그려진 주름살도 삶의 모서리로 밝음과 어둠이 아닌가. 기쁨과 고통의 양면을 고스란히 간직하고 있음이다. 한 번쯤 삶의 모서리에 서서 꼭짓점과 내면의 중심각을 바라보아야 하리라. 있는 듯 없는 듯 구석이 존재하기에 세상은 모서리와 모서리가 맞닿으며 나름의 모양을 만들어 가는 게 아닐까. 누구나 세상의 한가운데에 서고 싶어 한다. 뒷전으로 물러나 있는 것들보다는 항상 눈에 보이는 앞자리를 원한다. 구석의 작은 것들이 모여 세상의 큰 틀을 이루며, 때로는 외지고 후미진 구석이 세상을 그려내는 꼭짓점이 된다는 것을 잊을 때가 있다.

찬란하게 빛날 누군가의 삶을 위해 구석의 주춧돌이 필요하다면 나는 그 구석진 모서리를 기꺼이 받아들이고 싶다. 구석에서 조용히, 있는 듯 없는 듯 살아갈 것이다. 이제까지 그래 왔던 것처럼 앞으로도 구석을 사랑하며 인생을 꾸며 나가리라. 숨바꼭질 같은 인생에서 내가 정착할 아름다운 삶의 모서리를 찾아서….

누구도 언젠가는 삶이 끝나는 날 모서리를 비켜갈 수 있을까. (2012)

큰누나

큰누나는 나보다 열다섯 살 위다. 일본에서 나고 자라 여학교까지 졸업했다. 당시 웬만한 가정이 아니면 교육에 관심 두는 부모는 드물었다고 한다. 아버지는 누구보다 자녀교육에 관심이 남다른 분이셨던 것 같다. 내 위로 세 분의 누나는 모두 여학교를 일본에서 다녔다. 큰누나의 편지를 보면 글씨는 정자로 예쁘게 썼다. 학교 다닐 때 누나처럼 보기 좋게 써 보려 했지만, 마음처럼 뜻대로 쉽게 이뤄지지 않았다. 아마 타고난 소질이 있어야 하는 것 아닌가 한다.

누나는 해방되는 해 늦가을 일본에서 배를 타고 부모님 따라 고향으로 왔다. 농촌의 삶이란 밭일이 전부다. 일본에서 자랐으니 김매는 일이나 낫질은 생소하고 하는 일마다 서툴다. 하루 지내기가 고역이었다. 육체노동을 요구하는 농촌생활에 버티기 힘들었고 지식 따위는 아무런 쓸모가 없었다. 아무래도 고향을 떠나야겠다는 생각에 사로잡혔을 것이다. 매형은 당시 경찰관으로 만주에서 근무 중 해방돼 고국으로 돌아오지 못했다. 날마다 애타게 소식을 기다렸으나 아무런 뜬소문도 들리지 않았으니 생사를 알 수 없고 막막하다. 4 · 3사건이 일어날 무렵 친정어머니에게 세 살 된 딸을 맡겨 두고 일본으로 밀항했다.

일가 한 분 없는 이국땅에서 누나는 무척 고생하며 억척같이 지냈다. 고지식한 성질이라 조금도 숨기거나 거짓말을 할 줄 모른다. 돈을 모으기 위해 밤잠도 설치며 장사에 여념이 없었다. 어떤 날은 시간 가는 줄 모르고 끼니를 잊고 지내기도 했다 한다. 어느 정도 여윳돈이 생기자 찻집을 차렸다. 생각보다 영업이 순조로워 생활이 나아지고 숨통이 트였다. 지난날 고생했던 일이 주마등처럼 스치며 고향 생각에 잠기곤 했으리라.

그 무렵 제주는 먹고살기 어려운 가난에 쪼들리는 시절이었다. 어머니는 일 년에 몇 번 한가한 날 이웃 아저씨께 부탁해 집안의 어려운 형편을 자세히 적어 누나에게 편지를 보냈다. 누나는 자상한 성격이다. 편지를 받고 어머니와 동생들의 고생하는 모습이 눈에 아른거려 돈을 어떻게 보내야 할지 걱정이었다. 수소문 끝에 일본에서 제주에 왕복하는 사람을 찾아 인편으로 돈을 보냈고, 어머니는 받자마자 밀린 빚 갚기에 바빴다.

춘궁기 시절 중·고등학교에 다닐 수 있었던 것도 누님의 도움이 없었다면 엄두도 못 낼 일이었다. 한국전쟁이 한창일 무렵 중학교에 다녔다. 당시는 무명천에 검정물감을 들여 누구나 학생복으로 입었다. 누나는 중학교에 입학했다는 소식을 듣고 검정 양달령 교복을 한 벌 보내왔다. 학교에 입고 가면 친구들이 모두 부러워했다. 학교에서 돌아오는 즉시 다른 옷으로 갈아입고 학교 갈 때만 입었다. 삼 년 간 입을 요량으로 애지중지 아꼈다. 그렇지만 내게는 큰 부담이 아닐 수 없었다. 교악대 학생 행사가 있는 날은 내 교복은 당연히 그들의 옷이 됐다. 비가 오는 날 행사 때는 아래옷은 온통 흙투성이가 됐고 그대로 내게 돌아왔다. 차라리 무명 교복을 입었으면 이런 수난은 당하지 않아도 될 것을 후회한 일이 한두 번이 아니었다. 누나는 나를 항상 잊지 않고 귀여워하며 사랑했음을 잊을 수 없다.

애들이 한창 자랄 무렵이었다. 어머니는 손자들이 재롱부리며 자라는 모습을 보고 집을 마련해야 한다고 걱정이다. 애들을 무척 귀여워했다. 이사하는 불편보다 사내들이라 시끄럽게 지낼 때 집주인의 꾸지람에 주눅이 들어 제대로 자랄 수 없다는 것이다. 한편 상처를 남기고 싶지 않은 마음이 있었던 것 같다. 어머니는 누나가 고향에 왔을 때 동생이 집을 지으려니 돈을 빌려줘야 한다고 자초지종 얘기를 나눴다. 대지는 마련했으므로 건물 지을 금액을 빌려주면 원금은 갚는 조건이었다. 70년 초에 단층으로 삼십여 평의 집을 지을 수 있었다.

돌이켜보건대 그때 아니었다면 내 집 마련이 쉽지 않았을 것이다. 누님의 배려가 있었기에 젊은 나이에 둥지를 마련했고 지금껏 이삿짐 한 번 싸 본 일 없다.

어머니는 장수하신 편이다. 구십사 세에 운명하셨다. 누나는 농담 삼아 큰딸이 어머니 대물림한다는데 너무 오래 살면 어쩌나 늘 걱정하셨다. 고향에 왔을 때 모여 앉으면 갑자기 아프지 않고 눈감는 것이 좋겠다고 한다. 어머니처럼 장수하면 본인은 물론 가족 모두 고생되니 그러지 않으려고 다짐한다는 것이다. 외국여행도 자녀에게 알리지 않고 단체로 훌쩍 떠나 여러 날 지내곤 했었다. 집안이나 여행지에서나 장소 가릴 것 없이 누구에게 고생시키지 않고 뜬금없이 조용히 눈감는 게 소원이란다.

십여 년 전 일월 초 누나는 일본에서 갑자기 팔십 세에 세상을 등졌다. 원인은 뇌출혈이었다. 아침에 쓰러져 저녁에 운명해 치료 한 번 제대로 받지 못했다. 누나는 평소 소망했던 대로 마음 편히 떠났지만, 어이없이 닥친 일이라 너무 허망하다.

오늘 아버지 제삿날이다. 창밖에 을씨년스럽게 추적추적 내리는 진눈깨비를 무심히 바라본다. 아내는 새벽에 일어나 주방으로 향한다. 엊저녁 물에 불린 쌀을 건져 들고 집 근처 방앗간으로 빻으러 나갔으니 집 안이 휑하다. 여느 때는 아침부터 집안 가득 부녀자들이 모여앉아 제물 준비며 애들 뛰노는 소리에 정신없었던 때도 있었는데…. 세월이 흘러 언제 그랬느냐는 듯 추억 속으로 점점 멀어져 간다.

나 자신을 돌아본다. 누나에게 동생 노릇 한 번 제대로 하지 못했으니 미안하고 죄송스러워 할 말을 잃는다. 늘 신세만 지고 살았다. 눈감으면 보이고 눈뜨면 사라지는 누나의 모습이 생생하다. 동그스름한 얼굴에 안경을 끼셨다. 항상 밝은 표정이 흐뭇하고 편하다. 누나는 젊은 시절 타향에서 억척같이 살다 말없이 떠나셨지만 천사처럼 다가온다. 저승에 가더라도 누나의 은혜는 잊을 수 없다. 이 세상에 공짜가 없다는 말이 있다. 먼 훗날 이승의 빚은 돌려 드려야 도리가 아닐까 한다.

생시에 제삿날 초저녁이면 어김없이 일본에서 바다 건너 전화로 목소리를 전하시곤 하던 누나. 다정히 낮은 음성으로 "제사 지내느라 수고한다."는 한마디. 오늘 따라 그 해맑은 목소리, 귓가에 들리는 듯 환청에 빠져든다. (2012)

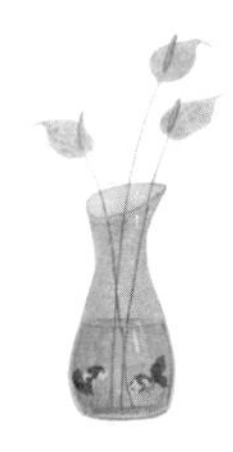

작은 귤의 하소연

작은 귤이 문제다. 생산 농가에게는 애물단지나 도시 구매자는 즐겨 찾는다. 모든 과일은 맛이 좋아야 소비가 늘기 마련이다. 작은 것이 큰 것보다 훨씬 맛이 좋으나 규격 미달로 유통명령제에 묶여 시장출하는 못 하게 돼 있다.

매년 반복되는 일이라 사람이 아무리 발버둥질 친들 농사는 자연이 지어주기에 하릴없다. 지난해는 대과 발생이 많아 상품성이 떨어지고 가공용 출하가 늘었다. 올해엔 여름에 오랜 가뭄으로 한창 자라야 할 시기에 극조생 귤이 제대로 크지 못해 작은 귤이 많이 발생한 원인이라는 전문기관의 분석이다.

극조생 귤이 평년보다 열흘쯤 빨리 익은 것 같다. 아침 여섯 시 반쯤에 아내와 농장으로 향한다. 희붐한 시간이라 자동차 전조등을 켜야 마음이 편하다. 어쩌다 보면 전조등도 켜지 않고 달리는 차를 볼 수 있다. 혼자 편한 생각만 하고 남을 배려할 줄 모르는 사람 같아 씁쓸한 마음이 든다. 새벽이라 농촌 노인들이 무심코 무단 횡단하는 경우를 이따금 볼 수 있다. 불빛이 보이면 조심하거나 잠시 멈췄다가 여유롭게 건널 줄 아는 그들이다. 하찮은 무관심이 실수로 큰 사고를 일으킬 수 있어 매사에 신경을 곤두세우곤 한다.

몇 년 전부터 아내와 단둘이서 귤을 딴다. 모든 일이 계획대로 이뤄질 수 없는 게 세상살이 아닌가. 밭일만 계속할 수 없는 경우가 생긴다. 가을이면 주로 혼사가 이뤄지는 계절이라 뜻밖에 일어나는 애경사도 봐야 체면치레가 된다. 순수성에서 우러나오는 체면치레가 진정 참치레임을 알면서도 그렇지 못한 일이 허다하다. 평범한 관계지만 대사에 참석지 못하면 우연히 길거리에서 만날 때 낯 뜨거워 서먹해지고 후회할 때가 있어 그렇다. 삶이란 주변 여건에 따라 체면치레를 해야만 마음의 부담이 덜어져 홀가분하다.

귤을 수확하다 보면 작은 것은 상품성이 없어 나무 밑에 노랗게 버리는 게 많다. 농산물은 공산품과 달라 똑같은 환경에서 자라도 지나치게 크거나 아주 작은 것도 나온다. 작은 귤은 천대받지만, 사람이나 분재는 그렇지 않은 경우를 볼 수 있다.

작아도 세상을 놀라게 하는 사람들이 있지 않은가? 키는 작지만 큰 인물이 된 사람을 역사를 통해 알 수 있다. 나폴레옹이나 덩샤오핑 같은 세계적인 인물들을 보면 모두 키가 작았지만, 한 시대를 풍미하는 영웅호걸이었다. 신문이나 뉴스를 통해 키가 작은 덩샤오핑이 훤칠한 키 큰 서양의 대통령과 함께 찍은 사진을 볼 때 역시 작은 고추가 맵다는 생각이 들기도 한다.

중국의 산업화를 이룬 덩샤오핑도 152cm였다고 한다. 하늘이 무너져도 두렵지 않다고 했다. 하늘이 무너지면 나보다 큰 놈이 먼저 죽는다는 일화도 있어 웃음이 절로 나온다. 세계를 제패했던 프랑스 나폴레옹도 158cm의 단신으로 '내 사전에는 불가능이란 없다'

는 신념으로 고된 훈련 속에 육사를 졸업했고, 프랑스 역사에 커다란 족적을 남겼음을 잘 알고 있다.

작은 분재일수록 인기가 있어 비싼 값으로 거래되기도 한다. 국내에서는 물론 세계에서 가장 연륜이 오래된 수령 950년 된 분재가 등장해 눈길을 끈다. 화제의 분재는 제주시 구좌읍 송당리 지역 '제주아트랜드'에서 소장하고 있는 주목 분재다. '살아서 천 년 죽어서 천 년'을 간다는 주목 분재는 우산문화재단 겸 운보문화재단 후원회장인 황인연 씨가 지리산에서 일곱 해 전 수집했다. 하지만 원산지는 제주도 한라산이란다. 한라산에 있던 주목은 섬을 떠나 육지로 옮겨졌다 결국 반세기 만에 고향을 찾은 셈이다. 이 분재는 세계 최대 · 최고의 '명목'이라는 게 제주아트랜드 관계자의 설명이다.

일본사람은 이 분재의 가치를 50억 원 정도로 평가하지만, 희소성이 높아 부르는 게 값이라는 얘기다. 이 나무를 보기 위해 일본이나 중국에서 한국을 방문하는 이들도 적지 않다고 한다.

요즘 한창 귤 수확 시기라 일손이 모자란다. 귤이 너무 작아도 안되고 지나치게 크면 상품이 아니라 파치로 분류된다. 가공용은 1킬로에 160원으로 수매한다. 종일 따야 400킬로 수확할 수 있다. 수확 인건비를 지급하고 나면 손에 쥐는 게 없다. 수매 장소까지 운반 못하는 농가는 수송비를 계산하면 적자나 마찬가지다.

지름이 51mm 미만인 1번과와 9번과 71mm 이상은 상품으로 팔지 못하고 가공용으로 처리해야만 한다. 시장 출하 규격은 2번과 51mm 이상과 8번과 71mm 미만으로 제한하고 있다. 시장 출하 물량에서 격리시켜야 상품이 제값을 받을 수 있다는 논리다.

지난달 도의회 법제도연구개선회 정책토론회에서 감귤 1번과 상품유통 토론이 있었다. 상품화를 놓고 찬반 의견이 팽팽히 맞섰으나 1번과 상품화 추진을 중장기적으로 검토해야 한다는 의견이 나왔다. 찬반양론이 있었지만, 유통명령제 목적이 농가의 이익을 위한 것인 만큼 이제 맛으로 결정할 때가 됐다며 앞으로 토론과 논의 과정을 거쳐 방안을 모색해야 할 것이라고 밝혔다. 이제는 감귤은 크기가 아닌 소비자가 원하는 맛 중심 정책으로 전환해야 할 시기가 눈앞에 다가오고 있다.

1번과는 말한다. 소비지에서는 나를 찾는데 어째서 규격품이 아닌 가공용으로 푸대접하는지 서럽다고. 구매자의 입에 맛으로 즐겁게 다가갈 자신 있다는 표정이다.

작은 귤의 하소연이 애처롭다. (2012.11.11)

맞추며 살아가기

생활이란 서로 맞춰가며 사는 삶이 아닌가 한다.

어떤 일을 하려면 조건과 구색을 갖춰야 할 때가 있다. 경기장에서 응원하려면 손뼉 치는 것도 지휘자의 구령에 따라 일정하게 맞출 때 경쾌하며 우렁차고 신이 난다. TV를 시청할 때 원하는 채널을 맞춰야 자기가 보고 싶은 드라마를 보며 즐기거나 명상에 잠긴다. 남녀가 데이트하려면 눈을 맞추고, 분위기와 눈높이를 맞춰야 즐겁게 지낼 수 있을 것이다. 초점을 잘 맞춰야 사진이 바르게 나오듯.

도외를 여행할 때다. 지방마다 음식 맛이 다른 건 당연하다. 짜고 매운 음식이 식성에 맞지 않아 할 수 없이 물을 부어 간을 맞춰 먹는다. 혼자 불평할 수도 없는 노릇이고 분위기에 맞춰야 무난하며 즐거운 여행이 된다. 요리사 또한 지역 고유의 맛과 특색을 알리려고 성의껏 만들었을 것이다.

나는 잘 익은 밥을 좋아하는 편이다. 아내는 결혼 초에 고두밥을 좋아하는 것 같았다. 차츰 지나면서 지금은 나와 같은 식성으로 모르는 새 바뀌었다. 아마도 말은 안 해도 내 기준에 맞추느라 힘들었을 것이다. 양보하기란 쉬운 일이 아닌데 한쪽으로 맞추니 서로 편하고 생활이 무난하다. 아내와 맞지 않는 것도 가끔 있다. 나는 모든 음식을 가리지 않고 잘 먹는 편이지만, 아내는 싱싱한 생선회와 거리가 멀다. 아예 먹지 않는다. 익힌 것은 즐겨 먹는데 날것은 먹기에 거북하단다. 더구나 보신탕 같은 건 고개 돌린다. 오랜만에 애들이 집에 오면 아내는 시장에서 포장해 판매하는 생선회를 사 온다. 금세 그릇이 비고 모두 맛있다고 좋아한다.

누구나 살아가는 방식이 같을 수 없다. 채소나 고기만 좋아하는 사람이 있는가 하면, 모든 음식을 골고루 즐겨 먹는 사람도 보게 된다. 성격이 급하거나 소처럼 뚝심 있는 사람도 있고 화를 잘 내거나 평소 입에 자물쇠를 달고 다니지만, 술만 먹으면 목청이 커지는 사람도 있다. 그렇지만 우리는 상대를 인정하고 맞추며 살아야 한다. 그 속에 살려면 맞추는 방법밖에 도리가 없다. 시집가면 시집의 법을 따라야 함이 당연한 것처럼. 맞추지 못하면 어울릴 수 없고 화합할 수 없기에 같이 생활하는 것이 그만큼 힘들다.

오십여 년 전에는 중매결혼이 대부분으로 동네나 이웃끼리 사돈을 맺었다. 집안의 내력, 경제나 환경이며 자녀의 품성이 서로 비슷해야 한다. 중매를 서는 사람도 양쪽 집안의 사정을 잘 알기에 얘기를 나눈다. 양가 부모의 승낙이 있어야 결혼은 이뤄졌다. 서로 비슷한 조건일 때 결혼해도 뒷말이 없었고 중매 잘 섰다고 입에 오르내렸다. 그만큼 사돈 간에도 균형이 맞아야 원만하다는 걸 경험을 통해 터득했을 것이다. 부부의 인연은 천생연분이라고 한다. 그렇지만 처음부터 맞춰진 인생이란 없지 않은가. 지나온 삶의 정서가 다르기에 성격이 같을 수가 없고 지역적인 환경에 따라 생각하는 마음이 다름은 당연하지 않은가. 인생은 서로 맞춰가며 살아가는 것.

애들이 한창 자랄 무렵 감귤밭을 조성하기 시작했다. 내가 직장으로 출근 뒤엔 어머니는 애를 돌보고 아내는 바지런히 농장으로 달려간다. 시외버스는 30분에 한 차례 지나므로 시간 맞춰 가려면 바쁘다. 반 시간을 타야 한다. 여름철엔 더위를 피하느라 일찍 서둘러 나선다. 버스에서 내려 남쪽으로 계속 오르막길 따라 20여 분 넘게 땀 흘리며 걸어야 도착할 수 있는 거리다.

어린 묘목을 한창 키울 때다. 일정한 시기에 맞춰 병충해를 방제해야 한다. 그래야 나무가 제대로 자라고 튼실하게 키울 수 있다. 시기를 맞추지 않으면 그 후유증은 오랜 기간이 지나야 회복되므로 피해는 이루 말할 수 없다. 어린애 다루듯 세심히 돌보며 때맞춰 비료 주고 김매며 관리하는 일은 아내의 몫이다. 언제나 싫은 내색 없이 무더운 날에도 때가 되면 혼자 밭으로 가 일하고 저녁에 돌아온다. 감귤나무 잎사귀마다 아내의 정성과 손끝에서 자라 열매 맺기 시작했다.

애들도 태어나면서 부모의 손에서 자란다. 진자리 마른자리 시간 맞춰 갈아주고 젖 먹이며 애지중지 키운다. 시기에 맞춰 유치원 과정을 거치며 성장한다. 청년이 됐을 때 어느 날 혼자 다 자란 것처럼 착각한다. 그들도 나이 들어 결혼하면 부모의 고생이며 때맞춰 보살폈음을 알게 될 것이다.

맞춰야 하는 것은 집에서만 그런 게 아니다. 직장이나 사회에서 또 다른 사람들과 맞추며 살아야 한다. 모임 때마다 시시비비를 따지거나, 자기 주장만 내세우는 사람이 있다. 그런 사람은 결국 물에 뜬 기름처럼 남의 빈축을 사게 될 것이다. 어쨌거나 살아 있는 동안은 맞추면서 살아야 주변 사람 모두가 편하다. 내 것이 소중한 만큼 다른 사람의 것도 마찬가지다. 그것을 존중하면서 서로 위해 맞추고 조화를 이룰 때 가정이나 직장, 사회도 한층 더 밝고 아름다운 삶터가 될 것이다.

내 단점은 상대의 장점으로 메우고 그대의 부족한 점은 나의 장점으로 덮어준다면, 모든 가정과 이웃은 시간이 흐름에 따라 굴곡 없이 지낼 수 있을 것이다. 사람이 한 사람을 안다는 것은 그리 쉽지 않을 터. 진실 하나면 모두 하나가 되는 것. 현실은 언제나 쉽지 않다. 비록 어려움이 온다 하더라도 참고 견디는 마음이 필요하다. 인생은 결국 맞춰가며 사는 것이 아닌가 싶다.

세상의 흐름에 맞추는 삶과 원칙대로 사는 것 중에 어느 것이 현명한 걸까. 어떤 쪽에 맞춰야 할지 다시 한 번 생각해 보게 된다. (2012)

거리距離

새벽길을 걷는다. 뜬금없이 거리와 사람과의 관계가 떠올랐다.

자로 재는 공간의 거리는 확실하나, 마음속 인정의 거리는 어떤 잣대로도 가늠하기 쉽지 않을 것 같다.

운전대를 잡으면 안전거리를 먼저 생각한다. 나이 들면서 굼뜨고 순발력이 떨어지는 걸 느낀다. 오 분 먼저 가려다 오십 년 먼저 간다는 말은 아무리 강조해도 지나친 말이 아닌 듯하다. 나는 언제나 1차선으로 운행하는 편이다. 도로 면에 표시된 속도를 지켜야 마음 편하다. 아내는 조금만 빨리 달려도 천천히 달리라고 성화다. 옆 차는 쏜살같이 달린다. 사고는 대부분 과속에서 오는 경우가 많다. 운전은 일등보다 이등이 좋다고 말한다. 경쟁하듯 과속하는 차를 보면 불안하고 섬뜩해진다. 한참 운행하다 뒤돌아보면 내 뒤에 따라오던 차들은 하나도 보이지 않는다. 아무리 빨리 달려도 건널목 신호등 앞에 빨간불이 켜지면 꼼짝없이 멈춘다. 나는 그들의 꽁무니에 줄을 잇는다. 삶이란 언젠가는 어느 시점에서 만나게 돼 있다. 똑같은 목적지에 도착해 봐야 오 분 정도 차이다.

옛날엔 괴나리봇짐에 짚신 걸음으로 문경새재, 조령산을 거쳐 과거 보러 한양으로 험준한 산길을 여러 날 걸어야 했었다. 이제는 두세 시간 거리의 고속철도로 바뀌었다. 지금은 십여 시간이면 동 ·

서양을 내왕하는 거리다. 계수나무 옥토끼란 전설의 거리도, 아폴로 11호의 닐 암스트롱에 의해 '시간의 거리'로 바뀌었다. 조금도 변함없는 공간의 거리지만, 과학의 발달로 시간의 거리가 점점 좁혀지고 있지 않은가.

육상선수들의 단거리 경기는 치열하다. 초를 쪼개어 순위가 결정된다. 마라톤 선수는 뛰는 어간에 앞서거니 뒤서거니 거리가 좁혀지거나 멀어지기도 한다. 결승점에 먼저 도착한 선수가 우승이지만 목표는 기록 경신에 있다.

길을 걷다 보면 아는 사람을 흔히 만난다. 그렇다고 만나는 그들과 모두 반갑게 인사를 나누지는 않는다. 상대에 따라서는 모른 체하며 눈길을 돌리거나 어떤 경우는 일부러 피하고자 돌아가기도 한다. 그렇지만 등산길에서는 일정한 거리를 두고 걷는다. 수많은 사람이 걸어도 다치거나 넘어지지 않는다. 처음 만나거나 오가는 사람이지만 서로 손을 흔들고 미소 지으며 "안녕하세요." 인사를 나눈다.

마음과 물리적인 거리는 다른 것 같다. 사람의 거리는 과학의 발달과는 거꾸로 가는 모양이다. 인간의 거리를 보면 친인척, 출신 지역, 출신 학교 같은 연고가 개입하는 신분 거리와 무연고의 인연으로 맺어진 인격 거리로 나눌 수 있다. 동서고금을 막론하고 신분 거리가 말썽을 피우고, 인간의 거리를 볼썽사납게 만든다. '피는 물보다 진하다.' '초록은 동색이다.' '팔은 안으로 굽는다.'라는 속담이나 지난날 친족, 외족, 처족이 걸려드는 연좌제는 역사적으로 신분 거리의 폐단을 입증하고 있다.

인간의 거리에서 신분의 거리는 삶의 일부에 지나지 않는다. 그렇지만 예나 지금이나 혈연, 지연, 학연을 앞세워 가로질러 가기는 여전하다. 한마음을 인증하는 어떤 보증서로 생각하는지 너무 가볍게 여기는 것 같다. 이런 까닭에 이해당사자나 다른 사람의 마음을 다치거나 상하게 하고 마음의 문을 닫아 버리게 된다. 결국, 마음의 거리를 영영 멀어지게 만든다. 신분 거리를 내세우는 이들은 연고 거리를 선호하고 마음의 거리를 황폐화한다.

"가까이 있는 이웃이 멀리 있는 친척보다 낫다."라는 말은 삶에서 인격 거리를 실감 나게 말해 준다. 종교는 으뜸으로 근본이 되는 가르침의 사랑, 자비, 인 같은 인격거리를 기반으로 하지 않는가. 즉 마음의 거리에 사랑, 자비, 인이 들어서고 평화의 한마음, 사랑의 한마음을 이뤄야 가능하다는 뜻일 게다. 그래서 인간의 거리를 좁히는 것은 바로 인격체인 우리 모두의 열린 마음에 달려 있으리라.

살기 좋은 세상은 시간의 거리로 좁혀져 가는 공간의 거리에서 나온다. 하지만 살맛이 나는 세상은 끼리로 만들어지는 신분 거리가 아니라, 인격들이 다져 가는 인격 거리에서 나와야 한다. 인격 거리의 이상향은 바로 가장 가까운 가족에서부터 싹트는 것이 아닐는지. 그래서 가족처럼 서로 아끼고 사랑하는 인간관계에서부터 살맛이 나는 세상을 만드는 삶의 관계로 승화되는 게 아닐까. 너무 가깝거나 멀지 않은 적당한 거리를 지키기란 그리 쉬운 일이 아니다.

노을이 진다. 길 건너 저편 거리에서 들려오는 "여보게, 친구." 소리가 더욱 정겹게 다가온다. (2016)

기다림

기다림이 있기에 삶이 아름답다.

살아온 시간보다 살아갈 앞날이 더 보람 있기를 바라는 마음, 떠나간 사람보다 돌아올 사랑이 가슴 설레게 한다. 어렸을 적 어른이 되기를 손꼽아 기다렸었다. 새해가 지나면 한 살 더 먹었다고 좋아하던 시절이 엊그제 일처럼 눈에 선하다.

사람마다 생각하기 나름이다. 개인에 따라 기다림은 행복이라 하거나 미래에 대한 아름다운 동경이라고 한다. 또는 가슴을 허비는 고통이거나 모든 것을 잃어버린 허무함이라고 말하는 이도 있다.

기다림은 아름답고 즐거운 행복이 아닌가 하는 느낌이 들 때도 있다. 하지만 낭만적인 것만은 아닌 듯싶다. 어찌 보면 외로움이고 고독이며 자기와 싸움이 아닐는지….

'내일은 오늘보다 더 행복한 일이 생기겠지. 내년에는 올해보다 더욱 좋아질 거야. 그리고 한 오 년이나 십 년쯤 뒤에는 지금보다는 훨씬 넉넉하고 여유로운 삶을 살게 되겠지.' 이런 희망을 그리며 기다림 속에서 살아간다. 이렇듯 끊임없이 반복적으로 내일에 대해 무언가를 기다린다. 어떤 때는 원하는 일이 뜻하던 대로 이뤄질 때도 있지만, 때로는 예상외로 엉뚱한 방향으로 흘러 마음 아프고 괴로워하기도 한다. 지나고 보면 별것도 아닌 일을 그때는 왜 그리도 절박한 심정이었는지.

기다림에는 아픔과 고통이 따르지만 기쁨도 있다. 그래서 인생은 하나의 기다림의 연속이 아닌가 싶다.

기다리는 마음은 목적이 뚜렷하다. 내가 최선을 다했기에 좋은 결과를 바라는 것이다. 일하지 않고 요행을 기대한다면 양상군자나 다름없다. 내가 바라는 꿈과 희망의 씨앗을 심고, 온갖 정성과 노력을 다해 가꾸며 성공의 열매가 달리기를 간절한 마음으로 기다린다.

낚시꾼은 고기가 모일 수 있는 장소에 떡밥을 주며 기다리고, 장사꾼은 많은 손님을 확보하려고 덤을 주면서 다시 찾아주기를 은근히 기다리고 기다린다.

기다려도 오지 않고 이뤄지지 않는 것이 있다. 이뤄질 수 없는 것을 불가능이라 한다. 불가능을 목표로 삼아 노력하는 것은 무모한 꿈이다. 이뤄질 수 있는 실천 가능한 계획을 세워 매진한다면 언젠가는 풍성한 열매가 열릴 것이다. 남북이 분단된 채 반백 년이 넘었으나 온 국민의 바람은 눈감기 전에 남북통일을 보고 죽는 기다림이다.

기다림의 실화가 있다. 소련의 최대 판매 부수를 자랑하는 프라우다지에 난 기사다. 어느 여행객이 공항에서 출국할 때 무슨 사정이 생겨 함께 데리고 있던 애완견을 공항에 놓고 비행기를 탔다. 그런데 혼자 남겨진 그 애완견은 그곳에서 자리를 떠나지 않고 매일 뜨고 내리는 비행기만을 바라보며 주인이 오기만을 애타게 기다렸다는 것이다. 이를 본 공항 직원이 불쌍해 먹을 것을 갖다주고 돌봐줬지만 제대로 먹지 않고 결국 시름시름 하다가 죽었다고 한다. 안타까운 마음에 공항 측에서 충견을 기리기 위해 조그마한 기념비를 세웠다는 것이다.

많은 것을 생각게 하는 얘기다. 얼마나 애타게 기다렸으면 먹지도 않고 목이 빠지도록 하늘만 쳐다보고 이제나저제나 주인이 돌아오기만을 기다렸을까. 그 개에게는 사활을 건 기다림이었을 거다. 언젠가는 다시 자기를 데리러 올 주인을 믿었던 확고한 마음에서였을까.

기다림은 믿음이고 사랑이다. 흔들리지 않는 확고한 믿음이 없거나 진정으로 사랑하지 않으면 끝까지 기다리지 않을 것이다. 누군가를 믿고 사랑하면 어떤 고난과 역경에서도 끝까지 기다리게 된다. 그 과정이 힘들고 어려워도 기다리는 동안은 행복하다. 사랑하는 사람을 만날 날을 생각하면 기쁨이 샘물처럼 솟아날 것이기에.

기다림은 희망이고 소망이다. 환자가 병상에서 일어나 건강한 몸으로 퇴원하기를 손꼽아 기다리는 마음. 군대에 간 아들이 건강한 몸으로 제대해서 돌아오기만을 바라는 어머니의 심정. 멀리 이국에 유학 간 자식의 건강을 간절히 바라는 부모의 마음엔 행복이 있고 꿈이 있을 게다. 살면서 기다림이 없다면 삶은 무의미해질 것이고 꿈은 사라질 것이다. 오늘도 내일의 소망을 간직한 채 인내하며 살아간다. 삶이 아무리 슬프고 고달프다 해도, 나를 영원히 지켜줄 가족이 있기에 즐거운 마음으로 살아가는 것은 아닐는지.

보릿고개라는 말이 사라진 지 오래다. 지금은 먼 옛날이야기가 됐지만, 못 먹고 못살던 시절이 있었다. 하루가 다르게 먹거리가 홍수처럼 쏟아져 나오는 이 시대를 사는 현대인들은 꿈속에서조차 상상도 못할 단어인 보릿고개다. 햇보리가 나올 때까지 넘기 힘겨운 고개라는 뜻이다. 묵은 곡식은 다 떨어지고 보리는 미처 여물지 않아서 농가의 식량 사정이 가장 어려운 시기를 비유적으로 이르던 말이다. 이 시기는 음력 삼사월 긴긴 해에 해당한다. 살기 좋은 지금이야 아무리 어렵다 해도 그 옛날 보릿고개 시절과 도저히 비할 바 아니다.

농사는 온전히 하늘이 짓는다고 한다. 그 뜻은 삶에 최선을 다하고 때를 기다린다는 말이다. 기본에 충실하며 순리대로 사는 것이 농부의 마음이자 삶이며 지혜일 것이다. 농부는 씨앗을 뿌려 정성껏 가꾸면서 열매 맺기를 기다린다. 곡식들은 잘 자라서 좋은 열매를 맺어 보답한다.

자연에 순응하는 농부의 기다림이 여유롭다. (2016)

사랑의 영혼

사랑이란 아끼고 위하는 정성과 힘을 다하는 마음이라고 한다.

어떤 대상을 향해 오롯한 집중은 끝없이 뻗쳐오르는 강한 에너지다. 한때 사랑의 열정에 온몸을 불살라 본 적이 있을 것이다. 한없이 솟구치는 애틋함, 아슴아슴 사무치는 간절한 열망, 밤을 하얗게 밝히며 그리워하는 쉼 없는 기다림. 이런 강렬한 사랑의 힘이 크고 작은 기적을 낳는 것은 아닌지. 이따금 절절한 사랑이 만들어내는 불가사의한 얘기를 듣거나 티브이를 보면서 진한 감동에 목이 메기도 한다.

두 달에 한 번 저녁에 모이는 동창친목회가 있다. 인원은 여남은이다. 이런저런 얘기를 나누다 한 동창이 의사 친구가 들려준 얘기라 실화라며 말을 꺼냈다. 그 짧은 얘기가 못내 머릿속을 떠나지 않는다. 사실 여부를 떠나 있을 수 있는 일이라 내내 가슴이 아렸다.

어느 한 병원에서 있었던 일이다. 공사 현장에서 추락한 건장한 젊은이가 아침에 응급실로 실려 왔다. 얼굴과 머리가 심하게 손상돼 본디 모습은 찾아볼 수 없었고, 이미 의식도 완전히 잃은 후였다. 서둘러 응급조치를 취했으나 살 가망은 거의 없었다. 식물인간이 된 상태로 인공호흡기를 달고 중환자실에 누워 있는 그를 착잡한 심정으로 지켜보던 의사는 심전계 쪽으로 시선을 돌리는 순간 가슴이 무겁게 가라앉았다. 좀 전까지만 해도 정상이었던 심전도 곡선이 갑자기 비정상으로 바뀌고 있었다. 이것은 심장이 점차 힘을 잃어 가고 있다는 낌새로 곧 죽음이 임박했음을 의미했다. 이런 현상이 나타나면 십 분 이상 버티기 힘들다는 것. 임종이 목전에 다가왔음을 직감한 의사는 가족에게 알리는 한편, 간호사에게도 호흡이 멈추는 대로 영안실로 옮기라고 일렀다.

그 후 의사는 다른 환자를 돌보며 중환자실을 지나다 깜짝 놀라지 않을 수 없었다. 세 시간 이상 지났으나 아직도 그의 심장 박동은 느린 파동을 그리며 힘겹게 움직이고 있었다. 전혀 예상치 못했던 의사는 믿을 수 없었고, 관심이 쏠려 그를 지켜봤다.

다음 날 아침 중환자실을 찾았다. 당연히 지금쯤 빈 침대이거나 다른 환자가 누워 있으리라 생각했다. 하지만 의사는 자신의 눈을 의심하지 않을 수 없었다. 한층 더 여려진 심장박동에 의지해 가엾은 영혼은 일그러진 몸을 지탱하고 있었다. 문득 그가 이 세상을 쉽게 떠나지 못할 어떤 곡절이라도 있는 것은 아닐까 하는 생각이 들었다. 하지만 그 상상은 의학적 상식으로는 도저히 이해될 수 없는 일이었다. 하루를 넘기고 심장이 멈출 듯했으나 이틀째 되는 날이다. 그날 아침 의사는 다시 중환자실로 향했다. 그의 신체는 거의 사망이나 다름없었지만, 영혼은 아직도 희미하게 머무르고 있었다.

그때 한 젊은 여인이 중환자실로 들어섰다. 이제까지 보호자 중에 보이지 않았던 분이다. 멀리서 갑자기 연락 받고 급하게 달려온 듯했다. 넋 나간 사람처럼 제대로 환자를 쳐다보지 못하고 창백한 얼굴로 금방이라도 바닥에 쓰러질 것 같은 모습이었다. 여인은 말없이 눈물을 흘리며 가까스로 침대 옆에 섰다. 그 순간, 그의 심전도 파동은 미세한 움직임을 잠깐 보이더니 시나브로 잦아들었다. 모니터 화면에는 전원이 꺼진 듯 한 줄기 직선만이 나타났다. 이틀간 미약했지만 끈질기게 뛰었던 그의 심장이 드디어 멈췄다.

의사는 세상을 떠난 그와 망연히 서 있는 여인을 병실에 두고 임종 소식을 가족들에게 알렸다. 이어서 보호자 중 한 사람에게 방금 온 그녀는 망인과 어떤 관계인지 물었다. 그가 바로 그토록 집요하게 삶의 끈을 놓지 못하고 기다렸던 아내가 아닌가. 안타깝게도 결혼한 지 다섯 달, 서른 살의 나이에 더욱이 임신 중이었다.

가슴을 훑는 애절함에 아연한 의사. 망자는 사랑하는 사람을 만나기 위해 온 힘을 다한 진심만은 반드시 아내에게 전하고 싶었을 것이다. 의사는 그녀를 불러 사고 후 지금까지의 사정을 상세히 들려주었다. 그가 아내의 목소리를 듣기 위해 얼마나 긴 시간을 사투를 벌이며 기다렸는지. 또 그의 기다림은 간절한 염원만이 만들어낼 수 있는 보기 드문 기적이었다는 것을. 그 질긴 집념은 아마도 사랑하는 아내와 태어날 아기에게 전하는 사랑의 메시지였으며 애달픈 작별 인사였을 거라고 일러 주었다. 미동도 하지 않은 채 듣던 아내는 가물거리던 촛불이 꺼지듯 그만 그 자리에 주저앉고 말았다. 친구의 얘기는 이렇게 끝났다.

애처로움과 숙연함에 아무 말도 못한 채, 우리는 한동안 말없이 서로 바라보며 처연해졌다. 영혼의 존재를 믿어야 하는지. 슬프고 아름다운 영혼은 밤하늘의 별이 된다는 동화 속의 얘기를 되새겨 본다. 지극한 사랑을 간직한 채, 겨우 다섯 달밖에 살아 보지 못한 아내와 뱃속의 아기 곁을 떠나야 하는 슬픈 영혼. 사랑하는 여인과의 행복한 생활을 꿈꾸며 태어날 아이에 대한 벅찬 기대에 수없이 꾸었을 꿈들을 차마 접을 수 없어, 시시각각 달려드는 죽음을 힘겹게 내몰며 기다렸을 아름다운 영혼. 이 젊은 영혼의 마지막 소망이 담긴 안간힘이 가슴을 저민다. 포기하지 않는 한 사랑은 기적을 낳는다고 했던가.

최근 들어 연인과 부부간에도 은근하고 애틋한 정은 오히려 부담된다는 우스갯소리도 들린다. 서로 책임과 의무만을 생선의 가시처럼 골라내 따지는 현실이 돼 가고 있음에 서글프다. 빛바랜 사랑의 의미를 새삼 부끄럽게 돌아보게 하는 요즘이다. 끊어져 가는 가녀린 목숨으로라도 한 번만은 꼭 만나고 떠나기 위해 실낱같은 생명의 끈을 놓지 못하고, 견뎌야 했던 그 시간은 세상에서 가장 간절한 기다림이 아닐까.

집으로 돌아오는 길, 무수히 떠 있는 별 중에 가장 밝고 맑게 빛나는 사랑의 영혼을 찾기 위해 눈이 시리게 밤하늘을 올려다보았다. (2015)

6부

손의 위력

구부러진 길
한 표의 가치
산수傘壽의 세월
작은 신뢰
욕망의 한계
소통
상처
손의 위력
추억의 고무신
작은 가르침

구부러진 길

도로 확장 공사가 한창이다. 중장비가 동원돼 높은 곳은 깎아내리고 얕은 곳은 메우며 구부러진 데는 바르게 펴고 있다. 주변에 먼지가 날리고 트랙터 소리에 조용할 날이 없다. 농작물도 온통 흙먼지로 부옇게 뒤덮여 제정신이 아닌 듯하다.

바쁘게 사는 세상이다. 굽은 길은 피하고 곧은길을 찾아 편하고 빠르게 가려 한다. 길의 종류도 여러 갈래다. 곧은길 골목길 휘어진 길 오솔길 강변길 등산길 인생길이 있어 다양하다. 하지만 구부러진 길에서 많은 걸 느낀다. 지난날 집에서 밭으로 가는 길은 오르막이면서 굽은 길이다. 집으로 올 때는 보릿단을 한 묶음이라도 더 운반하려고 등허리에 힘겹게 짊어지고 나선다. 중간쯤 오다 쉽팡에서 쉴 때는 노곤한 몸이 사르르 풀린다. 잠깐 쉬며 먼 산의 흐르는 구름을 정신없이 바라볼 때도 있었다.

도시의 길은 직선이다. 효율성과 속도를 따지는 논리만 존재한다. 과정의 아름다움이 거부되고 신속이 목적일 뿐. 삶이 효율성이나 수익성과 성취만을 강요한다면 얼마나 각박할까. 쭉 뻗은 직선 고속도로가 사고를 부르는 유혹의 길이다. 차는 별로 많지 않아 자연스레 액셀러레이터를 밟는 발에 힘이 들어가고 악마의 손짓에 빠져 사고 위험성이 자신도 모르게 높아지는 순간을 잊는다고 한다. 구부러진 길에서 사고가 잦을 것이라는 일반적인 통념과는 다르다는 걸 알 수 있다.

등산길에 선다. 굽은 길을 걷노라면 여유가 있고, 사색의 시간이 될 때도 있다. 구불구불한 길이 자연스럽고 굽은 길이 편하다. 곡선의 길은 인간적이고 따듯한 정감을 느낀다.

한편 우리 인생도 좌절과 번민, 방황이 있는 굽은 길일 것이다. 누구에게나 삶의 굽이마다 수많은 사연이 쌓이고 아픔이 새겨진 굴곡의 길이 있지 않을까 한다. 그 길을 오르거나 내려가며 휘어지면서 살아간다. 산길에 온갖 꽃들이 철 따라 흐드러지게 피는 것처럼 삶도 닮은 이치가 아닐까.

곧은길만 찾기보다 굽이진 길이 멀고 쓰라릴지라도 서둘지 말고 가야 할 바른길일 것이다. 그래서 더 깊어지고 환해져 오는 길. 서로가 생을 두고 끝까지 가는 길이 아름다운 길이 됐으면 하는 바람이다. 얼룩진 주름살에 가족과 이웃을 품고 사는 구부러진 길 같은 사람이 정겹다.

구부러짐과 느림의 미학, 초가을 밤 풀벌레 소리에 귀 기울인다. (2011)

한 표의 가치

농장에 가려고 일찍 서둘렀다.

희붐한 아침, 아내와 투표장소로 향한다. 손이 시려 장갑을 꼈으나 싸늘해 종종걸음으로 5분쯤 걸어 투표소에 이르렀다. 여섯 시 조금 지난 시간이다. 점퍼 차림으로 줄을 서 기다리는 이는 대부분 중년층 부부들로 보였다. 이른 시간인데도 줄을 선 사람이 많아 10분쯤 기다려 차례가 돼 한 표 권리를 마쳤다. 하루해가 짧기에 대부분 일터로 가려고 일찍 서둘러 투표하러 나온 듯했다.

1960년 고등학교를 졸업하고 19세 되는 해에 처음으로 소중한 한 표의 권리를 행사했던 추억이 이따금 떠오를 때면 웃음이 절로 난다.

당시 3·15 대통령 부정선거는 아직도 그때의 기억이 생생하다. 투표장 입구에서 마을 유지 되는 분은 자유당원이란 완장을 나눠주며 팔목에 두르도록 했고 무조건 여당 후보자를 찍어야 한다는 얘기였다. 투표를 하고 참관인 앞에 투표용지를 들어 보이라고 협박까지 했었다. 순박한 농민들은 그 말에 따랐다. 자기 권리는 송두리째 빼앗긴 셈이다. 투표지를 공개 않고 그대로 투표함 속에 넣은 사람은 사상이 의심된다고 수군거렸다. 대통령 후보에 대한 찬

조 연설은 별로 없었던 것으로 기억된다. 무조건 자유당을 찍어야 한다며 앵무새처럼 반복할 뿐이었다. 문맹자가 많아 입후보자의 성명 앞에 기호를 붙여 1번 막대는 하나, 3번은 막대가 셋 이런 식으로 홍보해 투표에 참여토록 독려했다. 결국, 부정선거가 화근이 돼 4·19혁명이 일어났다.

그 시절 한 표를 더 얻기 위해 선거구호는 요란했었다. 1956년 제3대 대선 때, 민주당 신익희는 '못 살겠다 갈아 보자.' 자유당 이승만은 '갈아 봤자 더 못 산다.'였고, 1963년 5대 대선 공화당 박정희는 '새 일꾼에 한 표 주어 황소같이 부려 보자.'였다. 희미한 추억이다.

의식주가 해결되면 명예욕에 눈을 돌리는 게 인간의 본성이다.

마을 이장도 명예다. 마을에서 살림이 넉넉한 사람은 이장을 해 보고 싶어 했다. 임기가 끝나도 주위에서 이름 앞뒤에 평생 이장이라는 호칭이 붙어 다닌다. 반면 일할 만한 사람은 주위에서 권유해도 아예 손사래다.

오래전 이장 선거 때, 웃지 못할 일이 있었다. 선거가 가까울 무렵, 이장을 꿈꾸는 그는 사전에 집집마다 흰 고무신 한 켤레씩을 돌렸다. 평소 친근한 분과 가까운 친족은 당연히 지지해 주리라 믿고 제외했다. 고무신 받은 사람만 투표해도 승산이 있다고 믿었다. 결과는 의외였다. 마을의 원로들이 추천한 분이 근소한 차이로 당선됐다. 낙선된 그는 평생 고무신 이장이라는 별명이 따라다녔다. 고무신을 받았으나 마을의 일꾼을 선택한 그들은 현명했다.

더구나 국회의원은 표를 먹고 살지 않는가. 당선되면 누리는 특권은 200가지나 된다니 놀랍다. 그들도 일반인들과 같은 삶을 살아야 하고 똑같은 권리를 누려야 당연하다는 생각이다. 출마할 때 공약은 당선된 뒤는 속 빈 강정 공약空約이 되기 십상이다. 국회의원이 되면 그들은 언제 그랬느냐는 듯 목에 힘줘 거리를 활보한다.

민주주의는 국가의 주권은 국민에게 있다 하나 현실은 국민이 주권을 직접 행사할 기회는 투표 외에 거의 없다. 주민소환 같은 직접민주주의적 행사는 사실상 쉬운 일이 아니다. 이처럼 소중한 투표권이지만 많은 유권자는 기회를 포기하는 경우를 볼 수 있다. 더구나 선거일이 공휴일이 아닌 경우 그렇다.

앞으로 투표는 계속될 것이다. 수백만 명이 투표하는데 나 하나 하지 않는다고 뭐가 달라지겠느냐는 소극적 마음가짐도 이런 얄팍한 이기심에서 나온다고 할 수 있다. 기권도 정치적 의사표현이라 한다. 불만의 표시나 소극적 저항이라 볼 수 있지만, 한편 기권은 결과적으로 분명 권리 포기다. 선거운동 과정이 혼탁하거나 과열될수록 정치에 대한 혐오감이 늘어나 기권할 수 있다. 혹여 출마한 후보가 적으면 마땅한 선택이 없을 수도 있다. 그래도 투표를 하는 것이 민주시민의 의무이며 민주주의 발전의 길이 아닐까.

선거는 민주주의의 축제라 말한다. 투표는 국민의 권리이며 의무다. 의무를 다하지 않는 사람은 자신이 바라는 바를 요구할 권리도 없다 해도 틀린 말이 아닐 것이다.

소중한 기회에 주어진 권리는 정확히 행사해야 한다. 배달된 선거공보를 통해 후보의 공약을 꼼꼼히 살핀다. 후보의 도덕성과 능력, 자질의 경중도 저울질해 본다. 난무했던 구호나 선동에 휘말려선 안 된다.

민주주의는 결함이 많은 정치제도라 했다. 그렇지만 처칠의 말처럼 지금까지 시도됐던 다른 어떤 정치제도보다 나은 것은 사실이다. 마음에 들지 않더라도 투표는 해야 한다. 선거에서 부자나 빈자나 소중한 한 표의 주인이 되듯 권위주의 체제에서 상실한 서민과 약자들의 존엄성을 회복하자는 것이다.

주어진 기회에 정확한 한 표를 행사하고, 본인의 지지 여부와 무관하게 다수가 지지한 후보를 마음속으로 받아들여야 한다. 투표결과 역시 주권자의 공동 책임이 따른다. 오늘의 민주주의는 모두대의 민주주의가 아닌가.

한 표 차로 이겨도 대통령이고 한 표 차로 져도 모두 잃는다. 한 표에 그런 힘이 있기에 선거에 나선 사람들은 그 한 표에 목숨을 건다. 한 발 차로 하늘에 갈 수도 있고 한 발 차로 하늘 앞에서 울 수도 있다.

한 표의 가치는 그만큼 소중하다. (2013)

산수傘壽의 세월

길을 가다 문득 뒤돌아본다. 거의 다 젊은이들이다.

노인은 아닌 듯했으나 조금 고부장하게 걷는 모습이 어쩌면 나와 비슷해 보인다. 나이 들수록 걷는 모습이 예전 같지 않다. 발을 높이 들고 걷는다고 하지만 신발이 질질 끌리는 기분이다.

어느 날 거울 앞에서 바라본 내 얼굴. 어느덧 처진 볼과 주름진 피부와 흐릿해진 눈동자를 한참 눈여겨 들여다봤다. 세월 이기는 장사는 없는가 보다. 벽에 걸린 지난날의 사진 속으로 돌아가 본다. 세상이 하루가 다르게 바뀌고 있다. 나이 들수록 몸은 늙어 가지만, 마음만은 항상 젊어야 한다는 생각이다.

세상에 태어나 아무 조건 없이 누군가를 좋아한다는 것은 축복이 아닌가. 좋아하거나 그리워하는 것은 마음이 그만큼 맑고 순수함이 아닐는지. 세상에 변하지 않는 것은 아무것도 없다.

어느 작가는 "세월은 언제나 아쉬움을 모른 채 담담히 흐르고, 젊음이 지나 이제 노년의 삶으로 접어든 나이에도 아름다움이 좋은 것을 숨기지 못한다."고 했다.

소유하지 않으면서도 누릴 수 있는 많은 것들. 분주하게 뛰어야 했던 젊은 시절엔 놓쳤던 것들이다. 일상에서 초연해지는 것이 늙음의 은총인가. 슬픔과 기쁨이 담담해지고, 크고 작은 일에 심드렁하다.

인생에서 어느 때를 제일 좋은 시기라고 말할 수 있을까. 도전과 성취로 인정받은 시절이 인생의 황금기라고 말할 수 있을지도 모른다. 하지만 좋은 시절, 하나를 이루면 둘을 이루지 못해 힘들었고, 경쟁의 대열에서 혼자 낙오되는 것만 같아 불안했었다. 소망의 여지가 없어 만회가 허락되지 않는 마지막 노후. 그러나 절망하며 도착한 노년은 축복의 땅이다. 잃을 것 없는 빈손이 아니라 얻으려는 욕망이 걷힌 빈 마음이다. 책임이나 의무에서도 자유로운 나이다.

세월이란 묘하다. 시간이 흐르면서 때로는 삶의 아픔을 잊게 해준다. 시간이란 동반자를 통해 희로애락을 느끼는 순간 세월은 한 발짝 앞서 가 버린다.

보이지 않는 욕심과 욕망, 아집과 편견으로 부딪치는 현실 속에서도 세월은 흐르는 물처럼 빠르게 지나간다.

그러나 세월이란 흐르면서 모든 것을 그대로 두지 않는다. 강산은 소리 없이 변하고 청춘마저도 서서히 사라져간다. 백발은 막을 것을 미리 알고 지름길로 달려와 기다린다고 한다. 눈동자 앞에는 돋보기를 써야 사물을 볼 수 있는 흐릿한 초점만 존재하고 있는 지금이다.

오래 살고 싶은 욕심이라면 건강하게 사는 게 더 큰 바람일 것이다. 아프지 않고 99세까지 팔팔하게 살고 싶은 게 소망이라지만, 그

것 역시 누구에게나 주어진 권리는 아닐 듯싶다. 마음은 아직 청춘이나 몸이 따르지 않을 때가 가끔 있다. 스스로 개척하고 바뀌는 운명은 자신에게 있다고 한다. 주어진 틀 속에서 최선을 다할 뿐이다.

일흔 넘어 글을 쓴답시고 글방에 나오지 않았다면, 지금 어떤 모습일까. 글을 쓰면서 세상에 존재하는 것들을 새로운 눈으로 볼 수 있었다. 사유할 줄 알게 되고, 배우면서 예전에 모르던 세상을 달리 바라보는 안목이 트이고 있다.

젊을 때는 나와 다른 것이 많은 것 같았으나, 나이 들수록 비슷비슷해 간다. 사람 위에 사람 없고 사람 밑에 사람 없다는 말처럼 역할이 다를 뿐 나와 다른 것이 없음을 알게 된다.

시간은 모든 생명체에 공평하다. 하루 스물네 시간은 누구에게나 같지만, 사람에 따라 결과는 고르지 못하다. 생명과 같은 시간을 낭비하는 사람과 잘 선용해 내일을 준비하는 사람을 본다. 그래서 공평하면서도 잔인하고 무섭다는 양면성을 지녔다. 앞으로 인생을 낭비하지 않고 살아야 할 텐데 걱정이다.

평등이란 기회의 평등이지, 결과의 평등이 아닐 것이다. 기회는 다 주어지지만 노력하는 사람에게 더 많은 것을 누리게 되는 진리다. 시간이 평등하다는 것은 기회의 평등을 의미한다. 기회의 평등이란 인생에서 가장 중요한 죽음의 평등으로 이어지고 있다. 죽음 앞에서 만인은 평등하다. 누구에게나 예측 없이 오고, 출생과는 달리 불현듯 다가오는 것이 죽음이다. 죽음은 멀리 있지 않고 항상 우리 주위를 배회하며 기회를 노린다.

죽음은 아무도 대신할 수 없고 혼자 해결해야 한다. 죽음 이후의 일은 누구도 올바르게 설명할 사람은 없을 거다. 아마도 가장 확실한 것은 한평생 살았던 인생의 내신 성적이 아닐까 싶다. 죽음은 동전의 양면과 같아 삶에 대한 애착만큼 영면에 대해서도 같은 마음을 가져야 할 것 아닌가. 죽음을 통해서 신은 인생을 평가하실 것이다.

결국, 죽음이란 어떻게 사느냐 하는 삶의 문제다.

삶에서 부딪치는 것은 오늘이다. "내일은 누구도 모른다." 어차피 부닥치는 인생 하루하루를 보람차게 보내고 싶다. 오늘 할 일을 내일로 미루지 않으려고 다짐해 본다. 살아 있을 동안 작은 흔적이라도 남겨야 할 텐데….

노력 없이 얻는 것은 나이밖에 없다. 노년은 젊음보다 아름다워야 할 것 아닌가.

아름다운 인생의 노을이 되고 싶다. 산수의 세월, 지는 해 아쉬워 까치발을 하고 바라본다. (2018)

작은 신뢰

인간관계를 좋게 만드는 요소 중 가장 중요한 것이 신뢰다. 가족 사이, 직장 동료나 사회 구성원 간의 신뢰, 더 나아가 나라와 나라 사이의 신뢰가 있듯이 사람이나 제품도 신뢰를 얻어야만 인정받는 세상이다. 신뢰를 얻지 못한 제품은 구매 대상에서 자연 도태된다. 가정과 사회에서 신뢰를 받지 못하는 사람은 설 자리가 좁아지고 따라서 스스로 살아갈 힘을 어렵게 만들기도 한다.

농사는 자연에 의지해 짓는 게 순리다. 아무리 농부가 바지런하고 시기에 맞춰 관리를 잘해도 가뭄이나 장마가 오래 계속되면 밭작물은 거의 고사 상태가 된다. 알곡은 별로 없고 쭉정이가 대부분이다. 감귤 역시 태풍이 한번 휩쓸고 나면 감귤 껍질에 흠집이나 생채기가 생겨 상품 비율이 떨어진다. 다 지은 농사도 어쩔 수 없이 자연 앞에 손을 들 수밖에 없다.

지난해는 기후 변화에 따라 감귤 품질이 예년보다 정상이 아니다. 지구 온난화가 진행돼 기온이 높아지면서 착색이 더디고 껍질과 과육이 분리되는 현상이 많아졌다. 여름철 강우량 변화가 심하고 겨울철 이상 한파, 늦서리 피해와 봄철 이상저온으로 개화기가 늦어지고 꽃피는 기간도 길어졌다. 여름 안개로 일조가 부족해 기온이 낮았다. 지구 온난화가 기후에 미치는 영향이 다양해 기상이변에 따른 변화는 사계절에 익숙한 우리를 곤혹스럽게 하고 있다. 가을 기온이 너무 높아도 감귤 착색이 더디게 진행된다고 한다. 기온이 높고 강우량이 많으면 예상외로 대과가 많이 발생해 가공용이 늘어나 절로 소득이 감소한다.

오래전 밀식된 감귤나무를 간벌해야 한다는 행정기관의 방침에 따라 스스로 나무를 일정한 간격을 두고 베어냈다. 밀식된 때는 바람의 영향을 덜 받아 상품 비율이 높았지만, 간벌한 뒤로는 예전과 달리 세찬 바람이 지나면 감귤에 생채기가 많이 발생했다. 나무 전체에 골고루 햇빛을 잘 받아 당도는 높아졌으나 상품 비율이 점점 떨어지기 마련이다. 생채기가 있는 감귤은 농협을 통해 계통 출하했을 때 아무리 맛이 좋아도 가공용으로 처리된다.

십여 년 전 구정 때, 작은며느리가 인터넷 판매를 했으면 어떻겠느냐는 의견을 제시하는 것이었다. 회사 직원들이 가을이면 참깨, 고춧가루, 사과, 배 같은 농산물을 부모가 직접 생산한 것이라며 인터넷을 통해 신청 받고 판매하는 데 많이 이용한다는 것이다. 감귤도 맛만 좋으면 껍질에 약간의 흠집이나 생채기가 있어도 불평하지 않을 것이라고 한다.

극조생 감귤을 시월 중순경 처음 보냈다. 성심성의껏 선별하고 중량도 16킬로그램씩 포장해 신뢰를 쌓으려고 노력했지만 그게 아니었다. 일부 몇 사람이 선별도 제대로 않고 부패한 귤을 보냈다며 불평하는데 뭐라고 할 말이 없었다. 그 무렵 날씨가 더워 수송 도중에 부패한 것을 알게 됐다. 한번 신뢰를 잃으면 회복하기란 쉬운 일이 아니므로 그 뒤로 극조생 감귤 직거래는 하지 않았다. 첫 단추를 잘 끼워야 모든 일이 잘 풀리듯 첫인상이 좋아야 신뢰를 얻을 수 있기에 포기하고 말았다.

극조생 감귤은 농협으로 출하해 마무리할 수 있었다. 지난해는 감귤이 예년보다 절반 정도쯤 달린 것 같다. 기상 여건에 따르기도 했지만 주변 사람들 역시 대부분 흉작이라며 걱정이다. 11월 중순경부터 일반 조생 감귤을 수확하기 시작했다. 수확기에 유난히 비가 오거나 눈 오는 날이 잦았다. 비가 조금만 내려도 감귤은 수확할 수 없다. 감귤 껍질에 물이 묻으면 빨리 부패하기도 하지만 외관상 보기에도 흉하다. 비가 오거나 경조사가 있는 날은 쉬어야 하므로 일거리는 계속 밀려난다.

11월 하순부터 직거래 시작이다. 어느 정도 감귤 맛이 들었을 때 소비자로부터 신뢰를 얻어야 하기에 남보다 늦게 시작하는 편이다. 며느리는 토요일과 일요일을 제외하고 매일 초저녁 8,9시경 이메일로 개인별 신청명세서를 보내온다. 받는 사람, 전화번호, 주소, 보내는 사람 명단을 받는다. 나는 송장에 낱낱이 써넣어야 한다. 적는 것도 정신을 집중해야 하기에 어떤 때는 자정이 넘을 때도 있다.

먹어 본 사람은 귤이 맛있다며 전화로 자기 집으로 보내달라고 한다. 역시 맛있고 신뢰가 있어야 생존경쟁에서 살아남을 수 있음을 실감한다. 포장 중량은 16킬로그램을 반드시 지킨다. 요즘은 집집이 체중계가 있어 직접 달아 보는 것 같다. 중량도 넉넉히 넣었다며 고맙다는 인사를 받을 때는 즐겁고 보람을 느끼며 흐뭇하다.

신뢰를 얻는 것은 인정받음을 의미하는 것이 아닐까. 비록 가진 것 없다 할지라도, 사람들에게 신뢰받고 존경받을 수 있는 삶이라면, 살맛 나는 보람 있는 인생이라 할 수 있다. 신뢰는 완벽함이 아니라 솔직함에 있다. 약속하고 이를 지켜나가는 과정에서 쌓인다. 그 약속을 끝까지 이행하지 못하거나 지키기 어려운 불가피한 상황이나 자신의 한계에 부딪혔을 때 솔직히 대화를 나눈다. 이를 감추려 애쓰거나, 변명하는 데 급급하기보다 전후 사정과 형편을 자세히 얘기하고 이해를 구할 때, 오히려 신뢰가 쌓이고 깊어질 것이다. 실수나 잘못을 감추고 부인하며 완벽을 가장하는 것이 아니라, 정직하게 인정하고 스스로 대가를 치르고, 부족했던 부분에 대한 개선을 위해 노력할 때 신뢰를 얻을 수 있지 않을까 한다.

신뢰는 쌓아 가는 것이며 말이 아닌 행동이고, 자신과의 약속을 이행하는 자세로부터 시작된다. 오랫동안 씨를 뿌리고 가꾼 결과이며 열매이다. 비록 권위 없는 자와의 작은 약속일지라도, 한결같이 지키고 유지할 때 우리의 주변은 밝은 세상이 될 것이다.

작은 신뢰가 아름다운 삶의 기둥이라고 한다면 나만의 생각일까. (2012)

욕망의 한계

1. 명칭 변경과 혼란

총수는 재임 중 치적을 남겨 훗날 사람들의 입에 회자되길 바라는 것일까.

동창회, 종친회, 친목회 같은 단체의 장은 재임 중 일거리를 만들려 궁리한다. 분에 지나친 사업, 명칭 변경, 회칙의 자구 수정은 하지 않아도 지장 없는데 고쳐야 한다며 우격다짐한다. 굳이 안 해도 될 일에 신경 쓰니 아리송하다. 물러난 뒤 내가 바르게 했노라고 생색내는 경우를 볼 수 있다.

누구를 위해 바꿨는가. 2007년 8월 동사무소는 52년 만에 뜬금없이 주민센터로 명칭을 바꿨다. 순수한 우리말이 있는데도 외래어 ○○센터를 붙였다. 꼭 영어를 혼용해야만 선진국이 되는지. 차라리 주민자치소는 어떨까. 그곳은 지역 주민의 행정 업무와 민원을 처리하는 관공서다. 센터는 활동의 중심부다. 장의 명칭은 여전히 동장이다. 가 보면 업무는 눈에 띄게 달라진 게 없어 보인다. 직원 수는 변함없고 담당 부서 이름은 그대로다. 읍 · 면사무소 명칭도 바꿔야 할 것 아닌가. 그들도 그 지역에 거주하는 주민 아닌가. 변경 기준이 모호해 헷갈린다. 명칭 변경에 따른 막대한 비용 지출로 사업자는 호기를 누렸을지도 모른다. 누이 좋고 매부 좋다는 속설이 떠오른다. 당장 내 호주머니가 가벼워지지 않아 걱정할 필요 없다. 그 자리에서 물러나면 내 재임 시 바로잡았노라고 호들갑 떨 것이다.

이름도 특별한 경우가 아니면 개명하려 않는다. 부를 때 어색하거나 놀림감이 되는 경우 부득이 바꿔야 한다. 한때 마누라와 자식을 빼고 모두 바꿔야 한다는 유행어도 있었다. 하지만 변화해야 할 것과 바꿔서는 안 될 것들이 있다.

물가에 걸린 달 '애월涯月', 바위에서 흐르는 물 '유수암流水岩' 같은 마을 명칭은 듣기만 해도 자연을 연상하거나 지역 정서가 담겨 있어 아늑한 느낌이 든다. 자연경관의 아름다운 지명. 대대로 물려받은 마을 이름이 살갑게 다가온다. 모든 것은 인간의 욕망으로 변화한다.

오랫동안 이어 오던 내무부는 김대중 대통령이 취임하면서 1998년 2월 전 행정자치부로 바뀌었고 그 뒤 행정안전부, 현재 안전행정부로 변경됐다. 그렇게 해야만 능률이 오르거나 국위가 선양되는지 서민은 아리송하다. 꼭 바꿔야 하는가. 통치권자의 고유 권한이라 주장하면 더 할 말 없다. 대통령이 갈릴 때마다 부서 명칭이 변경돼 헷갈린다. 관료가 정책을 입안할 때는 서민의 입장을 먼저 생각해 줬으면 하는 바람이다. 추가로 기구 증설이나 인력 증원 없이 기존 정원 범위에서 핵심 기능 위주로 재편한다면 조직 관리의 효율성은 향상되리라는 생각이다. 선진국은 대통령이 갈릴 때마다 각부 명칭이 바뀐다는 얘기를 들어 본 적 없다. 그래도 나라는 잘 돌아가고 국민은 못 살겠다는 아우성도 별로 없지 않은가.

대통령이라는 심부름꾼을 뽑는 것은, 국가 경영을 잘해 국민이 마음 편히 생활할 수 있게 하자는 것 아닌가. 부처의 장 · 차관이나 간부는 정권이 바뀔 때마다 명분을 만들며 혼란을 가중시키는 조직을 개편하는 일이 없기를 기대해 본다. 정부 조직이 문제가 있어 업무처리에 지장이 있는 것은 아닐 것이다. 대통령을 비롯한 고위 공직자의 국가관과 국민을 생각하는 마음의 결여, 부도덕성, 비민주적 행태, 생색내기가 오늘의 상태로 만든 것이다. 새 정부가 들어설 때마다 국민이 우려하는 조직의 개편은 없어야 한다.

제주도는 어떤가. 1990년도 서부 · 동부산업도로가 2002년에 서부 · 동부관광도로, 2006년 들어 평화로와 번영로로 4년 만에 또 바뀌었다. 이유는 세계평화의 섬 지정과 특별자치도 출범, 국제자유도시 건설 같은 사회 변화와 도민 통합에 따른 이미지 개선과 사회 · 지리적 통합 가능성 제고라 한다. 과연 도로 명칭을 바꿔야만 발전할 수 있는 것인가. 발상의 전환이라고 할지 모르나 많은 관광객이 드나드는데 헷갈리기 십상이다. 그들 역시 명칭 변경은 혼란만 가중시키고 있다는 비판도 제기되고 있다. 입맛대로 조령모개식이다. 관계자는 "설문조사 결과를 토대로 결정했다."고 한다. 아전인수식으로 각본에 맞춰 '앙케트 조사'를 한다면 하나마나 뻔하다.

한때 5 · 16도로 명칭이 좌파정권의 정치적 공격을 받아 명칭을 바꾸자는 얘기가 나오기도 했지만, 도로의 역사를 모르는 주장이다. 일부에서는 5·16을 기념하기 위해서, 만들었다거나 국토재건단을 동원했다고 하나 이는 뜬소문일 뿐 명칭에 5·16 기념이나 국토재건단은 관련이 없었다고 한다. 당사자들은 그런 얘기는 낭설이라고 일축했다. 명칭은 공모를 통해 뽑혔고 도민들이 붙인 이름이 5·16도로라는 것이다. 애초는 제주시 서귀포 횡단도로, 그 뒤 제1횡단도로라 부르기도 했었다.

지도자의 판단이 국민의 평생을 좌우함은 동서고금의 진리다. 요즘 환경단체들은 공사를 시작한다 하면 자연훼손이란 명분을 앞세운다. 만약 그때 도로 건설이란 결단이 없었다면, 지금 5·16도로는 볼 수 없을 것이다. 한라산 밀림을 뚫고 길을 내는 것은 혁명적 발상에 가까운 사업이었다. 5·16도로는 우리의 긍지이고 그 명칭조차 기억에서 사라진다면 서글픈 일이다.

2. 욕망과 절제력

자연은 조용히 있으려 하나 인간의 욕망은 가만히 두지 않는다.

십 년이면 강산도 변한다는데 바다가 간척되어 땅이 되고 없던 물길도 만들어진다. 국토마저 변화돼 간다. 하지만 그 변화의 중심에 인간이 있다. 끝없는 욕망으로 모든 것이 변화되고 바뀌고 있다. 기후가 변했다 하지만 따지면 인간의 욕망에 의한 산업개발로 지구가 온난화된 것이라고 봐야 한다. 변하는 것은 변화를 바라는 욕망에서 온다.

모든 것이 변화한다. 지구 온난화로 평균기온이 상승하고 있다. 겨울철은 짧아지고 여름철이 지속돼 우기는 길어 아열대로 변화하는 요즘이다. 세월이 지나면서 기후마저 변해 세상만사 변화하는 것이 자연의 이치인 것 같다. 주변을 봐도 어릴 때의 생활과 지금의 삶이 얼마나 많이 바뀌었는가. 식생활과 주거 문화며 우리의 모습마저 변화하고 있다. 마음도 변화하며 발전한다.

변화를 어떻게 받아들이느냐에 따라 삶이 발전되고 향상돼 간다. 더 나은 생활을 영위하려는 것은 인간의 본능이다. 그래서 욕망이 있기에 사회는 발전한다. 하지만 변화하지 않아야 할 것이 있다. 부모와 자식 간의 천륜을 끊을 수 없듯. 어린 시절 추억이 서려 있던 고향 냄새와 따뜻한 인정, 순수했던 친구들의 우정은 변해서는 안 될 것이다.

권력을 잡으면 어떻게 변할까. 사람이란 변하기 마련이지만, 어떤 환경에서든 자신의 확고한 마음과 신념을 지키려고 노력해야 할 것 아닌가.

OECD에 가입한 나라는 34개국이다. 우리나라는 김영삼 문민정부 때 1996년 12월 12일 OECD 국가로 가입했다. 선진국이라 한다. 대부분 네티즌은 여전히 후진국이고, 선진국이 아니라며 탈퇴해야 한다는 얘기도 나온다. 통계를 보면 자살률, 노동시간이 1위, 행복지수, 삶의 질이 꼴찌다. 좋은 건 꼴찌고, 나쁜 건 1위다. 선진국 하면 잘사는 나라라고 단정 짓는다. 세계은행은 부유 국가의 기준을 1인당 GDP 기준 9천 달러 이상으로 규정했다. 그렇다면 우리나라도 이 기준에 합당한 부유 국가에 포함된다. 결론은 모든 분야에서 절대적인 선진국은 없다는 것. 분야별 우수한 국가를 해당 분야의 선진국으로 보는 분야별 선진국 개념이라 한다. 싱가포르는 1

인당 국민소득이 3만 달러에 육박하는 선진국인데도 OECD에 가입하지 않는 나라다.

역대 대통령의 재임 중 공적을 회자한다. 문민정부는 금융실명제 시행과 하나회 해체, 지방자치제를 실시했다. 김대중 국민정부는 IMF극복과 노벨평화상 수상이다. 노무현 참여정부는 권위주의 타파와 복지정책을 내세운다. 이명박 정부는 열심히 한 만큼 성과는 별로 눈에 띄는 게 없어 보인다는 얘기다.

반면 과오를 평가하거나 올바른 판단은 후세의 몫이다. 문민정부는 과거 불명예스러운 흔적과 일제의 잔재를 청산하고 민족정기를 바로 세워야 한다는 명분으로 중앙청 철거를 주장했다. 동양에 건립된 근대서양식 건물 중 르네상스를 대표하는 걸작으로 아픈 기억도 교훈 삼아 보존해야 한다는 반대도 있었다. 하지만 1996년 8·15광복 50주년에 중앙청은 폭파됐다.

국민의 정부는 거금을 바치고 남북회담을 구걸해서 얻은 결과, 오매불망 노려 온 노벨평화상을 받았다. 회담 후 그는 김정일에 총 3조 2천억 원, 약 20억 달러를 지원했다는 후문이다. 한국이 농축실험, 플루토늄 추출실험을 했다는 사실이 드러나자 김정일은 이에 반발, 6자회담에 불참하고 마침내는 핵 보유선언까지 하기에 이르렀다. 노벨평화상을 탄 김대중의 햇볕정책이 얼마나 허구인가를 여실히 증명한 것이다. 그의 햇볕정책, 대북 유화정책은 속절없이 파탄되고 말았다.

김동길 명예교수는 강의에서 세종시는 노무현 참여정부의 허망하고 간사한 약속이었을 뿐이라고 비난했다. 꼼수의 대가 노무현의 역작이라 해도 틀린 말은 아닐 것이다. 꼼수를 부린다면 진정한 정치인이 될 수 있을까. 현명한 국민이 꼼수 대통령을 뽑은 실수로 앞으로 혈세 부담은 어쩔 수 없는 노릇이니 고생은 뻔하다.

이명박 정부의 최대 사업인 한반도 대운하 4대강 추진, 그동안 야당과 시민사회가 줄기차게 문제점을 제기해 왔었다. 현재 논란되는 건설사들의 비자금 문제와 보洑의 안전성 · 유지관리 · 수질관리 문제가 거세게 제기되고 있다. 대운하는 청계천 복개처럼 추진하다가, 아니다 싶으면 다시 복구할 수 있는 사업이 아니다. 막대한 재정손실을 고려해야 한다. 어떤 일을 잘못해도 국회에서는 반드시 응분의 책임을 져야 한다고 따질 뿐이다. 봉급생활자는 잘못 처리한 금액은 반드시 변상하는 것이 원칙이다.

공약은 국민을 위한 정책개발을 했는지 중요하다. 단지 표를 의식해 제대로 된 정보수집 분석과 대안 마련 절차 없이 날치기로 짜맞춰버린 것들인지, 정책에 따른 고민과 진정성이 아쉽다. 이들에게 나라의 현재와 미래를 맡겼다는 자체가 국민의 수준을 보여준다. 역사는 변한다. 훗날 사학자는 심판할 것이다.

대통령 한번 잘못 뽑으면 국민 세금은 천문학적으로 증가한다는 교훈을 재인식해야 한다. 세금은 하늘에서 떨어지는 게 아니라 국민의 피와 땀의 혈세다.

부끄럽고 안타까운 일이나 우리가 한 선택의 치명적 결과는 받아들여야 할 것 아닌가. (2014)

소통

소통이 잘돼야 삶이 즐겁다.

입에 자물쇠 달고 산다는 건 여간 고역이 아니다. 태어나 몇 달 안 된 아기도 입가가 올라가 웃는다. 기분 좋으면 미간을 찡긋하며 입을 오므린다. 그러다 더 좋으면 까르륵거린다. 기저귀를 갈 때 다리를 주물러 펴 주면 어린것이 불끈 힘을 주어 가며 좋아한다. 말 없는 소통이다.

소통이란 말을 유행어처럼 쓴다. 모든 관계에 자주 등장해 민주주의의 근간처럼 느껴질 정도다. 너나없이 얘기하지만, 소통은 입으로 하는 것이 아니라는 생각이다. 대화만 잘되면 아무리 큰 문제도 해결할 수 있을 것이다. 반대로 대화가 안 된다면 아무리 작은 문제도 커질 수밖에 없다.

진지하고 솔직히 자신의 속마음을 털어놓아야 한다. 왜곡된 편견과 체면의 가면을 벗고 진솔한 느낌으로 표현함이 옳다. 내 생각을 말하지 않고 무조건 남의 말과 주장을 잘 들어주는 것도 진정한 소통이 아니다. 생각과 소신을 얘기하되 상대편 입장과 마음도 헤아려 함께 가는 것이 소통이 아닐까.

사전적 의미의 소통은 뜻이 서로 통해 오해가 없어야 한다고 돼 있다. 상호 간 오해 없이 통하기 위해 자신을 높이는 것보다 온유한 마음을 지녀야 한다는 데 있다. 소통이란 말을 해야만 하는 것으로 생각하기 쉽지만, 핵심은 들어 주는 것이다. 많은 사람과 말하고 생활하면서 느끼는 외로움은 마음의 문을 닫아 세상과 상대를 받아들이지 않아서다. 할 말이 없다면 가만히 상대의 말을 들어준다. 들어주고 이해하는 것이 최고의 소통이다. 지위가 높고 낮음에 관계없이, 입장의 처함이 다를지라도 상호 존중하고 배려하는 마음이 있어야 가능한 것이다.

옛날 글자를 모르던 시절, 시집간 딸이 굴뚝과 참새를 그린 편지를 친정어머니께 보냈다고 한다. 가고 싶은 생각은 굴뚝같은데 참새같이 바빠서 못 간다는 의미다. 굴뚝은 과거의 향수를 느끼게 하는 이름이다. 아궁이를 연상한다. 추운 겨울날 바람이 내리 불면 연기가 아궁이로 몰려나와 눈물로 범벅되면서도 군불을 피웠었다.

연기가 자욱하게 땅바닥에 짙게 깔린다. 산사의 조용한 하루가 지나 산새도 보금자리 찾아가고 저녁 예불 종소리에 귀 기울인다. 정적 속 풍경 소리만 남는 그곳의 굴뚝 역시 잔잔한 연기가 사방으로 흐른다. 마치 자비의 목소리를 실어 보내는 저녁 종소리처럼.

연기가 하늘로 날아오르지 않고 땅바닥을 기어 다니는 듯한 모습에서 선조들은 날씨를 예견하곤 했었다. 저녁 무렵 작은 마을에 낮게 깔리는 회색빛, 밥 짓는 연기를 보고 마음이 평화로워지지 않는 사람이 있을까. 부뚜막에 피워진 불꽃은 솥을 데우고 구들장을 덥히고 연기가 돼 굴뚝으로 소통하는 이 과정, 모두가 따뜻한 어머니의 체온을 느끼게 한다. 시간이 지나도 지워지지 않는 추억 속의 향수다.

삶은 관계의 연속이다. 태어나면서 부모와 자식, 부부, 친구, 동료 간에도 모두가 관계로 시작되고 유지된다. 그 근원은 의사소통에 있다. 올바른 의사소통이 이루어지지 않으면 관계도 제대로 정립되기 어렵다. 의사소통에 가장 중요한 것이 뭘까. 소통은 상대의 존재를 인정하는 데서 출발한다. 지금처럼 윗세대와 아랫세대, 진보와 보수 할 것 없이 반대 의견엔 귀를 틀어막은 채 각자 할 말만 하고 돌아서는 한 소통은 불가능하다.

중국 후한 말에 모융이라는 학자가 있었는데, 불교학에 능통했다. 그는 주변 유학자들과 얘기할 때마다 불교학이 아니라 유학의 예를 들며 설명하지 않는가. 이를 곁에서 지켜보던 불교학자들은 모융을 비판했다. 불교학에 자부심이 없기에 유학자들과 늘 유학에 관한 얘기만 한다는 이유였다. 어느 날 모융은 자신을 향한 비판에 이렇게 말한다. "노나라에 공명의라는 사람이 살고 있었는데 하루는 소를 향해 거문고를 켜 줬지만, 소는 미동도 하지 않고 풀만 뜯고 있는 것 아닌가, 공명의는 다시 송아지 울음소리를 흉내 냈다. 그러자 소는 하던 일을 멈추고 귀를 쫑긋 세우며 관심을 기울였다. 그 이유는 어째서일까. 소에 맞는 소리를 들려줘야 관심과 흥미를 유발할 수 있음을 보여준 것이다. 내가 유학자들에게 불경이 아닌 유학자들의 책을 예로 드는 건 바로 이런 때문이다."라고 했다.

살면서 주변과 원활한 관계를 지향해야 하지 않을까. 소통의 핵심은 자신의 수준에서 이해할 수 있는 말을 하는 것이 아니라 상대의 입장에서 납득할 수 있는 말을 해야 소통이 이뤄진다.

부모와 자식, 가족과의 의사소통이 점점 줄어들고 있다. 가족 간 대화가 멀어지면 식구끼리 무엇을 할 때도 어색해지고 그렇게 되면 소통도 원만하지 못하다. 대화를 늘리기 위해서는 자식의 노력도 중요하지만, 부모가 먼저 말을 건네거나 학교생활이나 사소한 일이라도 물어보는 노력이 필요한 세상이다.

소통이 없으면 생명이나 사회도 병들어 죽을 수밖에 없지 않은가. (2013)

상처

이상하다. 눈에 쌍심지를 켜 보아도 있을 수 없는 일이다.

매실나무 원줄기 껍질이 무참히 벗겨져 있는 게 아닌가. 두 그루 모두 그렇다. 이 여름이 가기 전 그들은 떠날 것 같다. 아무리 생각해도 누구의 소행인지 짐작할 만한 사람이 없다. 과수원 한쪽 모퉁이에 심었다. 근처 소나무 숲에 어린 노루가 산다는 말은 들었지만 내 눈으로 직접 못 보았다. 노루의 소행이라 심증은 가지만 물증은 없으니 대처할 방법이 없다.

심은 지 일 년 반쯤 된다. 밑동이 엄지손가락 굵기로 높이는 1미터도 채 안 된다. 잎이 무성해 튼실하게 자라는 걸 보며 내년쯤엔 매실이 몇 방울이라도 달리길 은근히 기대했었다. 기대가 크면 실망이 크다는 말이 떠오른다.

유실수는 대부분 전정에 신경이 쓰인다. 그대로 두면 헛가지가 자라 결실이 부실하다. 그래서 사람들은 봄이 오면 가지치기를 한다. 타의에 의해 몸에 아픈 상처를 남긴다. 상처를 빨리 아물게 하려고 약을 바를 때도 있다. 나무의 종류에 따라 그대로 둬도 아물기도 한다. 그렇지만 오래된 나무는 지나친 큰 상처를 견디지 못해 목숨을 잃는 경우를 보게 된다. 나무도 상처의 되풀이 속에 살아간다.

감귤나무를 전정하며 많은 것을 익힌다. 작은 가지는 전정해 그대로 둬도 상처를 감싼다. 그렇지만 굵은 가지는 도포제를 발라줘야 상처가 아문다. 힘이 약한 나무는 약을 발라도 몇 년 안 되어 비실비실 맥없이 제 갈 길로 떠난다. 기본 체력이 있어야 외부의 저항에 버티고 꿋꿋이 설 수 있다는 가르침이다.

삶도 항상 상처의 반복이 아닌가 하는 생각이 들 때가 있다.

어렸을 적 학교에 다닐 때 겨울철이면 해마다 유달리 동상으로 시달렸던 기억이 난다. 중학교 시절 손등이며 발가락이 볼록하게 부풀어 올라 보라색 반점이 생기고 몹시 가려워 마구 긁었다. 물집이 터져 짓무르고 터지면 발가락에 양말이 엉겨 붙어 떼어 내느라 한참 애먹었었다.

보건소에 찾아가 상처 난 곳을 보이면 무상으로 연고를 줘 바르기도 했지만 별로 효과는 없었던 것 같았다. 겨울철엔 손에 늘 붕대를 감고 다녔었다. 봄이 올 무렵엔 물집이 마르고 상처에 딱지가 앉으며 천천히 사라진다. 지금도 발가락과 손가락 마디에 상처가 남아 있다. 무심코 볼 때면 지난날이 떠오르곤 한다.

지난 9 · 11테러로 미국의 자존심이 큰 상처를 입었다. 끔찍한 테러로 수많은 생명을 순식간에 앗아갔다. 이 사건을 계기로 미국은 이전과는 전혀 다른 국가로 변신하려는 듯한 느낌이 든다. 또한 탈레반 정권과 벌인 '테러와의 전쟁'의 단호함과 이라크와의 전쟁에 대한 집요함은 미국이 입은 상처의 깊이를 반영해 주는 결과가 아닌가 한다. 가슴에 맺힌 자존심의 상처를 만회하려는 그들의 끈질

김일 것이다.

우리나라도 마찬가지다. 일본의 압제와 폭압에 커다란 상처를 받은 36년의 세월은 지금까지도 적지 않은 반일 감정으로 골이 깊다. 최근 독도 영유권 주장을 강화한 일본 중학교 사회 교과서가 문부과학성 검정을 통과, 교과서 왜곡 파문에 따른 반일 감정이 확산하고 있는 것도 한 예라 할 수 있다.

상처 없이 사는 사람은 없을 것이다. 인간관계에서 자존심이 얼마나 큰 역할을 하는지. 마음의 상처를 받게 되면 고통스러워 자기중심적으로 흐르기 마련이다. 아픔에 짓눌려 남의 입장을 고려하기란 쉽지 않다. 부부는 서로 상처를 주고받으며 때로는 연민의 정이 고마움이 돼 살아가는 연약한 존재가 아닐까 한다. 상처를 잊는다고 없어지는 것이 아니니까. 그렇지만 아픈 상처는 자신을 되돌아보게 하고 겸허하게 만들기도 한다.

좋은 사람을 만나기는 쉽지 않지만, 잃는 것은 한순간이라 했다. 항상 스스로 좋은 이웃으로 남아 있어야 한다고 생각해 본다. 대인관계 역시 상대방에게 지나친 기대를 하는 것보다 어느 정도 적당한 거리를 두며 매사에 이해하고 포용할 줄 아는 감정의 절제 연습이 필요할 것 같다. 스스로 감정을 조절하며 내면의 평안을 찾는 것이 바람직하지 않을까. 이웃의 상처도 감싸줄 줄 아는 아량과 지혜는 우리의 마음을 포근하게 만든다. '내가 만일 한 사람의 상처를 멈추게 할 수 있다면 나의 삶은 헛되지 않을 것이다.'라는 에밀리 디킨슨의 시구가 떠오른다.

오늘 나도 모르게 이웃에게 절제 없는 감정으로 불편이나 상처를 주지는 않았는지 살펴본다. 한순간의 실수로 주위의 아름다운 사람들을 잃고 싶지 않기 때문이다. '자신의 마음을 다스리는 것이 곧 인생을 다스리는 것.'이라는 말이 있다. 우리는 종종 자신의 감정을 잘 다스리지 못해 허물없이 지내던 사이가 소원해지는 경우를 보게 된다.

언어 폭력은 신체 폭력과 비교할 수 없을 만큼 자존심을 무너뜨리는 강력한 무기나 마찬가지다. 신체 폭력에 의한 육체의 상처는 시간이 지나면 사라지겠으나, 말로 받은 마음의 상처는 눈에 보이지 않으며 깊이 남아 정신이나 삶을 황폐케 하거나 치명적인 비수가 될 수 있다. 세 치의 혀는 사람을 죽이기도 하고 살리기도 하는 양날의 칼이나 다름없다. 혀를 잘 길들인다면 사람을 살리는 희망의 씨앗이 될 것이다. 속담에 말 한마디로 천 냥 빚을 갚는다는 말이 있듯이 한마디 말로 원수가 되거나 희망을 심어 주기도 한다.

상처를 낫게 하는 건 약이 전부가 아니다. 몸과 마음의 상처를 아물게 함은 깊은 사랑과 관심이 아닐까. (2011)

손의 위력

어릴 적 할머니 손에서 자랐다.

눈뜨면 손이 먼저 나를 쳐다본다. 손은 평생 제일 많이 보게 되고 동고동락해야 할 피할 수 없는 운명의 존재다. 손의 위력을 잊을 때가 가끔 있다. 어린애가 엄마에게 흔드는 고사리손, 환자를 돌보는 간호사의 따뜻한 온정의 손, 진실을 밝히려는 펜을 든 기자의 손이 그렇다. 교만한 강자보다 겸손한 약자의 손에 시선이 집중됨은 나만의 편견일까.

손이 얼마나 중요한가를 가리키는 말. 일손이 부족할 때 '손이 모자란다.' 한다. 무슨 일이든 마음대로 할 수 있게 됐을 때 '내 손안에 있다.'고 하거나 어떤 일과 관계를 끊을 때 '손을 뗀다.'고 하지 않는가. '손을 놓았다.'는 한세상 끝났다는 말. 뭔가 일이 잘 돌아가게 하려면 '손을 써야' 한다. 남의 잔꾀에 속았으면 그의 손에 놀아났다고 남세스럽다.

내 손 또한 좋은 일 궂은일 많은 수난을 겪는다. 과수원에서 가지치기할 때 전지가위와 톱은 필수다. 오른손으로 가위질한다. 2,3일은 그런대로 작업이 수월하지만 여러 날 계속할수록 시나브로 손바닥과 손목이 저리기 시작한다. 손가락 구부리기가 뻑뻑하고 점점 감각이 둔해지는 걸 느낀다. 한 해가 지날수록 손에 피로가 쉬이 쌓이는 걸 알 수 있다. 인생은 60부터라고 장담하나 나이는 속일 수 없음을 실감하는 요즘이다.

일상에서 악수하는 기회가 잦다. 악수는 우호와 호감의 표시이고 박수는 칭찬과 격려다.

두 손 모아 기도하는 것은 온몸으로 염원함이다. 손뼉 치는 것은 기쁨으로 환호하는 것이고, 두 손을 비비면 최상급 아부다. 손이 발이 되도록 빌면 정신없이 사죄하는 것 아닌가. 손사래는 모든 것을 거부하는 것.

손이 하는 일은 다양하다. 거수경례는 마음으로 경의를 표하는 것이고 부패한 손은 검은 손을 뜻함이 아닐까. '손 들어!'는 저항하지 말라는 뜻이고, 전투 중 두 손 들면 항복이다. '오른손이 한 일을 왼손 모르게 하라' 함은 '비밀을 지키라' 혹은 '뭘 한다고 내세우지 말라'는 의미이고, 공수래공수거는 인생무상을 말함이 아닐까.

수제품은 몸과 마음으로 만든 정성이 깃든 작품이다. 어머니께서 만들어 주셨던 칼국수와 수제비 맛을 잊지 못하는 것은 손맛이 숨어 있어서다. 엄마 손은 약손. 마음의 기를 모았기에 치료 효과가 생긴다. 두 손을 내밀면 몸으로 구원하는 것이고 서로 간 손잡음은 강한 팀워크를 만든다. 손때 묻은 것은 늘 함께 해서 정들고, 손바닥의 굳은살은 인생의 나이테다. 법원에서 노동력을 평가할 때 손은 약 70퍼센트 인정하나 발은 30퍼센트다.

의전 행사에서는 장갑을 낀다. 손을 노출하면 몸을 노출하는 것이나 다름없다. 겨울철 장갑 끼면 보온 효과는 담요 한 장과 맞먹는다. 추울 때 두 손 비비면 몸이 따뜻해진다. 손을 보는 눈도 다양하다. 깨끗한 손, 더러운 손, 건강한 손, 병든 손, 생산적인 손, 파괴적인 손, 베푸는 손, 빼앗는 손, 아름다운 손이 있다. 진정한 손이 우리의 마음을 훈훈하게 만든다.

내 손은 어느 쪽에 속할까. 손은 답을 알고 있겠지. 손 관리 잘하는 것은 인생을 잘 관리하는 것이나 다름없다. 지난날 미국 구호물자에 한국인과 미국인이 악수하는 손 그림이 잊히지 않는다.

손뼉은 자주 크게 친다. 악수는 정성껏 하고 장갑 낀 채로는 안 된다. 추운 날 작업할 때 장갑을 껴서 손을 보호하는 건 당연하다. 어려운 사람의 손을 잡아 준다. 남편이 따스한 맘으로 아내의 차가운 손을 잡을 때 느끼는 온정은 황홀하다. 이쯤 되면 손은 단순한 신체 일부라는 차원을 훨씬 뛰어넘는다. 그러니 손과 관련된 기술과 문화가 발달할 수밖에 없다.

국제대회서 한국이 유난히 강한 종목들이 골프, 양궁, 배드민턴, 핸드볼, 하키다. 공통점은 손을 쓰는 것들이라는 점이다. 칸트는 '손은 눈에 보이는 뇌'라고 했다. 뼈마디가 많을수록 할 수 있는 일이 많아진다는 건 상식이다. 컴퓨터가 아무리 발달해도 인간의 뇌를 대신할 수 없듯 기계가 손의 역할을 감당하기 어렵다. 성능 좋은 상품들이 대량으로 쏟아져 나와도 수제품이 갖는 정교함과 인간의 냄새는 따를 수 없다. 손은 인간의 진화에 있어 가장 중요한 수단이 되었고 신체의 각 부분 중에서 뇌와 연결되는 신경이 가장 많은 부분이다.

손바닥을 펼쳐 보이는 것은 진실, 정직, 충성, 복종을 연상시킨다. 선서할 때 손바닥을 심장이 위치한 가슴 위에 포개는 경우가 있고, 법정에서 증언할 때 오른손은 펴서 손바닥을 재판관을 향한다. 정직한지 아닌지 뭔가를 숨기거나 속일 생각이 있고 없는지를 확인할 수 있는 좋은 방법의 하나가 바로 손 움직임을 살펴보는 것이라 한다.

예부터 동양에서는 얼굴을 중시해 관상학이, 서양에서는 손을 중요시해 수상학이 발달했다. 그래서 인간은 태어날 때 이미 손안에 운명이 그려져 있다고 믿었다. 사람의 일체와 존재 증명이 바로 손이다. 가장 아름다운 손. 가족을 먹여 살리기 위해 차갑고 뜨겁고 더럽고 위험한 일을 가리지 않고 온갖 것을 처리하는 '일하는 손'일 것이다.

그중 으뜸은 평생 자식을 위해 지문이 닳도록 뼈 빠지게 일하느라 손마디가 산맥처럼 굵어진 '농부 · 어부의 손' 바로 부모님의 손이다. 지문이 사라지도록 일하면 이 세상에 태어난 빚을 얼마쯤 갚을 수 있을까. 죽어서도 무덤 밖으로 삐죽 나온 두 손을 상상해 본다. 손이 흔드는 메시지. 그 손이 나무나 숲이 되고 구름이 되는 게 아니겠는가.

지난날 할머니와 손잡고 총총걸음으로 걷던 오르막길, 따스한 그 손이 아련하다. (2014)

추억의 고무신

문득 어머니 모습이 떠오른다.

따뜻한 봄날 늦은 아침이었다. 나이 지긋한 여인이 한복 차림으로 흰 고무신을 신고 걷는 뒷모습이 한 폭의 그림 같았다.

어머니는 생전에 나들이 때는 회색 두루마기에 흰 고무신을 신으면 점잖고 정숙해 보였다. 안경을 쓰셨고 천천히 걷는 것 같으나 빠르다. 인근 마을까지 무면허 산파로 소문났다. 한 달에 몇 번쯤은 한밤중에 이웃에서 찾으시면 거절 못하고 나섰다. 아무런 대가도 바라지 않고 사랑과 온정을 베푸는 봉사였다. 이십여 일 지나면 새벽에 산모 집에서 큼직한 양푼에 반지기밥과 미역국을 푸짐하게 가져왔다. 어머니의 발품 덕분에 식구들이 모여 앉아 맛있게 먹었던 지난날이 눈앞에 아른거린다.

빛바랜 초등학교 졸업 사진을 본다. 까까머리에 신발은 검정 고무신이었고 짚신도 보이나 운동화는 한 켤레도 안 보인다. 새 신발을 신고 싶으면 시멘트 바닥에 비벼서 일부러 구멍을 내는 장난꾸러기도 있었다. 신발이 낡아 발바닥이 보일 정도로 다 떨어져야 어머니는 다음 장날에 새 신을 사 주시겠다고 했다. 뚫어진 신발 바닥 구멍에서 굵은 모래알이 들어와 발바닥을 갉아먹을 정도가 아니면 결코 새 고무신을 신을 수 없었던 시절이었다.

중학교에 입학하면서 운동화를 처음 신었다. 집에 오면 으레 운동화를 벗어 놓고 검정 고무신을 찾았다. 운동화는 고무신보다 비싸서 아꼈다. 고등학교는 시골서 왕복 십 킬로를 일요일을 빼고 삼 년이나 걸어서 다녔다. 비 오는 날은 고무신을 신고 나섰다. 갑자기 소낙비가 내리면 신발에 물이 가득 고여 고무신을 손에 들고 맨발로 걸었다. 맨발에 새 신을 신었을 때 거친 고무 재질에 발뒤축이 물러 터지면서 살점이 떨어져 나가기도 한다. 싸구려 검은 재질일수록 더 심했다.

폐고무를 원료로 사용해 만든 검정 고무신이 주종을 이뤘다. 그 후 표백제를 첨가한 고급 흰 고무신이 나왔고 파란색과 보라색도 있었다. 고무신을 신은 최초의 우리나라 사람은 나라를 잃은 조선의 순종임금이라고 전해온다.

고무신은 방수가 잘돼 실용적이며 쉽게 해지지 않아 급속도로 보급됐다. 장점은 고무 재질이어서 물을 먹지 않아 비 내리는 날 비포장길을 많이 걷는 시골에서 편리하다. 더러워져도 그냥 물로 쓱쓱 닦아 내면 그만이다. 단점은 추위에 약하고 잘 벗겨진다는 것. 지금은 수요가 줄어 시골의 노인이나 사찰의 스님들이 신고, 교도소 재소자들에겐 탈주 방지를 위해 반드시 고무신을 신긴다. 잘 벗겨지므로 뛰기 힘들다.

그때는 자기 신발에 혼자만 아는 표시를 하지 않으면 찾지 못해 곤욕을 치르기도 했었다. 학교나 남의 집에 갔을 때 다른 사람의 신발과 바뀌지 않게 하려고 무쇠솥 아궁이 앞에 쪼그려 앉아 알불에 철사를 달궈 고무신 안쪽에 '+', '-' 같은 낙인을 새겼다. 마음씨 좋지 않은 사람들이 일부러 바꿔 신고 가는 경우도 있었다. 모양이 비슷해 문 크기만 차이가 있어 사람이 많은 잔칫집이나 모임에 가면 언제나 바뀔 우려가 있다. 한편 물자가 부족하던 시절이라 훔쳐가는 일이 잦았다.

한때는 고무신이 부정선거의 상징이기도 했다. 정치인들이 유권자들의 환심을 사기 위해 뿌렸던 대표적인 상품이었다. 우리나라 선거 역사상 가장 인기가 있었던 선거 용품이기도 했었다.

5, 60년대 국회의원이나 지방선거는 흰 고무신이 단골 선거 용품이었다. 말깨나 하는 가정은 선거 때만 되면 예외 없이 고무신 한두 켤레씩을 얻어 신었다. 고무신 선거도 부익부 빈익빈의 양태를 나타냈었다. 온 가족이 구두나 운동화를 신어 고무신이 필요 없는 부잣집 사람들이 얻어 신었다. 정작 필요한 서민들은 아예 배당 대상에서 제외했다. 여론 주도층인 부잣집에만 돌리고, 전혀 영향력 없는 서민들에게는 돌릴 필요성을 느끼지 않았는지 모른다. 이제는 그냥 고무신이나 선거 고무신도 주위에서 자취를 감춘 지 오래다.

새 신을 신기 위해 기다림과 기대 속에 마음이 부풀었던 어린 시절. 그때의 고무신은 이제 동화 속의 유물이나 다름없다. 거의 반세기 동안 신어 왔던 고무신에 얽힌 일화와 함께 역사의 뒤안길로 사라져 간다.

그동안 풍자되어 온 고무신 거꾸로 신는다는 말도 다른 말로 바꿔야 할 처지에 놓였다. 남자가 군대에 간 사이 변심한 여성이 고무신을 거꾸로 신는 예가 예전보다 드물어서가 아니라 고무신을 신는 여성 자체가 없다. 나이 들수록 소박하고 단순한 것을 좋아한다. 친구도 멋만 부리고 있는 체하는 친구보다 있어도 없는 듯한 친구가 마음 편하다.

고무신 신고 자랐던 그들이 인생 황혼기로 접어들었다. 몸은 의사에게 목숨은 하늘에 맡기고, 마음은 스스로 책임져야 할 때다.

나이가 든다는 것은 아름다운 것. 눈이 침침한 것은 필요 없는 작은 것은 보지 말고 필요한 큰 것만 보란다. 귀가 잘 안 들리면 작은 말은 듣지 말고, 필요한 큰 말만 들으라는 것이다. 정신이 깜박거림은 살아온 세월을 기억 말라 함이고 다 기억하면 머리가 돌아버릴지도 모른다는 신호다. 좋은 기억, 아름다운 추억만 기억하라고 한다.

헤어질 때 다시 만나고 싶고 함께 있으면 즐겁고 유익한 사람이 있으면 얼마나 좋을까. 빈 잔에 물을 채우듯 살면서 자신의 삶에 물을 조금씩 채워 나가는 것이 인생일 것이다. 아무런 후회 없이 살았다면 언제 떠나도 행복한 사람이라 여기게 된다.

하얀 고무신을 신은 어머니의 뒷모습이 눈에 선하다. (2015)

작은 가르침

부드러운 물결이 반복돼 매끈한 조약돌을 만든다.

숙련된 석공이 정으로 아무리 잘 다듬는다 해도 빛나는 조약돌처럼 모양새를 만들어 내기는 쉽지 않을 것이다. 부드러움이 강함을 이긴다. 작은 것이 큰 힘이 되기도 한다.

무심코 던진 작은 돌멩이 하나가 개구리에겐 살고 죽는 문제라는 말이 있다. 내게 의미 없는 것 하나가 다른 사람에게 치명적인 일이 된다는 뜻이리라.

하찮은 것이 삶의 활력소가 될 때도 있다. 내게는 별로 소중한 것이 아닌데 다른 사람에게는 대단히 중요할 수 있고, 인생이 달라지는 기회가 되기도 한다. 이런 일에는 말이나 행동은 물론 작은 물건 하나도 그렇게 사용될 수 있다는 것이다. 사소한 것은 전혀 사소하지 않고 그렇게 보일 뿐이다. 사람은 큰 바위에 걸려 넘어지지 않는다.

초여름 밭에서 보릿단을 힘겹게 짊어져 집으로 향할 때였다. 울퉁불퉁 비포장길은 오르막과 내리막의 연속이다. 오르막에선 정신을 집중했으나 내리막 편한 길에서 사고가 난 것이다. 무심코 걷는데 작은 돌부리에 걸려 넘어지면서 오른손을 땅에 짚었다. 동시에 중지 손가락 가운데 마디가 비뚤어졌다. 농번기라 바쁘고 집 근처에 병원도 없어 그럭저럭 지냈다. 지금도 가끔 손가락을 볼 때는 지난날이 아련히 떠오른다. 매사에 작은 일에 정신을 집중하라는 가르침을 하찮게 여긴 흔적이다. 그래서 사소한 것에 목숨을 걸기도 한다.

작은 일을 할 수 없는 사람은 큰일도 할 수 없다고 하지 않는가. 작은 일이 중요하다. 어떤 목표를 향해 나갈 때 작은 일을 소중히 여김은 당연하다. 천 리 길도 한 걸음부터 시작해야 하고 큰 기계의 작은 부품 하나가 중요하듯. 사소한 하나의 착오와 실수가 전체를 그르치는 법이다. 지혜로운 사람은 작은 것을 소중히 여길 줄 알며 매사에 긍정적으로 살아간다.

한평생 시계만을 만들어 온 사람이 있었다. 그는 늙었다. 그는 자신의 일생에 마지막 작업으로 온 정성을 기울여 시계 하나를 만들었다. 자신의 경험을 쏟아부은 눈부신 작업이었다. 그리고 그 완성된 시계를 아들에게 주었다. 아들이 시계를 받아 보니 이상스러웠다. 초침은 금으로, 분침은 은으로, 시침은 구리로 되어 있었다. "아버지, 초침보다 시침이 금으로 돼야 하지 않을까요." 아들의 질문은 당연했다. 그러나 아버지의 대답은 아들에게 감동을 줬다. "초침 없는 시간이 어디에 있겠느냐? 작은 것이 바로 돼 있어야 큰 것이 바로 가지 않느냐. 초침의 길이 황금의 길이란다." 아버지는 아들의 손목에 시계를 걸어 주면서 말했다. "1초 1초를 아껴 살아야 1초가 세상을 변화시킨단다." 작은 것을 소홀히 아무렇게나 해도 상관없는 것으로 생각할 때가 있다. 시계를 만드는 아버지의 말처럼 작은 것이 없는 큰 것은 존재하지 않는다.

자신의 자릴 묵묵히 지키며 살아가는 사람은 감동적임이 분명하다. 원칙을 지키는 사람을 비웃는 일이 허다하다. 과정보다 결과를 중시하는 이 시대엔 참기 힘든 일이다. 세상이 누구에게나 공평하다고 생각하지만, 현실은 그렇지 않다. 멀리 돌아가더라도 바른길을 찾는 작은 변화가 있어야 주변이 밝아지고 삶이 편하다.

길섶이나 과수원의 이름 없는 풀들은 언제나 변함없이 그 자리에서 제자리를 지킨다. 그들이 피워내는 꽃들은 화려하지 않고 작지만 질긴 생명력과 소박한 아름다움을 간직하고 있다. 흔한 주변의 들꽃을 보면서 아름다운 얼굴들을 그리워할 수 있다는 것은 큰 위안이라고 하지 않을 수 없다.

오늘도 오솔길 길섶에서 보았던 들꽃들을 만나고 싶다. 사람처럼 조석으로 변하거나 쉽게 자리를 바꾸지 않으면서 늘 그 자리에서 척박한 환경이지만 최선을 다해 꽃을 피운다. 나무 그늘 밑에 제비꽃들이 연인들처럼 머리를 맞대고 있다. 돌 틈에 민들레가 안간힘을 쓰면서 피고, 노랑머리 애기똥풀, 작은 들꽃이 노래한다.

큰 것만 추구하고 보았기에 어느 때부터인가 작은 것을 업신여기고 하찮게 버리는 생활에 젖어 있다. 화려한 벚꽃 그늘, 우아한 목련꽃 밑에서 피고 지는 작은 꽃들을 본다. 하지만 들을 수 있는 눈과 귀가 닫혀 있다. 마음의 눈이 열려야 하겠다. 큰 소리에 젖어 있어 작은 소리를 귀여겨듣지 못한다. 작은 꽃들에서 풍겨 나오는 향기를 맡을 수 없다.

세상은 온통 큰 것만 찾고 행세하려 한다. 세계 최대, 세계 최고,

동양 제일, 가장이나 으뜸이라는 미사여구가 따라 붙는다. 대형 할인점, 대형 자동차 같은 덩치 큰 것들이 세상을 주도하는 것처럼 보인다. 하지만 삶에는 그렇게 큰 것들이 필요한 것은 아닐 것이다. 작은 기쁨이 큰 슬픔을 이겨낼 수 있고, 작은 희망이 큰 절망으로부터 구해 주기도 한다. 아주 작은 관심과 배려가 마음을 평온하게 만든다.

작은 고추가 맵다고 한다. 요즘 세계를 공포의 도가니로 몰아넣고 있는 사스의 원인균인 코로나바이러스는 가장 작은 세포로 된 균이다. 자만에 빠진 인간은 바이러스 앞에 벌벌 떨고 있지 않는가. 죽음에 이르게 하는 암세포도 결국 아주 작은 것에서 출발한다. 가랑비에 옷 젖는다. 보슬보슬 내리는 비가 대지를 제대로 적셔 준다. 뙤약볕에 모래바람을 헤치며 사막을 걷는 사람들이 있다. 그들의 괴로움은 갈증, 무더위, 모래바람도 아니었다. 그것은 양말에 들어간 작은 모래였다는 것이다.

눈에 띄지 않는 작은 풀꽃들이 자연의 순리대로 묵묵히 살아간다. 작아도 알차게 자신의 삶을 구가하며 속도에 얽매이지 않는다. 시간을 성실하게 타고 다니며 오늘도 그들은 쉼 없이 피고 진다.

누가 보아 주지 않아도. (2013)

작품해설

김길웅
(수필가 · 문학평론가)

| 작품해설 |

"고희 넘어 쌓아올린 견고한 수필 성城"

- 수필집 『내려오는 길』을 통해 본 문두홍의 작품세계

김길웅(수필가 · 문학평론가)

1

문두홍 수필가와 첫 만남이 이뤄진 것은 2009년 2월, 우당도서관 수필 강좌를 개강하던 날이었다. 냉기를 마저 털어내지 못한 채 추적이는 비가 차가웠던 그 저녁, 첫눈에 연세 지긋해 보여 시선을 끌었다.

한 번도 빠지지 않고 강의에 나오는 모습에 한 발짝 다가서게 되면서, 서사라에서 자전거로 오가고 있는 것을 알아 놀라웠다. 가깝지 않은 거리이기도 하거니와 사라봉 기슭으로 난 굽잇길 오르막 내리막이 눈앞으로 펼쳐지는 게 아닌가. 저녁시간인 데다 그즈음 연일 비가 내려 자전거로 오가기가 힘들 것 같았다. 한데도 강의에 한 번도 빠지지 않아 더욱 눈길이 갔다.

이후, 신제주에 글방 '들메'를 열게 돼 함께하면서 서로 간 사이가 더욱 도탑게 엮이게 됐다. 그새 전후해 십 년 가까운 세월이 흐른다. 나보다 훨씬 연상이나, 격의 없이 얘기해 십년지기로 막역지간이 됐다. 인간사 이러함을 일러 인연이라 하는 것일 테다. 글방 '들메' 강의가 어느새 200회를 향해 가고 있는 것으로 쳐도 우리는 이제 마주해 눈빛만 봐도 마음을 아슴푸레 짐작할 만큼 임의롭다.

문두홍 수필가는 워낙 말수가 적은 분이다. 말할 자리에 할 말은 하되, 하지 않아도 될 말은 일절 하지 않는 엄정하고 올곧은 성격을 지닌 분이다. 그래서인지 그가 있는 자락이 들뜨거나 소란하지 않고 늘 차분하고 정결하다. 군말을 삼가는 사람에게서 느끼게 되는 품격일 것이다.

평자는 오래전부터 그에게서 연꽃의 모습을 보아 왔다. 그것은 단순히 그가 불교신자라는 데서 연유한 것이 아니다. 핵심을 짚어내면, 그가 여지없이 '처염상정處染常淨'의 성품을 지녔다 함이다. 더러운 곳에 처해 있어도 세상에 물들지 않고, 항상 맑은 본성을 지니면서, 맑고 향기로운 꽃으로 피어나 세상을 정화함을 뜻하는 '처염상정'의 민낯, 그 마음자리에 어느 날 그가 다소곳이 앉아 있지 않겠는가.

나는 문두홍의 인간적인 성정性情을 연꽃에서 그 실체와 대면하게 됐다. 연꽃의 생명은 사흘이다. 첫날은 절반만 피어서 오전 중에 오므라든다. 이틀째는 활짝 피어나는데, 그때 가장 화려한 맵시로 짙고 진한 향기를 뿜어낸다. 사흘째엔 꽃잎이 피었다가 오전 중 연밥과 꽃술만 남기고 기어이 꽃잎을 하나씩 떨어뜨린다. 이러함에서 연꽃은 자기 몸이 가장 아름답고 화려할 때 물러날 줄 아는 군자의 덕으로 손꼽힌다.

바로 이것이다. 올해 산수傘壽에 이른 문두홍 수필가가 두 번째 수필집 제호를 『내려오는 길』이라 한 것이 결코 우연한 게 아니라는 의미다. 그는 생의 회로를 걸어 돌면서 전성기를 지나 한동안 굽이치다 이제 하산길로 접어든다. 어차피 들어서야 하는 길, 비켜갈 수 없는 길이다. '가장 화려할 때를 지나 꽃잎을 한둘씩 떨어뜨릴' 그 무렵에 당도했음을 깨달았음이 그러해 바야흐로 '내려오는 길'이 아닌가. 무릎을 치지 않을 수 없었다.

실로 문두홍에게서 연꽃의 품성, 그 실체를 만난다. 진흙탕 같은 세속에 물들지 않고 항상 맑은 본성을 간직해 온 그가 짧지 않은 삶속에서 맑고 향기로운 꽃으로 피어나 자신의 주변을 정화하지 않는가.

그의 수필 또한 '처염정화'라, 언어가 단조한 듯 고결 단아하고 문장이 유장한 듯 간결 간소해 우리 수필의 전통적인 맥에 닿고 있다. 금융에서 정년퇴임한 뒤 줄곧 감귤과수원을 손수 경영해 오면서도 글쓰기를 놓지 않았을진대, 그만한 성취가 결코 우연한 것이 아니다.

등단 9년 만에 두 번째 작품집을 상재하고 있는 것도 주변 작가에게 귀감이 될 것이다. 책을 내려면 재정적인 사정도 따라야 하지만 핵심은 작품이다. 세상에 내놓을 만한 작품이 있어야 책을 낸다. 그 작품이라는 게 각자 요량하기 나름이지만 문두홍의 경우는 차별화된다는 게 평자의 접근이다. 나는 가까이에서 몇 번인가 책을 내도록 그에게 종용해 왔다. 어간에 써 놓은 작품이 많은 것을 익히 알기 때문이다.

글제를 '고희 넘어 쌓아올린 견고한 수필 성城'이라 한 소이연이다. 그 연치에 시작한 글쓰기라 더욱 몰입하게 됐을 것인데, 거기에 작가의 집념과 성취욕구가 덧대지면서 그가 쌓아올린 수필 성城이 견고할 수밖에 없었다.

2

이월에 봄을 알리는 전령사는 새다. 휘파람새는 소리의 명창이나 겨울 동안엔 목이 잠겨 쉿 하는 바람 소리만 내다가 어떻게 알았는지 중순이면 쉰 목이 풀려 꾀꼬리보다 더 맑고 고운 소리를 낸다. 봄을 기다리지 않은 겨울도 있으랴. 새들도 추운 겨울 다리 오그리고 지내다 봄기운을 느끼자마자 날개 펴고 부산스럽다. 삼월이면 까치는 나뭇가지 사이에 둥지를 틀거나 묵은 집을 수리하며, 서둘러 알 품을 준비를 하고 꿩은 우거진 풀숲에 보금자리를 만드느라 들판이 수런대는 계절이다. 뻐꾸기는 청승맞게 길어진 소리를 끌면 두견새가 깊은 한숨을 토해내는 새들의 무대다.

작은 새들이 가지 사이로 드나드는 길은 끝없이 작은 길이다. 매화가 질 무렵엔 목련 봉오리가 부풀고 개나리가 피고 진달래가 뒤를 잇는다. 봄의 계절은 그 춤이 절정에 이른다. 이렇게 새소리가 새소리로 들리는 삶이 생명의 춤이다.

-〈새벽녘 새소리〉 부분

단순히 자연친화적인 글로 볼 게 아니다. 짧은 대목에 화자 주변을 들락거리고 있는 새가 자그마치 휘파람새, 까치, 꿩, 뻐꾸기, 두견새에 이른다. 또 그것들의 나열에 그치고 있지 않고 계절과 관련해 소리를 풀어내고 있어 흥미롭다. 소리에 귀를 세우면서 쉰 목이 풀리는 것, 묵은 집을 수리하는 것 그러면서 청승맞게 길어져 어느 새가 또 하나의 한숨소리로 이어 가는, 화자는 계절 속으로 새들의 무대에 서 있다.

문두흥은 자연을 떠나지 않는다. 새가 바로 그의 자연 취향을 구체적으로 매개하고 있지 않은가. 그렇게 자연 속으로 난 길 위로 매화와 목련 그리고 진달래로 꽃의 향연이 이어지면서 절정의 봄을 맞는다.

'작은 새들이 가지 사이로 드나드는 길은 끝없이 작은 길이다.' 한 것은 얼마나 묘사적이면서 섬세한가. 문두흥의 수필은 이렇게 순수어의 조합으로 우리말의 미감을 한껏 살리고 있어 눈길을 끈다. 내공이 있어 가능하겠지만 문장만 가지고 보면 산수에 이른 노년의 작가가 아니다.

"나잇값 하네."라는 말은 적극적 표현이기보다 제법이거나 뜻밖이라는 듯이 조건적, 소극적 겉치레 칭찬일 때가 흔하다.

요즘 지도층의 끝 모르는 물욕과 지배욕, 명예욕을 보며 개탄스러울 때가 한두 번이 아니다. 티브이로 청문회를 볼 때마다 위장전입, 부동산투기, 탈세, 병역기피, 교수 출신은 어김없이 논문 표절이 따라붙는다. 돈이나 명예 또는 권좌를 누릴 만큼 누리고도 끝없는 동물적 욕망을 자제하지 못한다. 6, 70대는 인생을 결산해야 할 때가 아닌가. 나이 들어 욕망이 지나치면 '노욕, 노추, 노망'으로 이어진다.

노자는 "만족함을 아는 만족은 늘 만족하다."는 말을 남겼다. 나잇값 하려면 주어진 것에 만족하고 감사한 마음을 가져야 즐겁다. 잡곡밥에 배춧국 한 그릇이 고급 식당의 성찬보다 몸과 마음에 좋다는 걸 깨닫고 감사히 여겨야 한다. 욕심을 버리면 마음이 편해진다. 돈, 권력, 명예, 욕심은 양날의 칼이다.

-〈나잇값〉 부분

나이테의 간격을 보면 어느 해에 나무가 잘 자랐는지, 어느 해에 나무가 살기 어려웠는지 알 수 있다. 간격이 넓으면 비가 적당히 오고, 적당히 따뜻하고, 땅속에 영양분도 많아 세포가 많이 불어났다는 뜻이다. 반대로 나이테의 간격이 좁으면 그 해에 나무가 자라기 힘들었다는 생리적 자취다.

겨울에 세포가 거의 자라지 않고 색깔이 짙어졌다가도 봄이 돌아와 세포가 잘 자라기 시작하면 겨우내 자란 부분은 진하고 가는 둥근 테가 돼 흔적을 남겨 구별이 된다. 그렇게 생성된 게 나이테다. 문두홍은 노년에 이르러 나이테에 자신을 투영했을지도 모른다. 나이 듦은 인생의 가을이거나 겨울이라 마땅히 절도가 따라야 할 계제다. 자유분방하던 젊은 날과 차별화돼야 함은 물론이다. 글의 행간에서, 이미 철학의 경계에 들어선 화자의 중후한 사고체계를 놓치지 말 일이다.

> 뜻하지 않게 혹은 의도적으로 상대방에게 흠집 내는 말을 내뱉는다. 지방의원 출마자들은 주위의 인맥을 동원해 상대후보 흠집 내기만 일삼는다. 확인되지 않은 소문들이 마치 사실인 양 떠돌아다니는 경우도 허다하다. 목표를 세우고 정책 대결로 깨끗한 심판을 받아야 옳다. 논리에 맞지 않거나 천박한 수준의 말은 싫증난다. 그런 후보들은 시민들로부터 표를 얻기는커녕 고개 돌리기 쉽다.
>
> 감귤의 흠집은 눈에 보인다. 한 해로 끝나고 값을 덜 받으면 그만이다. 보이지 않는 상대방의 마음에 흠집 내기는 쉬우나 치유는 요원하다.
>
> –〈흠집〉 부분

장편수필이라 문장이 눈에 띄게 간소하다. 호흡이 간결해지면서 글의 흐름에서 긴장감을 느끼게 된다. 문두홍은 언어를 응축하고 사유를 단순화하되 단일한 주제에 용해시켜야 하는 7매수필의 요체를 터득한 작가다. 소위 언어의 경제가 화자의 호흡과 일치하고 있음을 간과하지 말아야겠다는 의미다.

지방선거의 혼탁한 행태에 대해 일침을 가하고 있는데, 사회에 대한 비판의 목소리가 튀어나와 간결하게 쓰기가 쉽지 않을 것인데도, 장편이라는 용기에 효과적으로 눌러 담아 놓았다.

'천수경의 정 구업진언, 입으로 죄를 짓지 말라는 구절이 떠오른다.'라 해 '흠집'을 진리로 다스리려는 신앙적 의지를 드러냈다. 암시적 기교에 의한 함축적인 결말이다.

곤충학자들에 따르면 한 마리의 꿀벌이 1킬로그램의 꿀을 빚기 위해서 무려 삼십만 킬로가 넘는 거리를 날아야 하고, 약 천이백만 송이의 꽃을 찾아 화밀을 채집한다는 것이다. 그 놀라운 부지런함과 끈기에 절로 숙연해진다. 이런 노력과 협동이 있기에 꿀이 모아진다. 인간도 끈기 있고 부지런하면 못 해낼 일이 없을 게다. 끈기를 대신할 수 있는 것은 세상에 아무것도 없다. 재능도 끈기를 따를 수 없고 재능이 있어도 성공하지 못한 사람을 볼 수 있다. 끈기 있고 부지런히 노력하는 사람, 값진 보상은 그 과정에서 만들어지는 자신의 모습이다. 성공은 노력의 결과다.

한낮이다. 벌들은 더위에 못 이겼는지 한 마리도 보이지 않고 어디론지 사라졌다. 휴식시간인지도 모른다. 일상에서도 사정이 허락하는 한 일하는 중간마다 적당한 휴식을 취하는 것이 바람직하다. 휴식은 낭비하는 시간이라고 생각하면 오산이다. 심신을 재충전하는 귀중한 시간이며 일의 능률을 높여 준다.

-〈꿀벌의 끈기〉 부분

꿀벌의 부지런을 화자에게서 대하는 느낌이다. '이런 노력과 협동이 있기에 꿀이 모아진다.' 한 대목에서 '협동'에 주목했다. 문두흥은 정년 이후 줄곧 부인과 함께 감귤과수원에 나가 일을 한다. 힘들다는 전정까지 인부를 빌리지 않고 자력으로 감당해 오고 있음을 풍문으로 들어 안 지 오래다. 감귤을 따는 거야 그렇다 하고, 가지치기는 전문적 기술을 필요로 하는 작업인데 가지를 수없이 쳐내야 하니 쉬운 일이 아니다. 마치 설거지하듯 가지를 잘라 내는 대로 모으고 치우는 손이 있어야 한다. 내외가 '협동'하는 것이다. 평소 악수할 때 화자의 손에서 전해 오는 젊은이 못잖은 악력이 그냥 힘이 아니다.

작품 의도에 상관없이 결국 화자의 부지런과 끈기를 '꿀벌의 끈기'로 치환한 것이 됐다. 이런 경우 우연은 가당찮은 것이라 필연이 될 수밖에 없다. 결말에 그 여운이 지워지지 않은 채 남아 있다. '황혼 무렵, 벌들은 하나둘 안식처를 찾아 떠났다 사위가 고요하다. 그들의 끈기를 보며 자신을 되돌아본다. 녀석들, 내일 다시 오려나 은근히 기다려진다.'고 했다.

> 나무는 들판에서 갈대보다 강해 보인다. 하지만 강한 폭풍이 불어 닥치면 나무는 그 뿌리가 뽑혀도, 갈대는 비록 바람에 흔들리나 뿌리는 뽑히지 않는다. 폭풍이 지나면 다시 일어선다. 누구나 자신의 견해와 처지에만 집착하고 상대방의 행동이나 생각에 마음이 쉽게 흔들리지 않으려 한다. 결국은 자신이 부러지지 않을까.

어린애들을 바라본다. 얼마나 부드럽고 유연한가. 사람들은 나이가 들어감에 따라 고집스럽고 딱딱해진다. 신체뿐 아니라 뇌도 노화되고 유연성이 떨어진다. 먼저 터득해야 할 것은 삶을 대하는 마음가짐이다. 여린 가지들은 유연하고 부드럽다. 무겁게 쌓이는 눈도 모두 털어낸다. 어쩌면 여태 살면서 배려를 잊은 채 내 의견만 옳다며 살아오지 않았는지 되돌아본다.

-〈유연한 갈대처럼〉 부분

집착심을 경계하고 있다. 더욱이 노화로 심신 모두 유연성이 떨어지면서 자신의 입장만을 고집해선 안 됨을 폭풍에 쓰러지는 나무에 빗댔다. 들판의 나무가 강해 보여도 늘 흔들리는 갈대는 좀처럼 뿌리째 뽑히지 않음을 통해 부드러운 것이 강하다는 메시지를 넌지시 던진다. 그걸 어린애에 비유하면서 상대에 대한 배려를 잊고 살아오지 않았는지 자신의 삶을 뒤돌아보며 성찰하고 있다. 결국 '흔들릴지언정 전체를 훼손하지 않는 지혜'를 터득하리라 한다.

상선약수上善若水다. 노자사상에서 물은 만물을 이롭게 하면서도 다투지 않는 이 세상에서 으뜸 선의 표본, 곧 겸허와 부쟁不爭의 덕을 이른다. 위에서 아래로 흐르는 순리라, 흐르다 걸리거나 막히면 휘돌아 흐르는 유연함을 지녀 마침내 강하다.

문두홍은 이런 사물의 이치에 통달해 부드러운 것이 강함을 갈대와 여린 가지의 유연성에서 찾았다. 실은 유연함이 화자의 품성임을 이내 알아차린다.

개성이 다른 대목에 접목하듯 우리 부부는 한 나무가 되기까지 갈등과 시련의 고단한 세월을 보내야 했다. 틈새로 들어오는 냉기에 시렸던 일, 달콤한 물 한 모금이 간절하던 시절도 있었다.

접목이 성공하려면 수액이 골고루 순환하듯 부부끼리도 인내와 배려심이 따라야 함은 당연하다. 서양 속담에 하늘은 인내할 수 있는 자에게 모든 것을 준다고 했다. 공자 역시 수양의 요점에서 백 가지 행동 중 참는 것이 제일이라 했지 않은가. 왕이 참으면 국가가 편안하고, 관리가 참으면 지위가 높아지고, 부부가 참으면 일생을 해로할 것이라는 말을 남겼다.

결혼이란 사랑과 배려다. 그 뿌리가 있기에 행복의 보금자리를 만들어 가는 게 아닐까. 서로 다른 개성이 완전한 결합으로 단단히 접목되지 않으면 떨어져 나가기 십상이다.

-〈접목〉 부분

'접목은 변화이고 새로운 시작'이라거나 '접목은 결혼의 원리요 표본'이라 한 화자의 말에서 접목이 축적된 경험에서 체득된 것임을 알겠다.

접목은 생리작용이 원만하게 이뤄져 활착活着해야 성공에 이른다. 그런 연후, 그 뒤의 발육과 결실이 좋아 접목친화椄木親和에 닿게 된다. 친화하는 게 접목의 궁극적인 가치실현이요 목표다.

문두홍은 결혼을 두 사람이 접목으로 하나가 되는 과정에 비유했다. '특징이 다른 악기가 어우러져 하나의 화음을 내는 것', '두 색깔이 만나 한 색깔이 된다.'라 한 비유는 탁월하다. 그동안 문장 표현에 온 힘을 쏟아 온 내공이 은연중에 드러난 것이라 하겠다.

접목을 단지 접붙이기에 국한하지 않고 부부라는 인간관계에 결부시킴으로써 작품의 범주를 확산한 것이 시선을 끈다. 접목은 건강한 생명력이다.

높이가 같다는 것은 위치에너지가 일정하다는 얘기다. 바퀴를 한 개로 할 수 있지만, 안정성이 떨어지고 균형을 잡는 데 힘이 더 든다. 무게와 안정성을 고려할 때 바퀴는 두 개일 때가 최적이라 한다.(중략)

자전거를 탈 때 기우는 쪽으로 핸들을 더 꺾어야 넘어지지 않는다. 반대로 꺾으면 넘어진다. "기울어지면 기울어지는 쪽으로 좀 더 기울여라." 이는 문제가 있으면 문제를 파고들어야 살 길이 생긴다는 이치와 같다. 문제를 피하면 죽는다는 것. 자전거 타기에는 세상을 살아가는 철학이 담겨 있다.(중략)

부부란 실과 바늘처럼 천생연분이라 말한다. 하지만 언젠가는 갈라서는 게 숙명이다. 든 자리는 몰라도 난 자리는 표가 난다는 옛말처럼, 곁에 있을 땐 잘 모른다. 하지만 막상 곁에 없으면 상대가 얼마나 내게 필요한 존재였는지 절실하게 느끼게 된다.

혼자는 빨리 걸을 수 있지만 오로지 걷기뿐 피로는 쉬 쌓인다. 둘일 때 말벗이 되고 노곤함도 덜어줘 오래 걸을 수 있어 추억이란 좋은 이름을 남긴다. 혼자는 외롭고 그리움만 쌓인다.

그래서 혼자보다 둘이서 먼 길을 걷는다.

-〈둘이 하나 될 때〉 부분

아침 다섯 시 자리에서 일어나면 내외분이 집 인근에 있는 애향 운동장을 함께 걷는다는 글을 읽은 기억이 있다. 두 분이 운동장을 돌면서 얘기도 소곤소곤 나눠 가며 걷는다 했다. 이렇게 아름다운 모습이 있을까. 상상만 해도 인생 황혼을 보내는 도시 서민의 아름다운 장면이다.

'둘이 하나 될 때'를 형상화하기 위해, 자전거 두 바퀴와 벙어리 장갑이라는 소도구를 끌어들였다. 주제 표현을 위한 기본 설비이면서 매우 적절한 비유인데, 두 가지가 작가의 의도를 충족시키는 데 상당 수준 기여했다.

문두홍 수필은 수필이라는 제한된 용량에다 다양한 소재들을 담을 뿐 아니라, 맛깔까지 곁들여 작품 속으로 독자를 끌어들이는 흡인력에서 자신만의 뒷심을 발휘한다. 그러한 요소들의 조합이 종국에는 작품의 완성도를 극대화하고 있으니 놀라지 않을 수 없다. 결말만 하더라도 한 컷 동영상으로 영화의 라스트 신을 보는 듯하다.

산을 올랐다가 내려오는 길은 한편 세상을 살며 일상생활 속에서 겪는 크고 작은 일들과 비슷하다. 그리고 직장생활이나 사람의 한평생에 비유할 수 있다. 갓난아기로 태어나 성장하면서

> 청 · 장년기에 자기 발전을 추구하고, 그 과정에서 크고 작은 갖가지 굴곡을 겪고 성취를 맛보면서 성숙한다. 그러면서 노년기에 접어들고 더욱 노쇠해지면 결국 삶을 마친다. 그러한 일생처럼 산길에서도 뒤따라오던 사람이 앞질러 오르기도 하고 앞서가던 사람이 앉아 쉬는 동안에 뒤로 처지기도 한다.(중략)
>
> 산행은 오르는 것과 내리는 것의 반복인 인생살이와 닮았다. 사람들은 직위, 직급이 올라가면 내려오는 것을 두려워한다. 내려온다는 것은 버리고 온다는 것이다. 험한 지름길이 아닌 평범한 길을 찾는다. 정상에서 보았던 아름다움이며 부질없는 욕심이나 권력, 명예, 지위나 미련 따위도 버려야 한다. 그래야 몸과 마음까지도 가볍고 내려오는 길이 홀가분하다.
>
> -〈내려오는 길〉 부분

떠날 때를 알아야 한다, 이 말과 내려올 때를 알아야 한다는 다른 말이 아니다. 올라갈 때 힘들었던 만큼 절정에 선 성취감 또한 클 수밖에 없다. 애착이 따르겠지만 내려오는 길에 서려면 훌훌 털고서 떠나야 가능한 것이라 그 버리고 떠남이 쉽지 않아 망설이게 된다. 버린다는 것이 두려움으로 엄습해 와 용단을 내리지 못하게 된다. 하산이 어려운 이유다. 하지만 언젠가는 내려올 길이므로 내려야 한다. 그게 아름다운 퇴장이다.

문두홍은 내려오는 길을 인생의 한 과정으로 통찰했다. 올라가면 어차피 내려와야 하는 것이 인생역정이다. 노년이 내려오는 길에

선뜻 나서지 않으면 추해 보이면서 노회老獪하다. 철학적인 사유가 엿보이는 글이다. 흐트러진 모습을 보이지 않고 생을 거둔 삼촌뻘 어른의 얘기는 자칫 단조에 흐를 수 있는 글에 작은 화소로 인상적인 문양 하나를 새겼다.

초저녁부터 부슬비가 내렸다. 봉정암 가는 길이 걱정이다. 계단을 오르고 바위를 건너고 숨이 목까지 차올라도 웃음 띤 얼굴들이다. 깔딱 고개를 오르는 도반들의 환한 미소, 그 마음에는 오직 부처님을 향한 일념뿐. 누가 시킨다고 긴 고행의 시간을 견딜 수 있을까. 마음먹기에 달렸다. 이번이 네 번째로, 종전에 비해 길은 많이 좋아졌다. 위험한 곳은 다리를 놓고 계단도 걷기 편하게 만들어 놨다. 세 시간을 걸어 사리탑에 도착해 마른 김을 공양물로 올렸다. 석가모니불을 속으로 염불하며 가족들의 건강과 뜻하는 바가 이뤄지길 두 손 모아 합장한다.(중략)

염불을 많이 하면 업장이 자연스레 녹아내린다고 한다. 그냥 기도도 좋은데 부처님 진신사리를 친견하고 염불하면 얼마나 공덕이 쌓일까. 아린을 보는 순간 무겁게 들고 다니던 번뇌와 고통이 일순간 사라진다. 묵은 잎을 버려야 새순이 돋는 것을. 글이나 말보다 때로는 자연에서 큰 가르침을 얻는다.

-〈사월의 봉정암〉 부분

봉정암은 내설악에 위치한 부처의 진신사리가 봉안돼 있는 적멸보궁으로 불자라면 한 번은 참배해야 하는 곳이라 한다. 고봉준령의 산길이라 가는 길이 험해 여간 고통스럽지 않다. 9부 능선을 넘으면서 눈앞을 가로막는 깔딱고개를 오금을 제대로 펴지 못하고 무릎으로 기다시피 해 갔던 기억이 새롭다. 엉치등뼈에 문제가 있어 마음은 가 있어도 두 번 다시 가 보지 못했다. 무려 네 번을 다녀왔다니 놀랍다. 건강해서 가능한 것이면서 불심 돈독해 정신력으로 극복한 행보였으리라. 설악산 군소봉이 우러르는 불사리탑 앞에 합장 경배하는 화자의 경건한 모습이 눈앞에 어른거린다.

힘겹게 올라와 마음속 기도를 드리고 내려가는 발길은 가볍고 몸과 마음은 편하다면서, 사월의 봉정암 목탁 염불 소리 환청으로 귓전을 맴돈다 했다. 나무에 새순이 돋는 것을 보며 자연에서 큰 가르침을 얻는다고 했으니, 염불 뒤 번뇌에서 벗어나는 환희의 순간을 그렇게 빗댔을 테다.

요즘 한창 귤 수확 시기라 일손이 모자라다. 귤이 너무 작아도 안 되고 지나치게 크면 상품이 아니라 파치로 분류된다. 가공용은 1킬로에 160원으로 수매한다. 종일 따야 400킬로 수확할 수 있다. 수확 인건비를 지급하고 나면 손에 쥐는 게 없다. 수매 장소까지 운반 못하는 농가는 수송비를 계산하면 적자나 마찬가지다.

지름이 51mm 미만인 1번과와 9번과 71mm 이상을 상품으로 팔지 못하고 가공용으로 처리해야만 한다. 시장 출하 규격은 2번과 51mm 이상의 8번과 71mm 미만으로 제한하고 있다. 시장 출하 물량에서 격리시켜야 상품이 제 값을 받을 수 있다는 논리다.

-〈작은 귤의 하소연〉 부분

감귤 1번과 상품화 문제가 찬반양론으로 대립된 지 오래인데도 답이 나오지 않는 것 같다. 과일을 크기가 아닌 소비자가 원하는 맛 중심 정책으로 전환해야 할 시기가 목전에 와 있는 것 같은데도 해법을 찾지 못한다.

와중에 1번과가 겪는 설움이 이만저만 아니다. 화자가 작은 귤의 처지를 대변한다. "1번과는 말한다. 소비지에서는 나를 찾는데 어째서 규격품이 아닌 가공용으로 푸대접하는지 서럽다."고. 구매자의 입에 맛으로 즐겁게 다가갈 자신이 있다고 속정을 토설하고 있다. 작은 귤의 육성이야말로 다름 아닌 화자의 하소연이다.

도시의 길은 직선이다. 효율성과 속도를 따지는 논리만 존재한다. 과정의 아름다움이 거부되고 신속이 목적일 뿐. 삶이 효율성이나 수익성과 성취만을 강요한다면 얼마나 각박할까. 쭉 뻗은 직선 고속도로가 사고를 부르는 유혹의 길이다.(중략)

등산길에 선다. 굽은 길을 걷노라면 여유가 있고, 사색의 시간이 될 때도 있다. 구불구불한 길이 자연스럽고 굽은 길이 편하다. 곡선의 길은 인간적이고 따듯한 정감을 느낀다.

-〈구부러진 길〉 부분

화자는, 효율과 속도의 논리가 지배하는 시대와 사회 속에서 인정과 느림의 미학을 '구부러진 길'에서 목 타게 찾고 있다. 직선의 길은 편리한 길이고 순경의 길, 합리를 추구하는 길일지 모른다. 하지만 고난과 역경을 이겨내야 구부정하게 휜 고행의 길을 걸으면서 성숙하는 것이 인생이다. 절망과 좌절을 딛고 일어선 길에서 맛보는 감격은 굽이굽이 돌아오는 바로 그 길일 것이다.

'구부러진 길'은 화자가 걸어온 인생행로에 포개질 법하다. '얼룩진 주름살에 가족과 이웃을 품고 사는 구부러진 길 같은 사람이 정겹다.'고 했다.

> 빛바랜 초등학교 졸업 사진을 본다. 까까머리에 신발은 검정 고무신이었고 짚신도 보이나 운동화는 한 켤레도 안 보인다. 새 신발을 신고 싶으면 시멘트 바닥에 비벼서 일부러 구멍을 내는 장난꾸러기도 있었다. 신발이 낡아 발바닥이 보일 정도로 다 떨어져야 어머니는 다음 장날에 새 신을 사 주시겠다고 했다. 뚫어진 신발 바닥 구멍에서 굵은 모래알이 들어와 발바닥을 갉아먹을 정도가 아니면 결코 새 고무신을 신을 수 없었던 시절이었다.
>
> 중학교에 입학하면서 운동화를 처음 신었다. 집에 오면 으레 운동화를 벗어 놓고 검정 고무신을 찾았다. 운동화는 고무신보다 비싸서 아꼈다. 고등학교는 시골서 왕복 십 킬로를 일요일을 빼고 삼 년이나 걸어서 다녔다. 비 오는 날은 고무신을 신고 나섰다.
>
> -〈추억의 고무신〉 부분

고무신이 가난의 상징이면서 그것의 실체로 등장하고 있다. 초등 졸업사진에 '짚신도 더러 보이나 운동화는 한 켤레도 안 보인다.' '중학교에 입학하면서 운동화를 처음 신었다.' 한 대목에 눈이 머무른다. 그러니까 못살던 시절, 1950년대 얘기다. 운동화를 얼마나 아꼈으면 학교 갈 때만 신고 집에 오자마자 고무신으로 갈아 신었을까. 화자는 추억을 꺼내 놓고서도, 새 신을 신기 위해 기다림 속에 설레던 소년 시절의 옛일이 먼 세상 얘기같이 아득했으리라. 남루한 삶의 곡절 아닌가.

반세기를 신었으니 고무신이 추억 속에 지워지지 않고 한 자리를 틀고 앉았을 것이다. 문두흥 수필은 결말에 이르러 몇 줄금 뿌리는 단비로 촉촉해 눈길을 붙잡는다. 문두흥의 가난은 추억 속에서 독자에게 위안이 되는 따뜻한 가난이 됐다.

'하얀 고무신을 신은 어머니의 뒷모습이 눈에 선하다.' 문득 가슴 먹먹해 오지 않는가. 시간은 가고 기억은 쌓인다. 잃어버린 시간의 기억이 그리움이다.

3

몇몇 작품을 통해 문두흥의 수필세계를 그 표층에서 살펴보았다. 2009년 7월 격월간 『한국문인』으로 등단해 올해 십 년이 목전이다. 변할 만한 시간에 문두흥 수필의 변화는 괄목상대라 할 만큼 작지 않은 변화를 이끌었다. 물론 타고난 재능이 뒷받침해 가능한 것이었지만, 평소 그의 작품을 거의 빼놓지 않고 지켜봐 온 평자로서 문두흥의 문학적 진화를 한마디로 요약한다면, 환골탈태로 괄목상대할 수준이다.

초기에 다소 건조하던 문체에서 과감히 이탈함으로써 가파르게 급선회해, 최근작에는 아쉬웠던 그 서정성까지 가미된 점이 눈길을 사로잡기에 충분하다. 당연히 그의 수필이 울림을 얻으면서 공명의 폭과 깊이로 수필적 돈후함을 더해 준다. 타고난 끈기가 이룩한 획득이다. 이 말은 그의 수필이 구사하고 있는 언어가 퍽 젊어졌다는 것과 맥을 같이한다. 언어가 젊어졌다 함은 언어가 생동해 싱그럽다는 것으로, 그의 수필적 언어에 새로운 생명력이 준동蠢動한다는 의미이기도 하다. 노년에 이른 작가의 나이에도 불구하고 언어가 풋풋하다는 것처럼 신통한 일이 있을까. 유의미한 변화로 놀라운 성취다.

문학의 여러 장르 가운데서도 수필은 유다르다. 사람들에 의해 철저히 버려졌거나 잊힌 것들을 찾아내 본래의 자리에 데려다 놓는 작업이 수필쓰기다. 그게 체험이든 사물이든, 아니면 홀연히 나타났다 사라지는 신기루 현상이든, 우리 곁에 존재하고 있음에도 불구하고 찾아주는 이 없을 때, 그 가치를 거둬 주는 눈. 문두흥은 그 자득自得의 눈을 가졌다. 인생에 대한 깨달음의 눈 말이다.

60편의 작품들이 주로 가족과 혈연, 자연과 인생 등 일상적인 범주를 크게 벗어난 것이 아니지만 그의 작품이 일단 이 단계를 넘으면, 그 카테고리가 훨씬 확산될 것이라는 예단을 하게 한다. 조금만 소재를 폭넓게 구해 들이면서 사유의 깊이를 더해 나간다면 보다 좋은 수필에 이르게 되리라 확신한다.

본격수필에 몰두한 나머지 장편수필은 먼발치에서 서성이는 듯했더니, 아니었다. 각 부별로 섞여 있는 장편수필 또한 그의 재능과 내공이 응축된 수작들이라 놀랍다. 장편수필이야말로 제한된 용량 속에서 수필로서의 구성과 향기를 충분히 말할 수 있을 때 빛나는 장르적 특성을 지닌다. 치밀해야 가능한 형식이다.

함축과 절제로써 그 맛을 살려야 하는 것, 이는 곧 현대수필의 경제성의 표출이라 수용하지 않을 수 없다. 시를 쓸 때, 한 자 한 낱말을 가감하기 위해 얼마나 고심하는가. 수필이 감당해야 하는 고뇌의 정점에 장편수필이 있다고 해도 전혀 지나치지 않다.

사르트르는 "독자의 글쓰기가 독자에 의한 '읽기'로 전환되지 않으면 문학 작품은 그저 종이 위에 박힌 검은 흔적일 뿐"이라고 했다. 독자를 끌어들이기 위한 요건은 여러 가지 있겠으나, 우선 시각적인 여유 또는 공백을 보여줌으로 접근을 용이하게 해야 한다는 것이다.

그런다고 막무가내로 수필의 길이가 짧아야 한다는 것은 또 아니다. 스피드 사회, 시각적인 시대에서 요구되는 독자의 편에서 생각해 보자는 것일 뿐이다. 장편수필을 고심해야 하는 이유다. 문두홍은 이 점에 이미 공을 들인 작가다. 그의 장편 또한 성공적이라 하는 말이다.

문두홍의 수필쓰기는 일상 속에서 이뤄지고 있다. 과수원에서 전정하고 감귤을 따는 데 바지런히 손을 타면서도 시종 소재를 찾고 주제 설정과 구성, 전개에 맴도는 그다. 바쁠수록 돌아가라는 말은 그를 두고 하는 말일 테다.

그의 글쓰기는 간단없이 이어질 것이다. 삶의 일부로 편입돼 있기 때문이다.

"절대적인 것이 없는 이 세상에서 능동적인 힘으로 자신을 더 높은 수준으로 끌어올리기 위한 성숙한 변신을 이룩하지 못하면 죽은 자나 다름없다." 에드문트 후설의 말을 떠올린다. 문두홍은 창작에 불을 붙이는 지적인 노력으로 훌륭한 예술적 성취를 거뒀다.

산수에 오른 작가에게 축하의 인사를 드린다.

내려오는 길

팔순 기념 문두흥 제2수필집

초판인쇄 2018년 6월 18일
초판발행 2018년 6월 26일

지은이 문두흥

펴낸이 노용제
펴낸곳 정은출판
주 소 서울특별시 중구 창경궁로1길 29 (3F)
전 화 02-2272-9280
팩 스 02-2277-1350
이메일 rossjw@hanmail.net
ISBN 978-89-5824-369-4 (03810)

값 12,000원